Thérèse
ODER
Wenn die Kastanienbäume blühen

JOSÉ PIERRE

Thérèse
ODER
Wenn die Kastanienbäume blühen

Aus dem Französischen
von Brigitte Lindecke

Bild EROTIK-BIBLIOTHEK

Titel der Originalausgabe QU'EST-CE QUE THÉRÈSE? C'EST LES MARRONNIERS EN FLEURS

Umwelthinweis:
Dieses Buch wurde auf chlor- und
säurefreiem Papier gedruckt

Lizenzausgabe des Wilhelm Heyne Verlags
in der Verlagsgruppe Random House GmbH, München,
für die BILD-Erotik-Bibliothek 2006

Printed in Germany 2006
Druck und Bindung: GGP Media GmbH, Pößneck
ISBN-10: 3-453-69901-7
ISBN-13: 978-3-453-69901-4

http://www.heyne.de

Und sie bestürmen sie, die wie die erste
blühende Kastanie,
der erste Hauch des Frühlings ist, der ihren
Winterschmutz wegfegt

BENJAMIN PÉRET

Lichter von der Straße blitzen auf, Euphorbe
lächelt leise zwischen Furcht und Lust,
Ich seh ihr Herz, es ist in diesem Augenblick
gelöst von ihr und schneidend, es ist
die erste Knospe der Kastanie, die
rosenrot hervorbricht

ANDRÉ BRETON

Vorbemerkung

Es gibt Bücher, die genau zum richtigen Zeitpunkt erscheinen, als hätte die ganze Welt unbewußt auf sie gewartet. Das gilt auch für den Roman Thérèse oder Wenn die Kastanienbäume blühen, *der bei seinem Erscheinen 1974 bei Éditions du Soleil noir unter der Verlagsleitung von Maurice Di Dio*[1] *diese fast einhellige Begeisterung hervorrief, mit der gelungene Werke aufgenommen werden.*

Briefe … … von François Truffaut:

»Man muß sich einfach in Ihre Heldin verlieben. Wenn Sie eine Schauspielerin finden, die in der Lage ist, die Thérèse so zu spielen, wie sie beschrieben ist, die die gleiche Aura von Schönheit, Gesundheit und Humor erstehen läßt, wird dieses Mädchen für die nächsten Jahre die größte französische Schauspielerin sein.«

… von André Pieyre de Mandiargues:

»Ihr Buch ist sehr schön, wirklich sehr schön, das ist nicht nur ein Kompliment und eine Illusion

[1] Es wurden lediglich 1000 Exemplare gedruckt und unter der Hand weitergegeben, was erklärt, daß es kein explizites Verbot gab. Und schließlich wurde die Zensur müde.

meinerseits. Es liegt mir ebenso am Herzen wie das Bild Ihrer unvergeßlichen ›Thérèse‹.«

Kritiken ... *... von Alain Bosquet*:

»Es ist nicht Thérèses sexuelle Freizügigkeit, die uns am meisten in diesem detailfreudigen und eleganten Buch in den Bann schlägt ... Das Wesentliche liegt woanders. Es liegt zunächst im Stil, und, sagen wir einmal, in der Sorgfalt, die José Pierre darauf verwendet, die tausend Leiden und Freuden der Liebe zu beschreiben. Ein leidenschaftlicher Stil – der zuweilen Julien Gracq nahekommt, besessen und gleichzeitig bedacht, nichts von seiner Musikalität aufzugeben – wartet mit einem Thema auf, das mit seinen Gefälligkeiten die Beschreibung einer immer unausweichlicheren Verzauberung ist.« (*Le Figaro littéraire*).

... von René Déroudille:

»José Pierre kennt die überwältigende Macht der Lust. Deshalb hat er einen erotischen Roman von ungewöhnlicher Aussagekraft geschrieben, dessen Stil, dessen Sensibilität, dessen Reichtum an Poesie einen Bestseller dieses Genres erwarten lassen.« (*La Métropole*)

... von Claude Ernoult:

»Ohne von der Kunstfertigkeit und dem Reiz gewisser Szenen zu sprechen, wo die treffende und kultivierte Sprache von José Pierre Wunder wirkt, ist es von ausgesprochenem Interesse, Einblick in die Verwirrung einer für gewöhnlich unausgesprochenen oder unterdrückten Psyche zu erhalten.« (*La Quinzaine littéraire*)

Man könnte diese Liste begeisterter Zitate noch lange weiterführen. Gerne wird man Éric Losfeld verzeihen, der in seinen Mémoiren vielleicht ein wenig übertrieben hat, indem er schrieb:

»Ich behaupte, ohne zu zögern, daß es mit der *Geschichte der O.* (wenn man dieses Buch als erotisch bezeichnet), zu den größten erotischen Büchern seit dem Krieg zählt.«

Doch es besteht kein Zweifel daran, daß Thérèse … *auf diesem Gebiet, das immer abgedroschener wurde, jugendlichen Wind brachte, wo die Ungeschicklichkeit Heranwachsender auf Verständnis stößt, wo die Unbeholfenheit der Begierde, die ebenso auf der Suche nach sich selbst ist wie auf der Suche nach ihrem Objekt, oft mit einem richtigen Ton ausgedrückt werden.*

Ein ähnlich gelungener Wurf ist José Pierre, trotz zahlreicher Versuche, anscheinend niemals wieder geglückt. Hier haben wir ein Geheimnis des Phänomens der erotischen Literatur: Ihre Erfolge bleiben oft ohne Dauer. Vielleicht entlocken eines Tages außergewöhnliche Umstände ihren Autoren eine Geschichte, über die sie sich insgeheim selbst wundern: So war es bei der Geschichte der O., *die beispiellos*

und ohne Fortsetzung war[2]. *Vielleicht verläßt auch einfach die Inspiration den Autor, der es in der Regel nicht einmal bemerkt. Zumindest hat es den Anschein, als würde sich die Tür zur Erotik nur ein einziges Mal einen Spaltbreit öffnen.*
Eine Ausnahme bildet Pierre Louÿs, der von seiner Jugend bis zu seinem qualvollen Ende nie aufgehört hat, kleine Meisterwerke zu schaffen, die uns immer wieder aufs neue begeistern. Doch es gibt nur einen Pierre Louÿs …

JEAN-JACQUES PAUVERT

---

[2] Wie man weiß, ist *Rückkehr nach Roissy*, das als Nachfolgeroman vorgestellt wurde, lediglich ein Kapitel der *Geschichte der O.*, das fünfzehn Jahre später neu herausgegeben wurde.

Die Frau, die, um mit Baudelaire zu sprechen, »den dunkelsten Schatten oder das hellste Licht« in meine Träume und in mein Leben geworfen hat, ist Thérèse, die Verlobte meines Bruders – und seine spätere Ehefrau.

In jenem Winter – ich erinnere mich, und ich werde mich noch lange daran erinnern – setzte uns mein Bruder Philippe ohne Umschweife von seiner Verlobung in Kenntnis; uns, das heißt meine Eltern und mich. Es war etwa Mitte November. Als das Abendessen seinem Ende zuging (ich sehe noch das Stück Apfelkuchen vor mir, das ich in dem peinlichen Schweigen nach dieser Erklärung auf meinem Teller malträtierte, ohne daß es mir gelang, es zu essen), kündigte er uns ungerührt an: »Heute abend werde ich euch meine Verlobte vorstellen.«

Mein Vater, der trotz seiner Bürgerlichkeit eine liberale Einstellung hatte, konnte sich nur mühsam beherrschen. Zu seiner Zeit waren Verlobungen noch Teil eines Rituals, das mehrere Abschnitte in genau vorgeschriebener Reihenfolge beinhaltete. Doch niemand wagte, die Entscheidung meines Bruders anzufechten – wenn man einmal von einer diskreten Besorgnis, die durchaus verständlich war, absieht – noch eine Erklärung zu verlangen, die zu geben er ohnehin nicht bereit war. Schließlich war mein sechs Jahre älterer Bruder ob seiner brillanten Studienleistungen wie auch eines ausgeglichenen Charakters bei uns zu Hause stets Gegenstand einer zurückhaltenden, doch wirksamen Verehrung. Er hatte weder je seine Stellung als älterer Bruder ausgenutzt noch diesen Familienkult, der mit ihm getrieben wurde, wofür ich ihm unendlich dankbar war. Eine derart eigenmächtige Handlungsweise mußte man ihm wohl durchgehen lassen, schließlich war er der Erstgeborene. Und außerdem ging es letztendlich nur ihn an. (Ich habe lediglich die spärlichen Reaktionen meines Vaters angedeutet, denn meine Mutter als schüchterne, ja praktisch stumme Person dachte vermutlich nicht einmal im Traum daran, daß mein Bruder etwas Unzulässiges hätte sagen, tun oder denken können.)

Muß ich hinzufügen, daß die Befürchtungen, die ich angesprochen habe, lediglich falscher Alarm waren? Am gleichen Abend noch war Thérèse da, und schon erlagen wir ihrem Charme. Hätte uns irgend jemand daran erinnert, daß weder meine Eltern noch ich bei der Wahl der Verlobten zugezogen worden waren, hätten wir ihn schnellstens in seine Schranken verwiesen! Was für ein zauberhaftes Wesen …

Wir waren fassungslos, und mein Bruder amüsierte sich insgeheim, als er sah, daß wir ohne den geringsten Widerstand dem Zauber erlagen, den er anscheinend – doch zweifellos unter größtem

Kraftaufwand – weitaus gelassener hinnahm. Ich vermochte nie, die Frauen, die mich direkt angingen, zu beschreiben, und Thérèse weniger als jede andere. Vielleicht fürchtete ich, daß sie, die mich nie losgelassen hat, noch mehr Macht über mich erlangen würde, wenn ich ihr Bild mit Worten heraufbeschwor …

In jenem Winter sahen wir Thérèse fast jeden Abend, und ihr Bild wird vor meinen Augen eins mit dem der großen Holzfeuer, die wir im Kamin unseres Wohnzimmers entfachten. Eigentlich waren diese Kaminfeuer, allein schon weil sie so aufwendig waren, ein ganz besonderer Brauch, und so beschränkten wir sie auf den Samstagabend und auf Feiertage. Aber wenn Thérèse da war, ja, was soll man sagen – war eben immer Feiertag! Ihr strahlender Blick, ihre glühenden Wangen, ihr zarter, lachender Mund sind in meiner Erinnerung also mit dem knisternden Holz, dem Flackern der Flamme und ihrem tanzenden Licht, das dieses Feengesicht liebkoste, verbunden. Vielleicht ist das der Grund, aus dem mich – um ihre Gestalt heraufzubeschwören – vorhin Baudelaires Worte so inspirierten. Thérèse, Licht und Schatten. So sehe ich sie wieder vor mir, so werde ich sie immer sehen, seit sie mir ihr Gesicht zuwandte und sich, je nach Perspektive, das Feuer und die Schatten, oder der fließende Übergang von Hell zu Dunkel auf ihrem Gesicht abzeichnete …

Sobald die Unterhaltung verebbte oder Thérèse einfach nur den Wunsch hatte, still vor sich hinzuträumen, kauerte sie sich vor den Kamin, um eine

Zigarette zu rauchen. Ich versuchte dann, es mir neben ihr bequem zu machen, einerseits, um mich den Blicken der anderen, denen ich den Rücken zudrehte, zu entziehen, andererseits, weil ich sie so in Ruhe betrachten konnte. Nur ein paar wirklich hübsche Frauen verstehen sich darauf, eine Zigarette zu rauchen, indem sie aus diesem Vorgang gleichsam eine harmonische Fortsetzung ihrer Schönheit und ihrer Persönlichkeit machen. Thérèse war eine von ihnen. Wenn sie rauchte, lag in ihren Gesten eine plötzliche Sinnlichkeit, ja, ein wollüstiges Versprechen. Meine Betrachtung, deren Gegenstand sie war, mißfiel ihr nicht. Von Zeit zu Zeit blickte sie mich an und lächelte zuweilen, wobei sie mit erhobenem Kinn ein wenig Rauch ausstieß.

Sie war Philosophiestudentin und neunzehn Jahre alt, als mein Bruder sie bei gemeinsamen Freunden kennenlernte. Philippe, ein ruhiger und zurückhaltender Mensch, doch überaus begeisterungsfähig und voll verborgener Leidenschaft, hatte sie sofort zur Frau gewollt. Und sie war ihrerseits zweifellos von seinen vielen Qualitäten beeindruckt gewesen, insbesondere von seiner Unaufdringlichkeit, die unter den jungen Leuten von so hoher Intelligenz außergewöhnlich war. Sie hingegen sprühte förmlich vor Temperament, Schönheit und Charme. In Gegenwart meines Bruders, fast, als hätten sie stillschweigend ein Abkommen geschlossen, vervielfachte sie ganz selbstverständlich die Ressourcen ihrer körperlichen Verführungskraft durch ihre Fröhlichkeit, ihre Lebhaftigkeit und eine blitzschnelle Auffassungsgabe, gepaart mit einem ausgeprägten Scharfsinn. Es dauerte eine Weile, bis wir uns daran gewöhnt hatten, doch es war unmöglich, ihr zu widerstehen. Selbst meine Mutter, die sonst für derartige Zumutungen weniger empfänglich war, betrachtete sie mit einer Fassungslosigkeit, in die sich Bewunderung mischte, und in der alles, was nach Voreingenommenheit aussah, unterging.

Ich habe von Zumutungen gesprochen, und das ist nicht nur ein Bild. Im Laufe jener Winterabende, an denen eine unglaublich heitere Atmosphäre herrschte, lag Thérèse ebenso oft in unseren Armen wie in denen Philippes, ohne daß ihr Verhalten unangebracht schien oder Verlegenheit hervorrief. Andere hätten so etwas nicht annähernd zuwege gebracht, ohne unter ihren Mitmenschen Unbehagen zu erzeugen! Wenn wir mit ihr zusammen waren, schien alles von alleine zu laufen, und wir empfanden darüber hinaus eine Freude, die wir einander jedoch nicht eingestanden. Niemand fühlte sich verletzt, wenn sie sich mal mehr um den einen, mal mehr um den anderen kümmerte. Ein ungeheurer Charme, der ihr außerdem erlaubte, in völliger Freiheit zu handeln – nicht zuletzt wegen dieser überwältigenden Ungezwungenheit, die Intelligenz und Schönheit einem Wesen verleihen, das wie für das Glück geschaffen scheint …

Fast augenblicklich nahm sie mir gegenüber eine mehrdeutige Haltung ein, in der sich – in stets variierenden Anteilen – weibliche Ironie, aufrichtige

Zärtlichkeit, ein gewollt beschützender Tonfall und gewisse Anzeichen purer Provokation vereinten. Sie war abwechselnd oder in einer kaum zu definierenden Synthese die ältere Schwester (sie war fast drei Jahre älter als ich), die »kumpelhafte« Kameradin oder die Unbekannte, die man auf einer Party trifft und mit der man zu flirten versucht. Was sich in diesem Cocktail aus List und Freundlichkeit am meisten durchsetzte, oder, genauer gesagt, worauf ich besonders sensibel reagierte (und das aus gutem Grund), war das vorgetäuschte Mitleid, das meine mangelnde Erfahrung mit Frauen bei ihr hervorrief. Es bedurfte nicht einmal eines Geständnisses meinerseits, um sie davon in Kenntnis zu setzen; ein Blick genügte, und sie wußte Bescheid. Gewiß, ihr belustigtes Mitleid, mit dem sie meine Familie auf meine Kosten erheiterte, wäre für mich nur schwer zu ertragen gewesen, hätte es ihr nicht Anlaß für noch zärtlichere Gesten geboten und als Vorwand gedient, unter hundert ironische Bemerkungen das ein oder andere liebevolle Wort einzuflechten, das wie Balsam für meine arg verwundete Eigenliebe war.

Wenn ich heute über ihr damaliges Verhalten mir gegenüber nachdenke, bin ich überzeugt, daß Thérèse mit unfehlbarem psychologischem Einfühlungsvermögen meine besondere Stellung im Schoße meiner Familie zu durchschauen vermochte: Die klassische Stellung des jüngeren Sohnes, dem ein sehr viel begabterer Bruder vorgezogen wird – nicht nur, was den Intellekt angeht, sondern auch die Liebe (wie eben gerade Thérèses

Gegenwart deutlich machte). Diese benachteiligte Stellung, die ich, wie auch meine Eltern und mein Bruder, bis dahin nur dunkel geahnt hatte, wurde erst durch Thérèse offensichtlich. Und in dem Maße, in dem sie sie zum Vorschein brachte, machte sie meinen Bruder und meine Eltern zu ihren Komplizen (vielleicht, um die Bürde der Schuld von ihren Schultern zu nehmen), zu Zeugen der Zärtlichkeit, die sie mir zuteil werden ließ. Ich muß rasch hinzufügen, daß ich nie ein gequältes Kind war noch ein unverbesserlicher Einsiedlerkrebs, weder krank noch mißgestaltet, und daß ich mit fast siebzehn Jahren noch keine richtigen Liebesabenteuer erlebt hatte, lag mit Sicherheit mehr an meinem Desinteresse oder an meiner Schüchternheit als an allem anderen. Nichtsdestoweniger war mein Hang zur Introversion unleugbar und die erste, die es bemerkte, war Thérèse.

Kaum daß am späten Abend unsere Eltern schlafen gegangen waren, legten wir heimlich Schallplatten auf. In dem Zimmer, dessen einzige Lichtquelle das erlöschende Feuer des Holzscheits war, tanzte Thérèse mit mir, und ich spürte voller Verzückung, wie ihr Körper sich meinen Armen überließ. Ich spürte ihren warmen Bauch, ihre schlanke Taille, ihre straffen Oberschenkel, ihre sanfte Wange an der meinen, atmete den durchdringenden Duft ihres Haares (habe ich schon gesagt, daß sie langes dunkles Haar hatte, das auf ihre Schultern herabfiel?). Mehr noch. Schnell bemerkte ich, trotz meiner Unerfahrenheit, daß sie in der Regel keinen Büstenhalter unter ihrer dünnen

Bluse trug (es war oft sehr heiß in der Wohnung, in der der Kamin die übliche Heizung noch verstärkte) und wenn sie sich an mich drückte, ließ sie keinen Zweifel an der Festigkeit ihrer Brüste. Manchmal, vor allem, wenn ein leichter Rausch vom Champagner oder von anderen alkoholischen Getränken den Zauber der Musik und des Tanzes verstärkte (oder aber wenn Thérèse – so glaube ich – mehr als sonst das Bedürfnis verspürte, mit Philippe zu schlafen), verwirrte mich das plötzliche Anschwellen ihrer Brüste. Es war wie ein Geständnis, das ich wahrnahm und das überdies keineswegs mir zugedacht und folglich gerade deshalb wie geschaffen dafür war, mich zu erregen und in die Verzweiflung zu treiben. Zugleich war es für mich die Offenbarung des fleischlichen Mysteriums Frau. Die Jugendlichen, zumindest diejenigen, die wie ich noch eine Erziehung alter Schule genossen hatten, neigten dazu, in der Frau lediglich das Objekt ihrer Begierde zu sehen, ein unbewegliches und im Grunde nicht mit einem erotischen Eigenleben ausgestattetes Objekt, so etwas wie eine marmorne Kultfigur. Thérèse aber sollte mir nun beibringen, daß die Frau ebenfalls begehrt und daß ihr Fleisch sich ebenso rührt wie das des Mannes (und dabei waren die Jungen doch so stolz, daß sie einen Steifen kriegen!).

Von nun an nahm also Thérèse meine Erziehung in die Hand, auch wenn nichts dergleichen zwischen uns ausgesprochen worden war. Und es war auf ihre sehr eigenwillige Art, auf die sie mich in den Genuß ihrer Erziehung brachte, eine Erziehung, in der die Vertraulichkeiten an die Stelle der Lektionen traten. Während wir auf eine geradezu schamlos ausgelassene Art tanzten, rieb sie kaum merklich ihren Busen an mir, ich preßte mein erigiertes Glied gegen ihren Bauch, und sie erwiderte schweigend jegliche Vertraulichkeit und gewöhnte mich so daran, die erotische Eigenart anderer zu respektieren. Was nicht verhindern konnte, daß sich, wie in einer psychoanalytischen Sitzung, die libidinöse Energie des Schülers auf die Lehrerin richtete! Denn ich konnte nicht lange der Versuchung widerstehen, die Thérèse in mir geweckt hatte und die mich mit jedem Tag mehr beherrschte. Bot auch meine Vorstellungskraft in der ersten Zeit – kaum daß ich mich schlafen legte, wenn Thérèse gegangen war – all ihre Kräfte auf, um einen Ersatz für sie zu finden, oder zumindest eine Art Scheinbild, damit meiner Erregung ein einsames, doch unausweichliches Ende gesetzt würde, so konnte sich diese einfältige Ausflucht nur wenige Wochen gegen das behaupten, was offensichtlich war. Und mein Schuldbewußtsein rief immer wieder – wie man sich wohl denken kann – die zugleich süße und bittere Illusion hervor, denn es war nunmehr zu Ehren von Thérèse, und zwar von Thérèse ganz allein, daß ich mich in meinen Laken, das ich kugelförmig um mein Geschlecht zusammengerollt hatte, entlud. An der Art, in der sie mich an manchen Abenden ansah, oder mit der sie, wenn wir zusammen tanzten, das Ausmaß meiner Erregung abschätzte, konnte ich sehen, daß sie es wußte. Ich wußte es um so sicherer, als wir einmal, ich weiß nicht wie, in einer Unterhaltung auf dieses Thema zu sprechen kamen. Sie sah mich an und verkündete, daß die einsame Befriedigung der Lust des Mannes ihrer Meinung nach unverzeihlich sei, da es lediglich dem Egoismus, der Faulheit oder dem Stolz entspringe. In ihren Augen bedeutete jene Lustbefriedigung bei einem Menschen, dessen Situation nicht außerhalb des Normalen schien (also bei jemandem, der weder ein Kind noch ein Kranker oder Gefängnisinsasse war), lediglich die Flucht vor der gegenseitigen Liebe, bei der es nicht genügt, sich selbst Genuß zu verschaffen, sondern in der man auch noch geben sollte. (Derartige Vorträge hielt sie meinem Bruder und mir selbstverständlich erst, wenn wir drei alleine waren.)

Und wirklich, kaum daß unsere Eltern uns alleine ließen, entspannte sich die Atmosphäre, lud sich jedoch gleichzeitig auf. Mein Bruder gab einiges von seiner Zurückhaltung gegenüber Thérèse auf, die er im Beisein unseres Vaters und unserer Mutter an den Tag legte, und alles ließ darauf schließen, daß es in seinen Augen selbstverständlich war, wenn ich es ihm gleichtat. Bemerkte er, daß ich immerzu an Thérèse dachte und daß ich jeden Tag mit Bangigkeit auf die Stunde wartete, in der sie zu uns kommen sollte? Daß ich mich fieberhaft fragte, ob sich auch an diesem Abend eine Gelegenheit ergeben würde, sie an mich zu pressen (denn wir tanzten nicht jeden Abend) oder ob, wenn ich sie auf die Wange küßte, unsere Mundwinkel sich treffen würden, wie es zuweilen geschah? Ich gab acht, nicht allzu sehr die Angst, die das Warten in mir erweckte, durchscheinen zu lassen, denn die geringste Ungeschicklichkeit könnte genügen, mein zerbrechliches Glück in sich zusammenstürzen zu lassen. Die von Tag zu Tag heißer brennende Hölle, in der ich lebte, war zugleich auch mein ganzes Paradies. Denn wenn Thérèse so manches Mal zu weit mit mir ging, wäre ich der letzte gewesen, der auch nur im Traum daran gedacht hätte, ihr Vorwürfe zu machen …

Eines Abends war sie ganz besonders aufgedreht, und unter anderen Sticheleien beschuldigte sie mich vor meinem Bruder zum Spaß, sie beim Tanzen zu fest an mich gedrückt zu haben. Beleidigt entfernte ich mich, um ein wenig zu schmollen, was von Zeit zu Zeit vorkam, denn ich konnte mich selten gegen ihre spöttischen Bemerkungen wehren. Doch sie neckte mich bald weiter, während mein Bruder in einer anderen Ecke des Zimmers in einem Stapel Schallplatten nach etwas Besonderem suchte. Und dann, plötzlich, steckte sie mir spielerisch eine Weinbrandkirsche in den Mund. Was dann folgte, geschah so schnell und mit einer solchen Präzision, daß wir für einen Moment wie vom Blitz getroffen dastanden. Im Augenblick, als meine Zähne sich über der Kirsche schlossen, schnellten Daumen und Zeigefinger meiner rechten Hand an die Spitze von Thérèses linker Brust. Das geschah mit einer solchen Zielgerichtetheit, die um so überraschender war, als Thérèse mit dem Rücken zum Kamin, der einzigen Lichtquelle, stand und für mich lediglich eine

Silhouette im Gegenlicht war, deren Züge im Dunkeln kaum zu erkennen waren. Und die Bewegung des Pflückens ließ sogleich die Frucht reifen, so daß die Kirsche, die ich in meinen Fingern hielt, fast die gleiche Größe hatte wie die, auf die ich biß. Diese Episode mag grotesk oder konstruiert erscheinen, doch ich glaube, daß es sich wohl bei vielen Dingen, die sich tagtäglich ereignen, so verhält. Für meinen Teil gestehe ich, daß diese zweifache Geste nie aufgehört hat, mich zu rühren und zu verblüffen, sowohl wegen ihrer perfekten Symmetrie als auch wegen ihrer ungeheuerlichen Genauigkeit. Thérèse, die auf meinem vom Kaminfeuer erleuchteten Gesicht die Zeichen eines ebenso intensiven wie vergänglichen Genusses lesen konnte (während ihr Gesicht im Dunkeln blieb), begann leise zu lachen. Während meine Finger auf ihr ruhten, rührte sie sich nicht. Ihr Lachen, glaube ich, riß mich in die Wirklichkeit zurück. Meine Finger ließen von ihrer Beute ab, und Thérèse entfernte sich ruhig, um eine Zigarette anzuzünden.

Wie lange hatte all das gedauert? Nicht einmal eine Minute, doch es war von einer solchen Intensität, daß das kleinste Detail in meiner Erinnerung haften geblieben ist. An jenem Abend tanzte Thérèse ausschließlich mit meinem Bruder, umschlang ihn zärtlich, als wollte sie mich für meine Kühnheit bestrafen. Mit offenkundiger Verachtung (wie undankbar ich doch war) für die Weinbrandkirschen, gab ich vor, im Whisky meine Einsamkeit zu ertränken. Offen gestanden trank ich davon mehr als sonst, und ich war überhaupt nicht daran gewöhnt, Alkohol zu trinken, der erst mit Thérèse in mein Leben getreten war. An jenem Abend waren wir länger wach als sonst und hatten schließlich alle drei nicht gerade wenig getrunken. Irgendwann ging das Eis aus, und ich wankte in die Küche, um neues aus dem Kühlschrank zu holen. Meine natürliche Tolpatschigkeit war durch meinen Schwips verstärkt worden, ich machte also einigen Lärm, worauf ich hörte, wie Thérèse lachend sagte:

»Der kleine Bruder macht alles kaputt!«

Meine schlechte Laune wuchs, und ich drehte den Hahn für kaltes Wasser, unter den ich die Eiswürfelschale hielt, vollständig auf. Eine Hand, die Hand von Thérèse, legte sich auf meine und regulierte den Wasserstrahl. Sie stand direkt vor mir und sagte sanft:

»Nicht doch, kleiner Bruder, du setzt ja alles unter Wasser!«

Unsere Blicke trafen sich, und während unsere Hände noch den Wasserhahn festhielten, stürzte ich mich auf ihren Mund, so wie man sich ins Wasser stürzt. Ihre Lippen gaben schnell nach und wurden unter den meinen ganz weich, zart, warm, saftig. Dieser Kuß verzückte mich derart, daß ich nicht einmal daran dachte, sie zu berühren.

Seit jenem Abend hatte sich zwischen ihr und mir etwas verändert. Sie versuchte gar nicht erst, mir zu verstehen zu geben, daß unsere Trunkenheit schuld war an ihrer Hingabe so nebenbei und daß es das beste wäre, diese beiden kleinen Zwischenfälle einfach zu vergessen. Außerdem, wenn sie meinen Annäherungsversuchen Einhalt hätte gebieten wollen, lag es völlig in ihrer Hand, mich dazu zu bringen, mich für mein Verhalten zu entschuldigen und damit aufzuhören. Doch statt dessen konnte nichts in ihrem Verhalten auch nur im geringsten als Anspielung auf diese Geste und diesen Kuß gedeutet werden. Und doch wußte ich, las ich in ihrem Blick, daß sie es nicht vergessen hatte, daß sie das Geschehene nicht auslöschen wollte. Folglich hielt ich daran fest, die Bedeutung des Ganzen keineswegs zu unterschätzen.

Gewöhnlich fuhr mein Bruder sie gegen Mitternacht nach Hause. Doch sie wohnte nicht weit von uns, und manchmal, wenn das Wetter es zuließ, gingen sie zu Fuß und baten mich, sie zu begleiten. Meine Funktion als Anstandswauwau kam jedoch nur bei dieser Gelegenheit zum Tragen, und man wird sicher begreifen, daß ich schnell dazu neigte, das Auto meines Bruders als Vorzimmer zur Hochzeitsnacht zu betrachten. Gewiß irrte ich mich nicht, und mein Bruder ließ sich, trotz der Zurückhaltung, zu der er sich zwang, an manchen Abenden zu weit leidenschaftlicheren Bezeugungen seiner Zuneigung zu Thérèse hinreißen, als er es in meiner Gegenwart tat. Dennoch, so merkwürdig es auch klingen mag, bemerkte ich recht schnell, daß es nicht nur meine Eltern beruhigte, wenn ich stets dabei war, ganz gleich, ob zu Hause, wenn unsere Eltern sich zurückgezogen hatten, oder auf der Straße, wenn mein Bruder seine Verlobte nach Hause begleitete. In erster Linie wünschten meine Eltern aufgrund eines kleinen Überbleibsels an bürgerlicher Moral offenbar nicht, daß die Verlobten sich auf dem Wohnzimmersofa liebten. Nicht wenig überrascht war ich jedoch, als ich kurz darauf zu entdecken glaubte, daß möglicherweise auch Philippe mit Thérèse nicht allzu oft allein bleiben wollte und daß ich ihn in gewisser Weise vor ihr, oder vielmehr, vor seinem Verlangen, mit ihr zu schlafen, beschützte. Fürchtete er, sein Studium könne darunter leiden und seine Karriere Schaden nehmen? Es war sein letztes Jahr an einer Technischen Hochschule, und diese Eliteausbildung hatte bereits einige Aufmerksamkeit auf ihn gelenkt: Er mußte also mit glänzenden Leistungen sein Studium abschließen, um eine lohnende Stellung zu bekommen, um so mehr, als er schon beschlossen hatte, daß die Hochzeit gleich nach dem Abschlußexamen stattfinden sollte.

Wie man sich wohl ohne weiteres vorstellen kann, ging selbst bei Philippe, so vernünftig er auch immer erscheinen wollte, eine derartige Entscheidung nicht ohne inneren Kampf vonstatten. Denn um seinen Wunsch nach vorläufiger Zurückhaltung zu festigen, konnte er wohl nicht auf Thérèse zählen. Selbst für so unerfahrene Augen wie die meinen war es offensichtlich, daß Thérèse die Liebe anzog wie ein Magnet den Eisenstaub, und ich erinnere mich, daß ich eines Tages, als ich mit ihr im Louvre durch den Saal mit den Griechen spazierte, mich dabei ertappte, wie ich insgeheim darauf lauerte, daß die schambedeckenden Weinblätter der Apoll- und Merkurstatuen sich hoben, als sie vorüberging. Und das meine ich durchaus ernst. Jedenfalls war sie die Einzige, die allen Grund dazu hatte, sich nicht über meine Funktion als Aufpasser zu freuen. Doch sie nahm es mir nicht übel, daß ich ihr durch eine allgemeine Übereinkunft aufgezwungen worden war, sondern beschloß vielmehr, das Beste daraus zu machen. Von jeder falschen Bescheidenheit einmal abgesehen, ich denke, daß meine – wenn auch schwachen – Reize nicht umsonst waren. Immerhin hatte ich den Vorteil – vielleicht weil ich meinen großen Bruder als Vorbild hatte –, daß ich nicht diese unerträgliche Prahlerei anderer Siebzehnjähriger an den Tag legte, die gleichaltrige Mädchen in die Arme älterer Männer trieb. Doch mein größter Vorzug in Thérèses Augen – davon bin ich nach wie vor überzeugt – war wohl eher der, daß ich unsterblich in sie verliebt war. Außerdem war wohl, glaube ich, der Instinkt, glücklich zu sein, bei Thérèse so ausgeprägt, daß sie es sich zu einer Art Gesetz gemacht hatte, die Dinge zu nehmen, wie sie kamen, auch wenn sie scheinbar gegen ihren Willen waren.

Einige Zeit nach diesem abendlichen Beisammensein, wo ich sie geküßt hatte, erlebten wir erneut einen Abend, an dem wir alle drei mehr als gewöhnlich tranken. Doch diesmal war es Philippe, der am meisten trank, so daß Thérèse und ich ihn in sein Zimmer bringen mußten. Dort weigerte er sich, sich von uns beim Ausziehen helfen zu lassen, und bat mich, wobei es ihn große Mühe kostete, diese kleine Bitte auszusprechen:

»Bring Thérèse nach Hause, ja?«

Ich half Thérèse in ihren Mantel, und wir gingen

hinaus. Es war bitterkalt, der Himmel war mit Sternen übersät. An meinen Arm geklammert, sprach Thérèse kein Wort, und ich wußte nicht, was ich sagen sollte. Wir waren zum ersten Mal allein, doch meine Freude grenzte an Angst, so abhängig war ich von Thérèse, von der kleinsten Geste, dem leisesten Atemzug. Sie wollte eine Zigarette anzünden, und da es windig war, blieben wir stehen, und ich gab ihr mit meinem Mantel, den ich trotz des kalten Nordwindes geöffnet hatte, Windschutz. Als die Zigarette brannte, hob sie ihr Gesicht, das von einer nahen Laterne so hell beleuchtet wurde, daß ihre Augen außergewöhnlich durchsichtig schienen. Mir war, als lächelte sie, wenn sie die Zigarette aus dem Mund nahm, um ein wenig Rauch auszustoßen. Offen gesagt, ich bin mir dessen nicht sicher, doch schon vereinten sich unsere Münder, und meine Zunge suchte die ihre. Ohne den Kuß zu unterbrechen, umschlang ich sie mit dem linken Arm, während meine rechte Hand fieberhaft ihren Mantel aufknöpfte und begann, ihren Busen zu erkunden. Wir waren beide seltsam ruhig, und für meinen Geschmack hätte der Kuß ewig dauern können, ebenso wie meine ganz sanfte Liebkosung, mit der ich abwechselnd ihre beiden Brüste bedachte. Die Straßen waren leer, doch das bemerkte ich erst nach einer Weile, als wir uns aus der Umarmung lösten, um wieder Atem zu schöpfen. Vor Kälte zitternd knöpften wir unsere Mäntel wieder zu, und eng umschlungen setzten wir unseren schweigenden Marsch fort. Ich war viel zu aufgewühlt, um zu sprechen, und Thérèse rauchte wortlos ihre Zigarette zu Ende. In dem Haus, in dem sie wohnte, gab es keinen Pförtner. Als wir die Haustür hinter uns geschlossen hatten, brachte ich sie dazu, sich auf den roten Veloursteppich der ersten Treppenstufen zu setzen. Sie leistete nicht den geringsten Widerstand, und als das Licht ausging, begann ich wieder, sie zu küssen und ihre Brüste zu befühlen, diesmal jedoch mit einer solchen Leidenschaft, daß sie Seufzer von sich gab, die Klagelauten glichen. Meine Hand glitt unter ihren Rock und arbeitete sich bis zu der weißen Haut oberhalb der Strümpfe vor, von wo ich mit den Fingerspitzen den dünnen Nylonslip berühren konnte, der sich bald mit Tau benetzte. (Zu jener Zeit hatten die Strumpfhosen noch nicht ihren Siegeszug über die Strümpfe angetreten.) Schließlich konnte ich einen Finger in die Öffnung ihres Geschlechts schieben. Ich atmete selbst so laut, daß ich für einen Moment fürchtete, jemanden im Haus aufzuwecken. Vielleicht, um meine Erregung zu besänftigen, vielleicht auch, um meine Zärtlichkeiten zu erwidern, legte Thérèse ihre Hand auf meinen Hosenschlitz, der bis zum Zerreißen gespannt war, und schon überschwemmte ich mich. Dann ging ich wieder in die Nacht hinaus, wagte jedoch trotz der eisigen Kälte nicht, die Handschuhe anzuziehen, aus Angst, ein Sakrileg zu begehen. Ich konnte lange nicht einschlafen, obwohl ich völlig erschöpft war, wie ein Marathonläufer nach seiner Leistung. Doch zugleich schwebte ich förmlich in einer anderen Welt …

Am nächsten Morgen machte mein Bruder, von

dem Exzeß des Vorabends gezeichnet, ein mürrisches Gesicht und war für seine Verhältnisse ungewöhnlich gereizt. Er starrte mich wiederholt an, als zögerte er, das, was er auf dem Herzen hatte, anzusprechen. Schließlich fragte er mich unwirsch und leicht verlegen, ob Thérèse mit mir über ihn gesprochen habe. Ich fühlte mich ziemlich unwohl in meiner Haut und verneinte beziehungsweise sagte ihm, daß sie nichts Besonderes über ihn gesagt habe. Was hätte sie mir auch sagen sollen, was ich noch nicht wußte? Er zuckte die Achseln ob dieses vorgeblichen Beweises und ging fort, ohne weiter zu bohren. Ich glaubte inzwischen erraten zu haben, daß sein übermäßiges Trinken lediglich ein Vorwand gewesen war, um Thérèse nicht nach Hause begleiten zu müssen, ohne daß diese Verweigerung als Beleidigung hätte mißverstanden werden können. Dieses Anzeichen von Kälte war nicht der erste Hinweis auf Spannungen zwischen den Verlobten, die ich seit einiger Zeit bemerkte. Was ging hier also vor?

Thérèses neuestes Verhalten mir gegenüber trug entschieden dazu bei, mir über die Art ihrer Auseinandersetzung klarzuwerden. Ich ahnte, welch feuriges und zugleich sanftes Temperament Thérèse besaß. Mit Sicherheit war sie ein Mädchen, das nicht wenige Liebhaber gehabt hatte und das außerdem auf einem zehnminütigen Spaziergang durch irgendein Viertel in Paris schnell zahlreiche Verehrer gefunden hätte! Doch sie liebte meinen Bruder wirklich, auch wenn dieser sich – aufgrund einer seltsamen Strenge, die seiner Geringschätzung der bürgerlichen Konventionen widersprach – dazu entschlossen hatte, darauf zu verzichten, seine Eherechte im voraus in Anspruch zu nehmen. Die Vermutung, die sich mir aufdrängte, wurde zur Gewißheit: Philippe wollte nicht mit Thérèse schlafen, weil er, nicht ohne Grund, fürchtete, Gefallen daran zu finden und dementsprechend sein Studium im letzten Jahr zu vernachlässigen und seine Zukunft aufs Spiel zu setzen. Man könnte sagen, daß ein derartiges Kalkül auf Engstirnigkeit schließen läßt, und die folgenden Ereignisse sollten unter Beweis stellen, daß man nicht einfach nach Lust und Laune über Thérèses Liebe verfügen konnte! Ich bin dennoch davon überzeugt, daß sie ihm die ganze Zeit treu blieb, obgleich es für sie ein Leichtes gewesen wäre, parallel die eine oder andere Affäre zu haben. Doch Heimlichtuerei lag nicht in ihrer Natur, und wenn sie sich auch bewußt war, daß sie der Spielball eines unausweichlichen Verlangens war, so gelang es ihr, diejenigen, die sie liebten, bald dazu zu bringen, dieses Verlangen kennenzulernen und hinzunehmen. Der unwiderstehliche Einfluß, den sie auf ihre Mitmenschen ausübte, half ihr dabei.

Mehr als acht Tage waren seit dieser denkwürdigen Nacht vergangen, in der ich sie nach Hause gebracht hatte, und abgesehen von ihren üblichen Neckereien war zwischen uns nichts Neues geschehen. Es war ein außergewöhnlich ruhiger und entspannter Abend, der in Zeitlupe abzulaufen schien, nur Thérèse rauchte sehr viel mehr als sonst. Ich hatte eine Partie Dame gegen sie eröffnet, ein Spiel, das ich immer tödlich langweilig gefunden hatte, doch Thérèse sollte mir noch zeigen, wie reizvoll ein Gefängnis sein konnte, wenn sie mit mir zusammen eingesperrt war! Mein Bruder wurde zum Telefon im Nebenzimmer gerufen. Thérèse, die schnell bemerkt hatte, wie gern ich sie ansah, wenn sie rauchte (ich sah sie jedoch auch gerne an, wenn sie nicht rauchte!), und sich zuweilen darüber lustig machte, indem sie die Posen einer Femme fatale annahm, sah mir geradewegs in die Augen, wobei sie einen langen Rauchschwall ausstieß, und sagte zu mir, ohne ihre Stimme zu dämpfen, wie selbstverständlich:

»Du hast mich nie in meinem Zimmer besucht, kleiner Bruder. Willst du morgen um vier zu mir kommen?«

Es verschlug mir die Sprache. Ich spürte, wie ich rot wurde, fühlte mich ertappt, erbärmlich. Thérèse ließ mich nicht aus den Augen und rauchte ganz langsam ohne die geringste Affektiertheit weiter. Ihr Gesicht verriet weder Heiterkeit noch Trauer, sondern lediglich Aufmerksamkeit. Aus dem Nebenzimmer vernahm man die Stimme meines Bruders, der bedächtig telefonierte. Ich atmete tief ein, in der Hoffnung, meine Aufregung so überwinden zu können, und flüsterte kaum hörbar:

»Ja, Thérèse.«

Worauf sie sich langsam über das Spielbrett beugte (ihre langen Haare fegten die Figuren wie in Zeitlupe fort) und einen kleinen Kuß auf meine Lippen drückte.

In welchen Zustand mich diese Einladung versetzte, kann man sich wohl leicht vorstellen! Die Stunden, ja selbst die Minuten hatten aufgehört zu verstreichen, alle Pendeluhren waren erstarrt. Ich schlief kaum. In der Schule muß ich einigermaßen verstört gewirkt haben, denn mehrere Lehrer sorgten sich anscheinend um meine Gesundheit. Doch alles drang nur wie durch einen dichten Nebel zu mir, der alle Geräusche und Lichter dämpfte. Kaum daß ich das Gebäude verlassen hatte, meinte ich, der Wind wolle mich forttragen. Der Wind blies natürlich nur in mir. Ich wurde von der Versuchung gepackt, bäuchlings zu Thérèse zu kriechen.

Kurz darauf hatte ich weiche Knie und ich mußte mit ganzer Kraft meine gußeisernen Füße über Trottoirs aus Treibsand heben. Dennoch stand ich schließlich zwanzig Minuten zu früh vor dem Haus, und um nicht den Eindruck zu erwecken, daß ich mir die Beine in den Bauch stand, zwang ich mich zu einem Schaufensterbummel, wo ich jedoch nichts wahrnahm. Endlich war es fast vier Uhr. Ich stieg mit einem betont lässigen Schritt die Treppe hinauf, doch als ich vor Thérèses Tür ankam, war ich völlig außer Atem. Auf einem kleinen Stück Pappe stand handgeschrieben ihr Name, in einer lebendigen und harmonischen Handschrift. Da war es also. Jetzt mußte ich an die Tür klopfen! Ich klopfte, doch jenseits der Tür blieb es still. Mir lief es eiskalt über den Rücken. Würde ich etwa ein zweites Mal klopfen müssen? In dem Moment öffnete sich die Tür, und Thérèse sagte zu mir:

»Guten Tag, Francis.«

Es war das erste Mal, glaube ich, das sie mich nicht »kleiner Bruder« nannte, eine Gewohnheit, die nach ihr meine gesamte Familie angenommen hatte – zu meiner großen Verärgerung übrigens. Ich stammelte ohne Überzeugung:

»Guten Tag, Thérèse.«

Sie ließ mich herein und schloß hinter mir die Tür. Lag es daran, daß ich sie für gewöhnlich abends sah? Jedenfalls überraschte mich ihre Blässe, die zweifellos durch ein sehr viel leichteres Make-up als das, was sie auftrug, wenn sie zu meinen Eltern kam, hervorgehoben wurde, wie auch durch eine Frisur mit einem Stirnband nach Indianerart, das ihr Gesicht weiß und ihr Haar schwarz wirken ließ. Ihre Kleidung war von der gleichen Strenge: eine weiße Bluse, ein weiter schwarzer Pullover und eine Hose aus schwarzem Samt. Ihr Zimmer war nicht groß, doch sie hatte ihm gekonnt ihre eigene Note verliehen, nicht durch eine Zurschaustellung von Krimskrams, Fotos und Souvenirs, wie es in vielen Jungmädchenzimmern die Regel ist, sondern durch ein paar markante Details. Ich erinnere mich insbesondere an eine große Kandinsky-Reproduktion und an eine Postkarte, auf der ein erotisches Basrelief eines Hindutempels abgebildet war.

Als ich eintrat, hielt sie mir zerstreut ihre Wange hin, und während ich ihr Zimmer erkundete, sagte sie kaum ein Wort und hängte meinen Mantel neben den ihren an den Kleiderhaken hinter der Eingangstür (es gab übrigens auch keine weitere

Tür als diese; der Waschraum, der sich, wie ich später feststellte, auf ein schlichtes Waschbecken beschränkte, war durch einen Vorhang vom Zimmer getrennt). Dann setzte sie sich auf ihr Bett, das mit einer bunten Patchworkdecke zugedeckt war, deren Heiterkeit gegen ihre Erscheinung in Trauerkleidung abstach, und nach einer kurzen zögerlichen Überlegung, was nun zu tun sei, setzte ich mich neben sie und sah sie an. Warum hatte sie mich in ihr Zimmer eingeladen? Ich hoffte, es zu wissen, und wußte es doch nicht. Nicht nur, daß ich bei Thérèse auf alles gefaßt war (darin eingeschlossen, daß sie mir mitteilte, sie habe die Absicht gehabt, eine Partie Dame mit mir zu spielen!), ich war auch noch ohne weiteres bereit, mich ihrem Willen zu beugen. Was ich am meisten fürchtete, war, ihr zu mißfallen! Vielleicht wünschte sie lediglich, mich über ihre persönlichen Probleme zu informieren und sich bei mir in aller Offenheit über die mangelnde Wärme meines Bruders zu beschweren?

Ohne mich anzusehen (war sie sich meiner Gegenwart überhaupt bewußt?) entschuldigte sie sich beiläufig, daß sie mir nichts zu trinken anbieten könne, und mit einer etwas schroffen Geste zündete sie sich eine Zigarette an. Ich fühlte mich auf einmal beschämt, daß ich nicht einmal daran gedacht hatte, ihr Blumen mitzubringen, und mit einem Kloß im Hals in Anbetracht des Ausmaßes meiner Dummheit gestand ich ihr, was ich empfand. Sie lächelte traurig und legte, immer noch, ohne mich anzusehen, ihren Kopf auf meine Schulter. Ich verkniff mir, ihr zu sagen, daß ich sie, die Eroberin, die Verführerin, die Königin in diesem unruhigen und zurückhaltenden Mädchen nicht wiedererkannte. Ich legte einen Arm um sie und drückte sie ein wenig an mich. Da fühlte ich, wie ihre Muskeln sich allmählich entspannten. Es war, als verwandele sich der Roboter, der sie wenige Minuten zuvor gewesen war, in ein Lebewesen! Ich wartete, bis sich die Metamorphose vollzogen hatte, worüber mir das Gewicht auf meiner Schulter Auskunft gab. Ich faßte sie unter das Kinn und hob langsam den Kopf, bis unsere Blicke sich trafen. Mir schien, daß die Farbe in ihre Wangen zurückkehrte. Ich flüsterte:

»Thérèse?«

Dieses kleine Wort wirkte Wunder. Thérèses Finger ließen die Zigarette fallen, die auf die Dielen rollte und (es war heller Tabak) in einiger Entfernung vor sich hinqualmte. Ich mußte später mehr als einmal an diese unfreiwillige (oder zumindest teilweise unfreiwillige) Geste denken, die ich – zu Recht oder zu Unrecht – folgendermaßen deutete: Thérèse streckte die Waffen. Oder, wenn man so will, war diese Zigarette ihre letzte Verteidigung. Jedenfalls hielt Thérèse mir ihre Lippen hin, und ich küßte sie voller Leidenschaft. Dann ließen wir uns auf das Bett sinken, und ich versuchte, durch den dicken, kratzigen Pullover hindurch, der sie bis zu den Oberschenkeln bedeckte und der sich sehr unangenehm anfühlte, ihre Brust zu berühren. Ich sagte scherzend zu ihr, daß ich das Gefühl hätte, ein Bindfadenknäuel zu streicheln, und sie brach in Gelächter aus. Sie hatte wieder die schöne Farbe angenommen, die ich an ihr kannte, und meine bissige Bemerkung hatte den Zauber nicht gebrochen. Sie setzte sich wieder auf, um sich dieses wenig einladenden Pullovers (den sie sicher ausgewählt hatte, um mich auf die Probe zu stellen) zu entledigen. Völlig zerzaust kam sie wieder zum Vorschein, und nun konnte ich mir ein Lachen nicht verkneifen (unnötig, zu erwähnen, daß es ein Lachen vor lauter Glück war), als ich sie so sah. Unter der weißen Bluse war ihr Busen wie immer unbedeckt. Und während sie mit Hilfe eines großen, violetten Kammes ein wenig Ordnung in ihr Haar brachte, faßte ich unter dem leichten Stoff nach ihren Brüsten.

In dem Bewußtsein, daß ich sie kurz darauf nackt sehen sollte, versuchte ich mir die exakte Rundung auszumalen, die Wärme, ja, sogar die Farbe. Doch es war ein Fehler, meine methodischen Fähigkeiten zu überschätzen! Ich hatte es eilig, Thérèses Bluse aufzuknöpfen. Sie half mir dabei, ohne sich über meine Ungeschicklichkeit lustig zu machen. Zweifellos bin ich unverbesserlich sentimental, doch es ist für mich immer ein großer Augenblick, wenn ein Mädchen, das ich liebe (oder das ich begehre) mir zum ersten Mal ihre entblößte Brust zeigt. Vielleicht, weil das erste Mädchen, das sich für mich auszog (einige Male ist es mir gelungen, mich in ein Striptease-Lokal einzuschleichen, doch das ist etwas völlig anderes!), Thérèse war. Wie ich Thérèses Blick aushielt, als ich ihre Brüste in meine Hände nahm? Sie dann streichelte?

Sie dann mit meinen Lippen berührte? (Und ich dachte natürlich an die schicksalhafte Weinbrandkirsche, deren üppiges Fleisch sich unsichtbar unter meinen Zähnen wölbte ...) Schließlich waren wir beide entkleidet, standen einander reglos gegenüber, barfuß auf dem Dielenboden und leicht zitternd, trotz des brennenden Heizofens. Ich betrachtete ihre dunkle Mähne und ihre schmale Taille. Ich hätte sie gern in aller Ruhe betrachtet, so schön war sie, doch durch ein recht einfaches Mittel hinderte sie mich daran, einen Schritt zurückzutreten, um sie in voller Pracht sehen zu können. Der scharfsinnige Leser (oder Leserin) wird es mit Sicherheit erraten haben: Mit großer Zärtlichkeit, vollkommener Natürlichkeit und ohne die geringste Vulgarität packte sie mich an meiner stehenden Mannheit und zog mich langsam zu sich. Von da an wußte ich, was mich erwartete, und in meinem leicht trunkenen Kopf ertönte ein Trommelwirbel:

»Du wirst mit Thérèse schlafen! Du wirst mit Thérèse schlafen.«

Mein ganzer Stolz wurde in ihren Händen noch größer (wenn das überhaupt möglich war!). Ich streichelte nun ihren Po, versuchte jedoch nicht, zu ihrer Scham vorzudringen, denn ich hatte das Gefühl (so seltsam es auch klingen mag), daß sie es nicht wollte. Außerdem, nachdem sie mit einer Hand – mit der anderen hielt sie mich immer noch umfaßt – die Patchworkdecke und das Laken zurückgeschlagen und mich mit einer Art Judogriff auf sich gezogen hatte, und ich gerade meinen Kopf zwischen ihre Schenkel tauchen wollte, hielt sie mich fest. Sie wünschte also kein weiteres Vorspiel, was ihr Blick bestätigte. Sie hielt einen Moment inne, dann rutschte sie mit Rücken, Po und Hüften umher – offenbar, um die bequemste Position zu finden –, wobei sie ihre rosige Möse leicht öffnete, während ich mich, auf Knie und Hände gestützt, wie eine Brücke über ihr krümmte. Und plötzlich, ohne den leisesten Schrei – die an meinen Hüften steil aufragenden Beine kreuzten sich über meinen Lenden, während sie mich mit beiden Händen nach vorn zog und dabei fast zum Umkippen brachte – steckte sie mich in ihr erblühtes Fleisch ein und stieß einen erleichterten Seufzer aus.

Die Wirksamkeit und Präzision dieser Bewegung verblüfften mich. Glücklicherweise verlor ich nicht die Fassung – im Gegenteil, ich war Thérèse sogar dankbar –, als sie mich darüber aufklärte (für den Fall, daß ich daran gezweifelt hätte), daß ich nicht ihr erster Liebhaber war und mir so die mühsamen ersten Versuche Unerfahrener ersparte. Als ich sehr viel später meine Überraschung angesichts einer derart vollendeten Gymnastik ansprach, antwortete Thérèse lachend:

»Ich wollte dir zeigen, daß die Liebe nicht einfach ist!«

Und in der Tat, der Naivling, der ich war, wurde sich derweil darüber klar, wie unzureichend die Erfahrung allein war, eine solche Kür (man möge mir den sportlichen Anklang dieses Ausdruckes verzeihen) auf die Beine zu stellen. Denn ich war verblüfft über die Meisterschaft, mit der Thérèse unsere lustvollen Bewegungen lenkte wie auch über die Art, mit der sie (wie soll ich sagen?) unsere Geschlechtsorgane einsetzte, damit wir einander im Laufe dieser ebenso fließenden wie rhythmischen Vereinigung liebkosten, die letztendlich doch um so viel komplexer war als die Mechanik der simplen Kopulation (man möge mir auch diesen etwas abfälligen Ausdruck nachsehen). Allerdings bedurfte es dazu Talent. Und Thérèse, da gab es keinen Zweifel, hatte Talent für die Liebe. Vielleicht war sie die Liebe in Person …

In diesen wonnigen Augenblicken vermischte sich meine Bewunderung mit dem Glück, das ich bei dem Gedanken empfand, daß ich gerade mit Thérèse schlief, und bei dem Genuß, den es mir bereitete (und der für mich absolut unvorstellbar gewesen war, da nicht zu vergleichen mit den einsamen Vergnügungen, die ich bisher kennengelernt hatte)! Man wird mir vorwerfen, daß ich eine Erörterung schreibe, aber ehrlich gesagt, wie sonst soll ich auch nur halbwegs dem, was ich empfand, Ausdruck verleihen? Ich weiß noch, ich nahm es mir törichterweise selbst übel, daß ich nicht hinreichend dafür geschaffen war, noch tiefer in Thérèse einzudringen. Als wäre ihre Liebesfähigkeit unbegrenzt gewesen! Aber es ist wohl ganz natürlich, daß in solchen Situationen der Wunsch nach Einigkeit am größten ist.

Wenn ich Thérèses Genuß noch nicht angesprochen habe, dann nicht aus Egoismus, sondern weil ich in Anbetracht der lustvollen Gestaltung unserer Vereinigung geglaubt hatte, mich ihr ohne die geringste Sorge hingeben zu können, wenn man einmal von den unterschiedlichen, bis an die Grenzen der Sprache getriebenen Stöhnlauten ausgeht, die ihrem Mund entglitten, um unsere gleichgestimmten Bewegungen zu untermalen. Die einzigen Worte, die sie auszusprechen vermochte, waren, zu gegebenem Zeitpunkt:

»Mein Geliebter, wie groß du bist!«

Was mich natürlich im ersten Moment, als sie es sagte, verwirrte, denn ich war eher schmächtig, einen Augenblick später jedoch deutete ich es als Beweis dafür, daß Thérèse lange keinen Sex gehabt hatte, was wohl eher den Tatsachen entsprach. Nichtsdestoweniger sind solche Äußerungen dazu angetan, der Eigenliebe zu schmeicheln und die hingebungsvolle Liebe zu fördern, so daß ich mir noch Minuten später vorstellte, daß mein Glied größer geworden war. Größer und härter, wie in dem Moment, in dem die Begierde ihren Höhepunkt erreicht und das erigierte Glied zu schmerzen beginnt. Ich weiß bis heute nicht, ob es sich um eine physiologische Tatsache handelt oder ob es nur Einbildung ist. Unsere Geschlechtsteile gaben immer lauter werdende Geräusche von sich, die sich anhörten wie Küsse, unser Rhythmus wurde schneller, wir keuchten, meine Hände kneten Thérèses Brüste, und ihre Fingernägel bohrten sich in meinen Hintern. Ich flüsterte, oder vielmehr stammelte in Thérèses Ohr:

»Thérèse, kann ich in dir bleiben?«

Nur ein Augenblick, in dem sie Atem schöpfte, denn sie wurde von einem gewaltigen Beben geschüttelt, dann schrie sie:

»Ja, mein Geliebter, bitte erfülle mich mit deinem Samen!«

Ich habe diesen exquisiten Satz danach insgeheim oft wiederholt. Kann man sich tatsächlich eine größere Ausdruckskraft, verbunden mit einer köstlicheren Aufforderung erträumen? Der Einsatz von Possessivpronomen verspricht hier seltenes Glück, und der Liebhaber, an den sich diese Aufforderung richtet, darf sich versichert fühlen, daß die Beweise seiner Liebe einzig diejenige zu beglücken vermögen, die sie entlockt. Und so zögerte ich nicht. Ich warf mich nach vorn, als wolle ich Thérèse durchbohren. Die ganze Zeit, in der mein Samen herausschoß, durchpflügte ich sie heftig, wobei ich brüllte und mich anscheinend wild umherbewegte, denn ein heftiger Lärm riß uns aus der Ekstase: Es war Thérèses Mädchenbett (habe ich erwähnt, daß es sich um ein Einzelbett handelte?), das abgetrieben war und gegen die Tür schlug. Verdutzt, erschöpft, außer Atem, sahen wir einander an und brachen in ein irres Gelächter aus, das uns gute fünf Minuten keine Ruhe ließ.

Erschöpft, aber glücklich blieben wir einfach in den spermabefleckten Laken liegen und sahen einander an. Endlich konnte ich in Ruhe Thérèses nackten Körper betrachten, ohne von ihr sogleich herrisch (wenn auch zärtlich) zur Ordnung gerufen zu werden wie kurz zuvor. Sie hatte einen wundervollen Körper, voll und harmonisch zugleich, wo die Rundungen sich vollkommen mit der Zartheit der Glieder vereinten. Die Erregung von der Liebesschlacht stand ihr hervorragend und zeigte sich in der Röte, die ihre Wangen überzog, sowie der stürmisch zerzausten dunklen Mähne. Zwischen ihren Oberschenkeln, auf einigen der glänzenden, schwarzen Haare ihres Buschs, hatte ich Spuren hinterlassen. Da ich also wieder meine Betrachtung aufnahm (und ich fühlte mich im übrigen nun wirklich eingeschüchtert durch ihre Gegenwart, vielleicht, weil sie so schön war, so daß ich nicht wagte, meine Hand auf ihre Hüfte oder ihre Brust zu legen), spielte auch sie dieses Spiel und zündete sich eine Zigarette an, die sie, ohne ihre Position zu verändern (so klein war das Zimmer!), aus dem Regal fischte. Sie rauchte und sah mich an, in der Erwartung (das spürte ich), daß ich zuerst spreche. Es kostete mich einige Mühe, zu sprechen, denn das, was ich sagen wollte, war vor ihr nicht leicht auszudrücken.

»Thérèse, verzeih mir, wenn ich dir sagen ... vor allem jetzt, wo ...«

Nein, sie half mir nicht! Ich mußte es alleine schaffen.

»Ich wußte, daß du Lust auf Sex hattest. Daß du schreckliche Lust darauf hattest. Und wenn es nicht so gewesen wäre, wäre ich natürlich nicht hier. Du darfst mir nicht böse sein, Thérèse, wenn ich dir so dumme Fragen stelle. Es ist einfach so verrückt, was mir passiert!«

Thérèse beobachtete mich seelenruhig, wobei sie in langen Intervallen dünne Rauchsäulen ausstieß, als wäre ihre größte Sorge, ihre Blöße hinter diesem durchsichtigen Vorhang zu verbergen.

»Du bist so schön, Thérèse! Und ich liebe dich

sehr! Aber du hattest eine solche Lust auf Sex, daß … es jeder andere hätte sein können. Ich kritisiere dich nicht, Thérèse! Im Gegenteil. Ich denke vielmehr, daß für dich jeder andere besser gewesen wäre als ich. Aus vielen Gründen …«

Endlich ließ sie sich dazu herab, zu antworten.

»Du hast recht: Es hätte mit jedem anderen passieren können. In aller Heimlichkeit. Sehr bequem. Ich hätte meine gute Laune behalten, und niemand hätte etwas bemerkt. Aber wie du siehst, habe ich mich anders entschieden …«

»Warum, Thérèse?«

»Weißt du, ich habe mir gesagt: Es ist das kleinere Übel. Seit unserem Kuß neulich nachts habe ich mir immer wieder gesagt: Es ist das kleinere Übel. Auch heute noch, als ich auf dich wartete, sagte ich mir: Es ist das kleinere Übel …«

Ihre Lippen zitterten, sie hatte ihre majestätische Haltung verloren. Doch wütend wegen ihrer Schwäche, kämpfte sie mit aller Macht gegen sich selbst.

»Doch als du dich auf mein Bett gesetzt hast, als du meinen Namen gesagt hast, da wußte ich, daß alle Entschuldigungen, die ich gefunden, alle Vorwände, die ich mir zurechtgelegt hatte, nicht Hand und Fuß hatten, daß nichts Wahres daran war. Das einzige, was ich sicher wußte …«

Sie biß sich auf die Lippen und drückte die Zigarette in einem Aschenbecher aus.

»Das einzig Wahre ist, daß ich Lust hatte, mit dir zu schlafen.«

Ein Beben ging durch ihre prachtvolle Brust,

während sie ihre Mähne schüttelte, als wolle sie die Worte, die sie soeben ausgesprochen hatte, vertreiben. Erschrocken und glücklich zugleich über dieses Geständnis, wußte ich nicht, wie ich sie beruhigen sollte. Ich näherte mich ihr und legte meinen Kopf auf ihren Bauch, durch den ein schnelles Zucken ging.

»Ich höre deinen Bauch singen, Thérèse.«

Sie lachte nervös.

»Und weißt du, was mein Bauch singt? Er singt:

Ich bin voller Samen,
Samen von Francis,
Denn ich liebe den Samen,
Den Samen von Francis!«

Mein Blick muß so entsetzt gewesen sein, daß diesmal Thérèse in ein befreiendes Gelächter ausbrach. Sie strich mir durch die Haare und sagte:

»Du wirst mich jetzt für ein Ungeheuer halten! Aber Frauen sind keine Wesen, die man aus den Wolken ausschneidet. Sie lieben es, geliebt zu werden. Sie wünschen sich, daß man zugleich ihr Herz und ihre Möse erfüllt. Wie du. Du hast mich so unbefangen begehrt! Wie ein Kind vor dem Schaufenster einer Konditorei. Ich hätte deinem Verlangen nur dann widerstehen können, wenn das meine befriedigt gewesen wäre. Glück macht egoistisch.«

Ohne mir auch nur eine Sekunde Gedanken zu machen, was an meinem Verhalten kindisch gewesen sein mochte, begann ich, nacheinander an ihren Brüsten zu saugen. Sie fuhr halblaut fort:

»Doch ich weiß, daß die weibliche Sinnlichkeit Jungen in deinem Alter oft erschreckt. Daß ein Mädchen wie eine Stute genießen kann, sich windet, stöhnt oder obszöne Dinge sagt, macht ihnen angst und ekelt sie manchmal sogar. Ich wollte vorhin zum Beispiel nicht, daß du meine Möse berührst, weil ich schon viel zu erregt war! Mein Geliebter, ich hatte eine solche Lust auf dich, daß ich ganz feucht war vor Erregung. Stell dir mal vor, du hättest dich geekelt, wenn du es entdeckt hättest. Wir hätten uns nicht lieben können …«

Mein Lippen glitten zu ihrem Mund hoch, und wir tauschten einen langen Kuß, der ihr ihre Fröhlichkeit zurückgab. Wir saßen wieder Seite an Seite auf der Bettkante, genau in unserer Anfangsposition. Sie hatte sanft meine Eier gefaßt, die sie in der linken hohlen Hand hielt, und kaum daß sich eine neue Erektion ankündigte, wurden die Finger ihrer rechten Hand zu einer Art beweglicher Hülle. Dann sah sie mir, ernsthaft und liebevoll, direkt in die Augen. Darauf kniete sie sich zu meinen Füßen auf die Holzdielen, warf mir einen letzten Blick zu und nahm mein Glied in den Mund. Von ihrem Gesicht sah ich nur noch die Stirn, die Nase und ihre langen, gesenkten Wimpern, wie die einer fleißigen Schülerin.

Ich wurde gleichzeitig bestürmt von dem zeitweilig aussetzenden Druck ihrer Zähne, dem Kitzeln ihrer Zunge, den zarten Lippen und dem warmen Gaumen, von der Saugbewegung ihrer Wangen ganz zu schweigen, und kam wahrscheinlich sehr viel schneller zur Eruption, als sie selbst geahnt hatte. Doch sie öffnete ihre Nasenlöcher weit und ließ zu meinem großen Erstaunen nicht von mir ab, als ich so tief es ging in ihrem Mund spritzte, als hätte ich gehofft, mit meiner Eichel ihre Kehle verschließen zu können. Obwohl es sie Mühe kostete, zu atmen, hielt sie mich noch lange zwischen ihren Lippen gefangen, als wollte sie meine Manneskraft bis auf den letzten Tropfen aussaugen. Als sie endlich gesättigt war, sank sie keuchend, mit geschlossenen Augen, auf das Bett. Doch ich wagte aufgrund einer törichten Zurückhaltung nicht, die Spuren meiner Opfergabe von ihren weißen Lippen zu küssen. Kaum hatte ich indessen mit den Fingerspitzen ihre feuchte Möse gestreichelt (ich war – selbst in dem Alter – selten in der Lage, meine sexuelle Leistungsfähigkeit unmittelbar nach dem Akt wiederzuerlangen), befand ich mich sogleich erneut in einem Zustand der Erregung. Ein glücklicher Seufzer empfing mich, als ich zum zweiten Mal in Thérèse eindrang, die, auch wenn sie die Augen nicht wieder öffnete und mir diesmal die Initiative überließ, mein Unterfangen mit jeder Faser ihres Körpers guthieß. In einer schmerzhaften Spannung, diesmal aufgrund der Konzentration statt der körperlichen Leidenschaft, besaß ich sie zum zweiten Mal …

Wie man sich wohl vorstellen kann, fürchtete ich mich davor, Thérèse in Gegenwart meines Bruders und meiner Eltern wiederzusehen. An jenem Abend, nur wenige Stunden, nachdem sie meine Geliebte geworden war, sah ich Thérèse in vollem Besitz ihrer Selbstbeherrschung, wie sie zu unser aller Freude ihren Charme versprühte. Mir gegenüber nicht die geringste Veränderung in ihrem Verhalten, außer vielleicht einer etwas direkteren Zärtlichkeit. Meine Schuldgefühle jedenfalls wurden dadurch beträchtlich abgeschwächt. Ich beglückwünschte sogar – ausgesprochen heuchlerisch – mich selbst, das allgemeine Wohlbefinden gesteigert zu haben, weil ich mit Thérèse schlief! Einige Tage später kam es zu einem Vorfall, der mich darüber hinaus noch davon überzeugte, daß es einen eigenartigen, doch unleugbaren Zusammenhang zwischen meiner Beziehung mit Thérèse und der Beziehung zwischen ihr und meinem Bruder gab. Eines Abends, als die eisige Kälte und die angespannte Atmosphäre zwischen den Verlobten uns dazu getrieben hatte, tüchtig zu trinken, blühte Thérèse wieder zu dieser süßen Verrücktheit auf, die ihren Charme und gleichzeitig ihre Kühnheit vervielfachte. Als sie sich dem Kamin, der einzigen Lichtquelle, genähert hatte, zog sie sich plötzlich ruhig aus, wobei sie uns den Rücken zukehrte, und zündete sich dann mit einem glühenden Holzscheit, den sie mit der Zange aus dem Feuer gefischt hatte, eine Zigarette an. Schließlich kam sie lachend und gänzlich entspannt auf uns, die wir sie verblüfft betrachteten, zu. Sie war vollkommen nackt. Sie umarmte meinen Bruder und sagte zu ihm:

»Tanz mit mir, Philippe.«

Ich legte eine ziemlich langsame Schallplatte auf. Doch bevor das Stück zu Ende war, riß sie sich aus den Armen ihres Verlobten und beschimpfte meinen Bruder und mich, daß wir zwei ebenso widerwärtige Subjekte seien wie diese bis obenhin zugeknöpften Herren, die sich in Bars nackte Frauen ansehen – kurz gesagt Voyeure.

»Zieht euch auch aus, oder ich ziehe mich wieder an.«

Diese im Befehlston ausgesprochene Drohung verfehlte ihre Wirkung nicht. Thérèses Nacktheit, die im tanzenden Lichtschein des Holzfeuers noch verwirrender war – ich hatte guten Grund, anzunehmen, daß Philippe sie zum ersten Mal so bewunderte und daß er, obgleich ihn meine Gegenwart genierte, dieses faszinierende Schauspiel fortzusetzen wünschte. Seit Thérèse ihren Striptease begonnen hatte, bewegte er sich wie ein Roboter (oder besser: wie eine Marionette), so wie das junge Mädchen es wollte. Was mich betraf, auch wenn ich drei Tage zuvor mit Thérèse geschlafen hatte, so hatte das mein Verlangen keineswegs besänftigt, ganz im Gegenteil. Mein Bruder zog sich aus.

»Du auch, kleiner Bruder.«

Und Thérèse half mir, mich auszuziehen, knöpfte mit einer ausgelassenen Schamlosigkeit mein Hemd und meine Hose auf. Ich hatte kaum die zweite Socke ausgezogen, da preßte sie sich auch schon an mich, und wir begannen, hauteng miteinander zu tanzen. Inzwischen hatte sie den Blues, den ich ausgewählt hatte, durch eine Platte mit kubanischer Musik ersetzt, die ein wollüstigeres Bein- und Hüftspiel erforderte. Ich glaube nicht, daß ich ein großes Geheimnis verrate, wenn ich sage, daß mir nichts, außer vielleicht der undeutlichen Beleuchtung, half, meinen Zustand äußerster Erregung zu verbergen. Im Gegenteil, das sanfte Kreisen von Thérèses Unterleib gegen meinen sowie das Reiben ihrer nackten Brüste an meiner Brust konnte meine Erregung nur noch verstärken. Doch ich ahnte, daß auch mein Bruder sich nicht gerade in einem züchtigen Zustand befand, wenn man es überhaupt unzüchtig nennen kann, vor der Frau, die man liebt, so zu erscheinen. Unter diesen Bedingungen fiel es mir wirklich schwer, mich nicht von meiner Leidenschaft hinreißen zu lassen, zumal Thérèse mir die ganze Zeit Dinge ins Ohr flüsterte wie:

»Wie steif du bist, mein Geliebter, wie steif du bist!«

Oder aber:

»Dein Schwanz verbrennt mich!«

Jedenfalls war auch ein wenig Erleichterung dabei, als ich sie endlich meinem Bruder überließ. Während ich beobachtete, wie Thérèse, die mir den Rücken zukehrte, sich in den Hüften wiegte, bemerkte ich, daß ihre Bewegungen bei ihm noch weit beredter waren als bei mir. Er mußte in einem schönen Zustand sein! Sie traten auf der Stelle und wiegten ihre Körper, als würden sie von sanften Wellen getragen, und es fehlte nicht mehr viel zum Liebesakt. Mein Bruder war schnell überzeugt, ohne daß Thérèse noch weitere Argumente ins Spiel bringen mußte. Und als sie leise, doch so deutlich, daß ich es verstehen konnte, sagte: »Mach's mit mir«, waren sie schon auf den Teppich gesunken. Thérèse spreizte ihre Beine, wobei sie die Füße vom Boden hob, er wich ein wenig zurück, um dann direkt und feucht gleitend in sie einzudringen, was mich jedoch schon nicht mehr verwunderte. Thérèse begann, schwer zu atmen, während ich ihren Nacken und ihre Hüften mit Kissen stützte (was mein Bruder möglicherweise als Anzeichen eines Komplotts gedeutet haben mag, den sie und ich gegen seine Sittsamkeit geschmiedet hatten). Sie lächelte mir leicht verstört zu, dann kreuzte sie ihre Beine über den Lenden meines Bruders und gab mit regelmäßigen Kontraktionen den Rhythmus ihrer Vereinigung vor. Schließlich wurden ihre Seufzer höher und nahmen an Fülle zu. Was ich zuvor sozusagen von innen erlebt hatte, durfte ich dieses Mal von außen betrachten. Ich kniete neben ihnen (doch meine Anwesenheit kümmerte sie nicht, ja, schien sie nicht im geringsten zu stören, so sehr waren sie mit sich selbst beschäftigt) und bewunderte von ganzem Herzen und ohne eine Spur von Eifersucht (glaube es, wer wolle!) den Ablauf dieses uralten Spiels, neben dem alles andere Kinderkram ist. Doch um die vollkommene Neutralität des Beobachters zu wahren, war meine Anteilnahme entschieden zu intensiv, und eine zeitliche Harmonie, die um so bemerkenswerter war, als meine Hände dabei keine Rolle spielten, wollte, daß wir gleichzeitig zur Ekstase gelangten. Ich schwöre – und ich habe nie von anderen Beispielen dieses Phänomens gehört (das sich im übrigen bei mir nie wiederholte) –, daß ich, obwohl ich nicht einmal mit den

Fingerspitzen mein Glied berührt hatte, im gleichen Moment ejakulierte wie mein Bruder, auch wenn ich das nicht so genau sagen kann, schließlich hatte Philippe das ganz besondere Glück, seinen Samen in die geheimsten Tiefen von Thérèses Körper zu spritzen.

Sie lag noch immer in Philippes Armen, und als sie wieder Atem geschöpft hatten, drehte sie mir den Kopf zu und bemerkte auf dem Teppich die Zeichen meiner Leidenschaft. Sie löste sich aus der Umarmung ihres Verlobten und war mit einem Satz bei mir, der ich immer noch wie festgewachsen am gleichen Fleck hockte. Sie kniete sich vor mich und schlang einen Arm um meinen Hals. Von Schweiß und Samen ganz feucht, küßte sie mich und sagte immer wieder:

»Mein Geliebter! Wie sehr du mich liebst ...«

Da Thérèse meinem Bruder den Rücken zukehrte, konnte er nicht sehen, daß sie mit der freien Hand meine Eier nahm (wie sie es neulich in ihrem Zimmer getan hatte, bevor sie mein Glied in den Mund genommen hatte). Und selbst wenn mein Bruder es bemerkt hätte, hätte er vielleicht nichts gesagt, denn möglicherweise dachte er, daß Thérèse nun, nachdem sie mit ihm geschlafen hatte, auch mit mir schlafen würde! Die anzügliche Art, in der Thérèse kurz zuvor mit mir getanzt und meine Erektion provoziert hatte, indem sie sich lasziv an mir rieb, hatte er wahrscheinlich als Warnung aufgenommen: Wäre er Thérèses Bitte, mit ihr zu schlafen, nicht nachgekommen, hätte sie eben mich darum gebeten. Und ohne mein Geheimnis zu kennen (doch meine spontane Ejakulation hätte ihn zumindest Verdacht schöpfen lassen müssen), war Philippe sicher überzeugt, daß ich nicht abgelehnt und vor seinen Augen mit Thérèse geschlafen hätte. Sein eigenes Verlangen hatte dann ein Übriges getan.

»Es war so schön, Thérèse!«

Sie schnitt mir das Wort ab, indem sie ihre Zunge in meinen Mund bohrte, und drückte meine Eier, ohne mir jedoch weh zu tun. Dann zog sie den Kopf zurück, schüttelte ihr Haar und sah mir direkt in die Augen. Die ihren glänzten ungewöhnlich. Sie stand auf und flüchtete sich in die Arme meines Bruders, um ihm aufgeregt etwas ins Ohr zu flüstern. Er begann zu lachen, und sie schien ein wenig verwirrt, oder spielte es zumindest hervorragend.

»Weißt du, was Thérèse sagt? Daß ihr Glück vollkommen gewesen wäre, wenn du sie zur gleichen Zeit besessen hättest wie ich, daß heißt, wenn du …«

Ich signalisierte, daß ich verstanden hatte, als mein Bruder plötzlich ins Stocken geriet. Doch ich bewunderte ihn dafür, daß er sich entschied, mit Humor zu nehmen, was selbst andere, die sich eigentlich nicht für prüde hielten, empört hätte. Doch was ich am meisten bewunderte, war der außergewöhnliche Instinkt von Thérèse, mit dem sie die verzwicktesten Situationen auflöste (das, was ich ihre Liebesbegabung nannte). Mit der größten Selbstverständlichkeit spekulierte sie auf Philippes Gerechtigkeitssinn: In dessen Augen mußte ich frustriert sein, denn schließlich war ich den gleichen Reizen ausgesetzt wie er, nur war mir nicht die gleiche Gunst erwiesen worden. Gewiß, er war der Verlobte und nicht ich, doch mit ihrer eigenen Großzügigkeit forderte Thérèse fortwährend dazu auf, sich von jeder Form der Kleinlichkeit und des Egoismus zu befreien. Andererseits benutzte Thérèse mich – an jenem Abend war das deutlicher als je zuvor – zur Steigerung ihrer und Philippes Lust. Somit war ich ein unverhohlenes Mittel der Erpressung! Das bekräftigte also meine Hypothese, daß sie mich für meine treuen Dienste als Herzensdiener mit Liebe entlohnte. Nichtsdestoweniger bin ich überzeugt, daß Thérèse mich niemals für ihre Zwecke mißbraucht hätte, ohne mir vorher ihre zärtliche Zuneigung zu bezeugen. So war sie eben: nicht nur eine liebende, sondern auch eine großzügige Natur. In ihren Augen hatte man nur dann das Recht, mit der Liebe zu spielen, wenn man Liebe gab. Und in der Tat, hätte Thérèse sich mir nicht einige Tage zuvor hingegeben, so hätte meine eigene Ungeduld mich sicher daran gehindert, eine solche Opferbereitschaft an den Tag zu legen und den ergebenen Diener ihrer Liebe zu spielen. In gewisser Weise hatte sie aus mir ihren Schüler gemacht.

Darauf bedacht, die männliche Eitelkeit, von der sich keiner von uns wirklich freisprechen kann, nicht übermäßig in Unruhe zu versetzen, streichelte Thérèse nun bei meinem Bruder das Symbol eben dieser Eitelkeit, und das nicht ohne Erfolg, wie man sich wohl vorstellen kann. Ich ging davon aus, daß diesmal meine Anwesenheit nicht mehr vonnöten war, und nachdem ich meine Kleider zusammengesucht hatte, wünschte ich ihnen noch einen schönen Abend. Doch obwohl sie in den Armen meines Bruders lag und ihn selbst mit beiden Händen festhielt, verlangte sie einen Kuß von mir. Ihr feuchter, zitternder Mund sowie die Art, in der sie das Glied meines Bruders umklammert hielt, ließen mich ziemlich klar voraussehen, daß sie, sobald ich fort wäre, zu Philippes Füßen gleiten würde und, die Lider gesenkt, andächtig ... Diese Vorstellung versetzte mir, im Gegensatz zu dem Schauspiel, dem ich gerade beigewohnt hatte, einen seltsamen Stich im Herzen. Sicher liegt das daran, daß man diese Art der Zärtlichkeit weniger als alle anderen teilen möchte, denn die Frau ehrt damit ausdrücklich die Einzigartigkeit ihres Liebhabers.

Fast hätte ich vergessen, von der Antwort zu berichten, die Thérèse, kurz bevor ich mich zurückzog, auf eine Frage meines Bruders gab, die auch mich drei Tage zuvor beschäftigt hatte. Philippe wunderte sich darüber, daß Thérèse nicht, wie es dem geläufigen Klischee entsprach, ins Badezimmer eilte, um jede Samenspur zu entfernen, die sie befruchten könnte (es war zu einer Zeit, in der schwangerschaftsverhütende Methoden noch der Legende angehörten). Wollte sie etwa ein Kind? Thérèse antwortete lachend:

»Aber nein! Ich bin zur Mutterschaft nicht begabt ...«

Das hörte sich so lustig an, daß auch wir lachen mußten. Dennoch beschwor diese Antwort das Bild eines schrecklichen, weichen Fleischhügels herauf. Eine grauenhafte Vision! Ich muß wohl kaum hinzufügen, daß auch ich mich nicht als Vater für geeignet hielt. Doch Thérèse fuhr fort:

»Ich habe alle notwendigen Vorsichtsmaßnahmen getroffen ...«

Und ihr Talent zur Provokation (das ebenso ausgeprägt war wie ihr Liebestalent) muß ihr zudem diesen meisterhaften Geistesblitz eingeflüstert haben:

»... und außerdem bewahre ich gerne so lange wie möglich den Samen meiner Liebhaber in mir!«

Einige Zeit darauf teilte Thérèse uns mit, daß mein Bruder und ich zu einer riesigen, vornehmen Party (sie nannte es Superfete) eingeladen würden, die am Pfingstwochenende in einem Schloß an der Eure, etwa hundert Kilometer von Paris, stattfinden sollte. Sie selbst war für die Organisation dieser (trotz des Datums heidnischen) Party mitverantwortlich, auf der es, wie sie mit geheimnisvollem Lächeln sagte, weder »an Getränken noch an Musik, Mädchen oder Betten« fehlen würde. Außerdem würden nur Leute eingeladen, die den besonderen Umständen gewachsen seien. Das ließen wir uns nicht zweimal sagen.

Unsere Abende waren züchtiger geworden. Ich war nun nicht mehr Zeuge von Thérèses und Philippes Liebesspielen, und ich brauchte mich noch nicht einmal taktvoll zu entfernen, denn offensichtlich trafen sie sich nunmehr regelmäßig woanders, vermutlich in Thérèses Zimmer. Zudem trennten wir uns abends früher als sonst, was mein Bruder mit seinem näherrückenden Examen rechtfertigte, eine Maßnahme, die bei unseren Eltern auf Wohlwollen stieß. Außerdem mußte auch Thérèse ein, zwei Scheine in Philosophie (oder Psychologie) machen, und ich mußte in diesem Jahr endlich mein Abitur schaffen, das mir im Jahr zuvor durch die Lappen gegangen war (doch offen gestanden zählte das in den Augen meiner Eltern recht wenig, im Vergleich zum Studium meines Bruders und seinem Abschluß!). Der Winter ging seinem Ende entgegen, die Luft wurde milder, und die Sonne liebkoste die Dächer von Paris.

Eines Abends, gegen elf Uhr, die »Aufreißerstunde« schlechthin am Jardin du Luxembourg (mein Bruder und ich begleiteten Thérèse zu Fuß nach Hause), begegnete uns ein Mädchen, das mir außergewöhnlich schön erschien. Ihre Erscheinung im Licht einer Laterne traf mich wie der Blitz. Thérèse, die das bemerkt hatte, ermutigte mich, die schöne Vorübergehende anzusprechen. Doch ich hatte nicht die Kraft dazu, zumal ich noch nie (außer vielleicht zum Spaß oder um vor meinen Freunden anzugeben) ein Mädchen auf der Straße angesprochen hatte. Das Mädchen drehte sich um, lächelte und verschwand im Dunkeln. Thérèse rügte meine mangelnde Kühnheit:

»Kleiner Bruder, du bist kein Kind mehr! Diesem Mädchen da hast du gefallen. Das habe ich an ihrem Lächeln gesehen, und du übrigens auch … Vielleicht fällt sie schon in zehn oder zwanzig Minuten einem Idioten in die Hände. Wenn es nicht schon passiert ist. Manchmal widert einen die Einsamkeit so an, daß man einfach den Erstbesten nimmt, der einem über den Weg läuft! Es wäre besser gewesen, wenn du es wärst. Für dich und für sie. Auch wenn ihr nur etwas zusammen getrunken hättet ...«

Philippe sagte, Thérèse wolle offensichtlich einen perfekten Verführer aus mir machen, den Don Juan des Boul' Mich', den idealen Tröster der einsamen Frauen, der sehr jung und sehr erschöpft in einer großen, mit Sofas vollgestopften und mit Photos seiner unzähligen Eroberungen tapezierten Wohnung sterben würde. Thérèse setzte noch einen drauf: Sie sah mich als wohltätiges Mitglied einer Institution, die junge Mädchen von Welt, aber auch aus ganz anderen Milieus, mit praktischen und spirituellen Übungen auf die Freuden und Leiden der Liebe vorbereitete ...

»Nein, Mademoiselle, sie haben meinen Rat nicht befolgt: Ihre Schenkel sind nicht im Winkel von fünfundvierzig Grad gespreizt, der allein eine befriedigende Vereinigung erlaubt. Das ist der Beweis: Beachten Sie die Schwierigkeiten, die ich habe, vollständig in Sie einzudringen! Ich bitte Sie, bis nächsten Montag diese Position vor dem Spiegel noch einmal zu üben. Ich bin überzeugt, daß Sie es mit ein bißchen Übung und gutem Willen schaffen werden. Erlauben Sie mir, mich zurückzuziehen, ohne Ihnen eine gute Note zu geben, die Sie nun wirklich nicht verdient haben. Weinen Sie nicht, Mademoiselle! Um Ihnen zu zeigen, daß ich Ihnen Ihren mangelnden Fleiß im Kurs nicht übelnehme, werde ich mich großzügigerweise einige

Minuten einer Übung widmen, die Ihre süßen kleinen Lippen geschmeidig macht, denn sie sind noch nicht ganz so fügsam, wie es die Liebesfreuden verlangen ...«

So oder ähnlich sahen die schlüpfrigen Vorschläge aus, die Thérèse mir scherzend unterbreitete, im Hinblick auf die beneidenswerte Tätigkeit, die sie sich für mich vorstellte. Unnötig zu sagen (und ich bin der erste, der es bedauert), daß sich die Gelegenheit, diese Berufung zu erfüllen, noch nicht ergeben hat!

Am nächsten Tag kamen wir drei wieder auf die Orgie in V...-le-Château (ich kann den Ort aus Gründen der Diskretion nicht näher bezeichnen) zu sprechen. Schon bald entfachte sich eine heftige Diskussion über Liebesbeziehungen und sexuelle Freizügigkeit. Mein Bruder vertrat den Standpunkt (und ich war da ganz ähnlicher Ansicht), daß eine extreme sexuelle Freiheit eine ernsthafte Bedrohung für die wahre Liebe sei. Mit hochrotem Gesicht verkündete Thérèse, daß, wenn die Liebe nicht in der Lage sei, gewisse Freiheiten zuzulassen, es sich nicht um wahre Liebe handele, sondern um ein verstecktes Relikt der sexuellen Unterdrückung, der Gewaltherrschaft, die einer der Partner (in der Regel der Mann, doch nicht immer) über den anderen ausübe. Sie verliere dadurch ihre Bedeutung als Befreierin und werde zu einem unerträglichen Zwang, einer heuchlerischen Versklavung, einem Relikt der Steinzeit.

»Und wenn die Liebe der Freizügigkeit zum Opfer fällt?« fragte ich.

»Dann ist das nur ein Beweis dafür, daß sie ihrer Absicht nicht gewachsen ist«, gab sie zurück.

»Aber ist denn dann nicht zwangsläufig, wenn man es vom Standpunkt des Vergnügens betrachtet, die Liebe von vornherein der Freizügigkeit unterlegen, die ja schließlich mehr Mittel und Möglichkeiten der Lust bietet?« fragte mein Bruder.

»Der Liebhaber – selbst wenn es sich um mehrere handelt –, der den Körper befriedigt, kann sich nicht mit dem Liebhaber messen, der das Herz erfüllt. Derjenige, der die Nacht verzaubert, ist manchmal, sobald er sein Hemd wieder anzieht, nur noch ein Zauberer, der keine Macht mehr besitzt. Er hat all das, was er zu erobern glaubte, verloren. Was bleibt, ist nur die schnell beseitigte, lächerliche Spur seiner Heldentaten. Der fleischlichen Vereinigung, so leidenschaftlich sie auch gewesen sein mag, folgt nur Leere ...«

»Doch wenn der Liebhaber, der das Herz erfüllt, den Körper nicht befriedigt?«

»Er ist dennoch fein heraus: bevorzugt, weil unersetzbar.«

»Bevorzugt, aber betrogen?«

»Betrogen, aber bevorzugt.«

»Und wenn er gut im Bett ist, kann er dann sicher sein, daß er der einzige ist?«

»Nicht unbedingt. In den Armen eines anderen kommt seine Geliebte in den Genuß, sich sagen zu können: ›Ach! Wie glücklich wäre ich, wenn er es jetzt wäre ...‹«

»Ermutigung zur Treue?«

»Nein, denn sie kann so etwas nur denken, wenn

sie mit einem anderen schläft, oder mit mehren. Und wenn sie ihn betrügt, liebt sie ihn am meisten. Sie kann ihn jederzeit mit seinen Rivalen vergleichen. Die Liebe gewinnt bei ihr etwas Metaphorisches ...«

»Oder etwas Olympisches? Es entsteht ein permanenter Wettstreit zwischen den Betrogenen, für die es immer die eine oder andere Goldmedaille einzuheimsen gibt!«

Ich versuchte, das Ganze ins Lächerliche zu ziehen, denn ich fürchtete, daß diese scherzende, doch halb ernstgemeinte Unterhaltung eine katastrophale Wendung nehmen könne. Noch nie hatte Thérèse, die sich nun immer mehr zu Betrachtungen philosophischer oder psychologischer Art hinreißen ließ, sich derart in Widersprüche verstrickt, die beängstigende Abgründe in ihrem Privatleben erahnen ließen. Und nicht nur das vermutlich recht anstößige Wochenende in V...-le-Château stand auf dem Spiel, sondern auch das Schicksal des Paares Philippe-Thérèse (mit einigen zufälligen »Niederschlägen« auf meinen Garten der Lüste). Da zwang plötzlich ein wichtiger Anruf meinen Bruder, uns zehn Minuten zu verlassen.

Thérèse, die die Diskussion sehr erregt hatte, stand an einen Mauervorsprung gelehnt da. Sie rauchte in einer Art kaltblütigem Zorn, den jedoch lediglich das Zittern ihrer Nasenflügel und ihr finsterer, ins Leere starrender Blick verriet. Seit sie in meinem Beisein die Geliebte meines Bruders geworden war, hatte sie mich nicht mehr in ihr Zimmer eingeladen, wo sie nunmehr zweifellos ihren

Verlobten empfing; überdies vermied sie jegliche Bezeugung einer besonderen Zärtlichkeit (wie zum Beispiel, mich auf den Mund zu küssen). Für all das konnte ich ihr natürlich keinen Vorwurf machen, denn ich war mir immer darüber im klaren gewesen, daß ich ihr nur als vorläufiger Ersatz gedient hatte. Ich näherte mich ihr in der Absicht, sie zu trösten, doch sie warf mir einen so wütenden Blick zu, daß ich mit offenem Mund und wie gelähmt stehenblieb. Als sie sah, was ihr Zorn angerichtet hatte, wurde sie verlegen und flüsterte:

»Verzeih mir, mein Geliebter.«

Ich wollte sie küssen, doch sie wandte ihr Gesicht ab. Ich stand direkt vor ihr und spürte plötzlich, wie sie am ganzen Leib warm wurde. Ich berührte kurz ihre Brüste, doch dann kamen meine Hände sogleich ihrer stummen Aufforderung nach und glitten unter den kurzen Rock, ohne daß sie Widerstand leistete. Kaum daß meine Finger unter dem Nylonstoff die brennende Wunde ihres Geschlechts erreichten, begann sie, schwer zu atmen, wie damals im Treppenhaus, doch sie ließ ihre Zigarette nicht los, sondern stieß weiterhin, das Gesicht immer noch abgewandt, lange Rauchsäulen aus. Es gelang mir, den Slip soweit hinunterzuschieben, daß meine ganze Hand zwischen ihren Schenkeln Platz fand und ich darauf meinen Mittelfinger rhythmisch in die engste ihrer Öffnungen gleiten lassen konnte (was ich noch nie gemacht hatte). Sie bäumte sich auf, nicht, um sich mir zu entziehen, ganz im Gegenteil, dann flüsterte sie im Takt:

»Ja! Ja! Ja!«

Mein Daumen fand seine Lust in ihrer Vulva und bewegte sich wie der Pimmel eines Zwergs, und der Mittelfinger schob sich in ihre Rosette. So hob ich mit meiner doppelten, heftigen Liebkosung wortwörtlich ihr Fleisch, während meine linke Hand ihre Brüste walkte. Und dazu, muß man sich vorstellen, wie schon beim letzten Mal das Telefongespräch meines Bruders im Nebenzimmer als lautliche Untermalung! Ich ließ Thérèse keine Ruhe, bis sie mir erschöpft, leer und weich wie ein Stück Stoff endlich ihre Lippen, ihre Zähne, ihre Zunge überließ. Als ich meine zu lange abgelenkte Begierde nicht mehr zurückhalten konnte, flüchtete ich – die völlig verschmierte rechte Hand ausgestreckt, als hätte ich gerade eine Bluttat begangen – ins Badezimmer, öffnete meine Hose und vermischte die brennenden Ausschüttungen meiner Geilheit mit den feuchten Liebesgaben von Thérèse. Die Obszönität meiner Gesten verwirrte mich. Ich hatte lange Zeit nur die schönen, glänzenden, schmucken Seiten der Liebe sehen wollen: Auf einmal entdeckte ich die Abgründe des Eros, die wilde und schwarze Kehrseite der fleischlichen Anziehungskraft, die Hölle der Begierde. Mit fast siebzehn Jahren konnte es einem Jungen, der noch so unerfahren war wie ich, bei einer solchen Entdeckung geradezu den Magen umdrehen. Da fällt mir wieder die so verzweifelte Bemerkung ein, die ich Jahre später aus dem (wunderschönen) Mund eines »Covergirls« mit dem Gesicht eines kleinen unschuldigen Mädchens (das außerdem einen singenden mitteleuropäischen Akzent hatte, der diesem bitteren Glaubensbekenntnis so viel Leichtigkeit verlieh) hören mußte:

»In der Liebe geht es doch nur um den Arsch.«

Als ich die verschiedenen und zum Teil miteinander vermischten Gerüche aus Thérèses Möse, ihrem Arschloch und von meinem Samen an meinen sündigen Fingern einatmete, hatte ich ein wenig das Gefühl, sie vergewaltigt zu haben. Sie sogar doppelt vergewaltigt zu haben. Es bestand kein Zweifel daran, daß ich sie gezwungen hatte. Nahm sie es mir nicht übel? Ich gestand ihr das Recht zu, und dennoch sagte mir gleichzeitig irgend etwas, daß ich sie mir so näher gebracht hatte als dadurch, daß ich mit ihr geschlafen hatte, ja sogar in ihrem Mund gekommen war. Was in ihrem Zimmer zwischen ihr und mir vorgefallen war, spiegelte in gewisser Weise nur meine eigene Erotik wieder. Denn sie selbst hatte zwar Lust auf Sex gehabt, sie hatte eingewilligt, sie hatte sich großzügig erboten, mein Verlangen zu befriedigen, im Grunde jedoch, ohne etwas von sich selbst preiszugeben, außer der Tatsache, daß sie die Liebe liebte, was sie nicht zu demonstrieren brauchte! Dieses Mal jedoch hatte die Brutalität meiner Liebkosungen gewissermaßen den Vorhang vor der Erotik gelüftet, die tief in Thérèse verwurzelt war: Zum ersten Mal hatte ich in ihrem Herzen eine Art ängstlicher Faszination gelesen. Und ich selbst hatte instinktiv auf eine nicht ausgesprochene, obszöne Aufforderung reagiert, als ich mich Thérèse näherte, um sie zu beruhigen (jedenfalls glaubte ich, daß ich mich ihr nur in der Absicht näherte). Ich hatte außerdem gelernt, daß es eine Grenze gibt, und wenn man die überschritten hat, verlieren Verlangen und Abscheu, Liebe und Haß ihre besonderen Merkmale und verschwimmen miteinander. Das Reich der Gleichförmigkeit, in das man gelangt, ist keineswegs das der Gleichgültigkeit, sondern, ganz im Gegenteil, das des Exzesses. In seinem schlüpfrigen Halbdunkel gibt es nicht sehr viele Lichter, an denen man sich orientieren könnte. Die Liebe aber ist eines davon. Ich war mir nunmehr immer sicherer: Ich liebte Thérèse.

Beruhigt, doch mit einem dumpf pochenden Schädel, hatte ich mich endlich entschlossen, mir die Hände zu waschen (versuchte ich, meine Unschuld wiederzuerlangen?) und kehrte ins Wohnzimmer zurück, wo ich die Verlobten eng umschlungen und recht freizügig auf dem Sofa vorfand. Hinter Thérèses aufgeknöpfter Bluse blitzte ihr nackter Busen hervor. Was meinen Bruder betraf, so bestand auch über seine Erregung kein Zweifel (ebensowenig Zweifel bestanden darüber, daß Thérèse inzwischen die Wut zu ihren Gunsten umgewandelt hatte und die vorangegangene Diskussion zu einem Schluß führte, der ihr angemessener erschien). Ich wollte mich diskret zurückziehen, doch Thérèse winkte mich heran, während sie, ohne übermäßige Eile, ihre Bluse wieder zuknöpfte.

»Komm doch, kleiner Bruder … Ich habe gerade zu Philippe gesagt, daß ihr beide euch Mühe geben müßt, damit ich mich in V...-le-Château nicht euretwegen schämen muß. Ich bin für euch verantwortlich, das heißt, ich garantiere für eure gesellschaftlichen Fähigkeiten. Lacht nicht so blöd! Sicher, ich kann bestätigen, daß ihr beide feurige Liebhaber seid, was euch zu nichts verpflichtet, denn man wird von euch nicht verlangen, daß ihr es unter Beweis stellt. Im Gegenteil, man wird sofort eure Tanzkünste auf die Probe stellen, und da befürchte ich das Schlimmste ... Also, ab morgen wird jeden Abend geübt! Vorbei die Flirterei und die philosophischen Grundsatzdiskussionen! Du, kleiner Bruder, dich nehme ich übermorgen in einen Club mit, in dem die neusten Tänze eingeübt werden. Dort werde ich dir Mädchen vorstellen, und du mußt nur noch ihrem Beispiel und ihrem Rat folgen. Aber Vorsicht: Es wird nicht geflirtet! Es wird getanzt. Und sonst nichts.«

Das war kein leeres Gerede, und Thérèse, die uns bisher beim Tanzen die Führung überlassen hatte, wollte uns nun in Anbetracht des näherrückenden »Derby von Epsom«, wie mein Bruder es inzwischen nur noch nannte, ein richtiges Tanztraining auferlegen. Die alten Schallplatten aus dem Winter wurden durch brandneue, zumeist lebhaftere ersetzt, während Thérèse ungeahntes choreographisches Talent an den Tag legte. Offen gestanden hatten mein Bruder und ich im Tanz früher nur eine zulässige Methode gesehen, uns so nah wie möglich an unsere Partnerin, Thérèse in unserem Falle, heranzupirschen. So ist es auch nicht weiter verwunderlich, daß ich sonst eher auf recht lüsterne Art mit Thérèse tanzte: Ich folgte damit lediglich dem Beispiel meines Bruders. Das ist vielleicht eine dumme Ausrede, doch hätten wir beide uns als untadelige Kavaliere aufgeführt, wer weiß, ob die Ereignisse den gleichen Lauf genommen hätten.

Um in den Club eingelassen zu werden, in den Thérèse mich am nächsten Tag führte, mußte man sich ausweisen: Nachmittags war er in der Regel geschlossen. Doch Thérèse brauchte nur ihr Gesicht im Bullauge der schmalen Eingangstür zu zeigen. Nur wenige Eingeweihte waren da, fünf oder sechs Mädchen zwischen fünfzehn und zwanzig Jahren, recht unterschiedliche Typen, doch alle hübsch, schlank, lebhaft und von erlesener Eleganz, sie standen zwischen der Bar (die von einigen Barhockern verteidigt und von einer schweigsamen und spröden Frau von etwa dreißig Jahren beherrscht wurde) und der Musikbox, die mit allen Neuheiten im Bereich der Tanzmusik und der Schlagers, darunter einige Raritäten, ausgestattet war. Offensichtlich waren die Mädchen über mein Kommen unterrichtet worden, denn sie zeigten sich keineswegs überrascht. Thérèse stellte mich als ihren Schützling vor und wies darauf hin, daß sie für meine Betragen verantwortlich sei, was von vornherein jeglichen Gedanken an einen Flirt ausschloß. Dieses Verbot (das ich im übrigen als einziger auf die leichte Schulter nahm) amüsierte sie. Lachend ließen sie sich auf die Wange küssen. Da ich spürte, daß diese außergewöhnliche Gunst (in der Tat sah ich nie einen anderen Jungen an diesem Ort) ein Opfer verdiente, gab ich eine Runde. Von da an betrachtete mich die Barfrau mit Wohlwollen: Sie erriet, daß ich, vom finanziellen Standpunkt gesehen, der Pfeiler des Hauses werden sollte. Jeder weiß, daß junge Mädchen nichts trinken, schon gar nicht, wenn sie unter sich sind. Nur gab es anscheinend (oder ich habe es einfach nicht erkannt) keine andere Möglichkeit als die Getränkepreise, um die Nutzung der Räumlichkeiten auszugleichen. Doch da ich jedesmal mit allen anwesenden Mädchen tanzte (zweifellos hatten sie das in einem gemeinsamen Beschluß entschieden, denn sie wechselten sich automatisch ab, ohne Anzeichen von Ungeduld ob meiner schwachen Begabung durchscheinen zu lassen), war es das mindeste, ihnen ihre Getränke zu bezahlen. Ich mußte selbstverständlich bei meinen Eltern eine Erhöhung meiner finanziellen Unterstützung, die sie mir monatlich gewährten, einfordern: Doch da es die Folge eines Wunsches von Thérèse war, ließen sie sich nicht lang bitten.

Die Mädchen tanzten miteinander, versuchten, ihre Schritte zu perfektionieren, tauschten Ratschläge aus, überprüften und kritisierten sich gegenseitig, ließen zuweilen ein Lied mehrmals hintereinander spielen, wenn eine Schwierigkeit auftrat (das war vor allem bei einem ganz neuen Tanz der Fall, dessen Besonderheiten man analysieren mußte, um sie sich besser aneignen zu können). Ich gewann immer mehr den Eindruck, in eine Versammlung von Fachfrauen geraten zu sein, aber es waren ausgesprochen charmante Fachfrauen! Ihr Horizont beschränkte sich jedoch zum Glück nicht auf technische Probleme. Sie waren zum Beispiel auch um ihre Frisuren besorgt, denn ich sah, wie sie immer wieder ihren Sitz in den zahlreichen Spiegeln, die sich an den Wänden, ja sogar an der Decke der Diskothek befanden, überprüften. Mehr noch als ein Tanztempel war es ein Tempel des weiblichen Narzißmus! Doch ich beklagte mich nicht darüber: Schließlich hatte ich immer ein sagenhaftes Glück empfunden, wenn ich hübsche Mädchen betrachtete (ich sage betrachtete, und nicht: gierig anstarrte), wie konnte ich ihnen da Vorwürfe machen, weil sie oft in ihr eigenes Spiegelbild verliebt waren. Thérèse, die das wußte, hatte offenbar gedacht, daß ich dieses Zeremoniell kaum stören würde.

Ich mußte gar nicht einmal besonders aufmerksam sein (vielleicht, weil man recht schnell befand, daß ich den Zauber nicht beeinträchtigen würde), um sie, trotz ihrer außerordentlich unauffälligen Gesten, bald dabei zu überraschen, wie sie heimlich kleine Küßchen austauschten, unter dem Vorwand, eine Stirnlocke oder eine Strähne zu ordnen oder den Dutt geradezurücken. Thérèse tanzte fast ausschließlich mit einer sehr hübschen Blondine, deren klarer Blick, frische Lippen und noch kindlichen Gesichtszüge sie zu verzaubern schienen. Zuweilen war das Licht so gedämpft, daß man sich nur noch an den seltsamen Reflexen der Spiegel und des glänzenden Metalls orientieren konnte und lediglich der lidschattenglitzernde Blick der Partnerin als Leitstern diente. Ich nutzte eine solche Finsternis und berührte mit der Fingerspitze leicht die Brust meiner Dame. Sie schien einigen Gefallen daran zu finden und ließ sogar zu, daß ich ein wenig an ihrer Zungenspitze knabberte, dann aber löste sie sich unerwartet von mir, nämlich als wir in die Nähe von Thérèse kamen, die gerade – Kopf an Kopf, Strohhalm an Strohhalm – mit ihrer blonden Freundin einen Gin-Fizz teilte.

»Kleiner Bruder, du warst nicht brav«, sagte Thérèse.

Doch sie ging nicht weiter darauf ein: Ich hatte soeben gelernt, daß man ein Verbot, das sie verhängt hatte, besser nicht mißachten sollte. Ich ließ den Gin-Fizz auffüllen und tauchte einen dritten Strohhalm in das Glas. Wir tranken, unser Haar vereinte sich zu einem einzigen Schopf, unsere Hände legten sich um das gleiche Glas, beschwörend, wie um eine heilige Flamme.

»Dieses Strohfeuer ist Florence: meine Hölle und mein Paradies«, sagte Thérèse mit einer Stimme, der es nicht gelang, spöttisch zu klingen.

»Florence sehen und sterben!« bemerkte ich leicht dümmlich.

Thérèse lachte kurz auf, und Florence hielt mir über dem Glas ihre Lippen hin. Ihre Zähne schmeckten gut, und ich verlängerte den Kuß. Als Thérèse ungeduldig wurde, küßten wir einander reihum, bis sie um Gnade bat.

»Kleiner Bruder, du wirst immer unanständiger«, sagte sie, als sie wieder zu Atem gekommen war.

Florence lächelte uns im Dunkeln zu, ohne ein

Wort zu sagen. Ich konnte gut verstehen, was Thérèse an ihr faszinierte. Ihre strahlende Unschuld war berauschend wie Alkohol. Zudem hatte ich den Eindruck, daß auch ich ihr gefiel, und so verliebt ich auch in Thérèse war, fühlte ich mich doch geschmeichelt: Florence (ich hatte im Laufe unseres dreifachen Tête-à-tête die Möglichkeit gehabt, sie lange aus nächster Nähe zu beobachten) war nicht nur sehr hübsch, sie verströmte auch eine ganz besondere Anmut, die auch kleinen Mädchen eigen ist, ja, vielleicht die Anmut schlechthin. Im Gegensatz zu Thérèse, deren Verführungskraft direkt in erotischer Beziehung wirkte, strahlte Florence mehr ein Bedürfnis nach unendlicher Zärtlichkeit aus. Das zumindest glaubte ich von jenem Tag an zu spüren. Doch Thérèse war scheinbar nicht in der Stimmung, zu dulden, daß die Unterhaltung zwischen ihren Schützlingen sich fortsetzte: Und so mußte ich – in Thérèses Begleitung – gehen.

»Kleiner Bruder, das kann so nicht weitergehen!« sagte sie zu mir, als wir Seite an Seite durch die Straßen liefen.

»Was habe ich denn jetzt schon wieder gemacht?« fragte ich sie und wurde bleich.

»Da hätte ich genauso gut einen Wolf in eine Schafherde bringen können! Du hast nichts anderes im Kopf, als mit deinen schwarzen Pfoten meine weißen Schäfchen zu begrapschen …«

»Deine weißen Schäfchen! Deine weißen Schäfchen! Sie werden doch wohl wissen, was ein Junge ist, oder?«

»Nein.«

»Wie, nein? Du willst doch wohl nicht sagen ...?«

»Ich will sagen, daß sie es gar nicht wissen wollen. Und es ist deine Pflicht (und auch meine, weil ich dich ihnen vorgestellt habe) ihren Wunsch zu respektieren ...«

»Was bedeutet, daß ich vergessen soll, welchem Geschlecht ich angehöre?«

»Ich glaube, das genügt nicht.«

»Was noch?«

»Auch du mußt ein weißes Schäfchen werden ...«

Ich muß ein so komisches Gesicht gemacht haben, daß Thérèse in Gelächter ausbrach.

»Thérèse, ich verstehe gar nichts mehr. Was erwartest du von mir?«

Thérèse nahm mich bei der Hand.

»Kleiner Bruder, ich erwarte von dir blinden Gehorsam, und zwar augenblicklich und jederzeit. Verlange ich zuviel?«

»Nein, Thérèse, ich werde alles tun, was du willst«, sagte ich demütig.

»Nun gut, nicht mehr lange, und ich mache auch aus dir ein weißes Schäfchen.«

Kurz darauf fanden wir uns in Thérèses Zimmer wieder (sie wohnte gleich neben der Diskothek, in der wir tanzen waren), und sie begann sich auszuziehen. Als ich Anstalten machte, es ihr gleichzutun, ließ sie mich mit einer Geste sofort innehalten:

»Nein, Mademoiselle, Sie werden hier die Anbeterin sein und nicht die Angebetete ...«

Wie bei meinem ersten Besuch nahm sie die

Patchworkdecke vom Bett, schlug die Laken zurück und legte sich mit weit gespreizten Beinen, so daß man das schwarze Vlies und die rosige Möse sehen konnte, auf den Rücken.

»Komm!« sagte sie.

Also kam ich und legte mich – ich hatte lediglich Schuhe und Strümpfe ausgezogen – auf sie. Unsere Münder verschmolzen in einem Kuß, während ich ihre Brüste packte. Ich begriff sogleich, daß ich die Geilheit meiner Gesten nicht mit vulgären Berührungen ausdrücken sollte. Daher versuchte ich nunmehr, durch sanftes, erregendes Reiben ihre Knospen hervortreten zu lassen, und strich zärtlich über die Rundungen ihrer Brüste, anstatt sie zu kneten wie auf einem flämischen Volksfest. Ich mußte mich als ein Schüler erweisen, der der Meisterin würdig war, die mich unterrichtete und mir durch bestimmte Arten des Erschauerns zu erkennen gab, ob meine Initiativen ihren Zweck erfüllten, ob ich sie richtig traf, ob ich Genuß, Schmerz oder Unzufriedenheit hervorrief. Nachdem ich ausgiebig an ihren Brustknospen gesaugt hatte, glitt ich langsam zum Bauch hinunter, wo mich, darüber war ich mir im klaren, ganz andere Schwierigkeiten erwarteten.

Thérèse erriet meine Verlegenheit und führte mich mit ihren Händen und mit ihrer Stimme ins Dickicht des Landes der Zärtlichkeit. War das im Grunde nicht der Hauptbestandteil der Lektion des Tages? Und wird man mir überhaupt Glauben schenken, wenn ich zugebe, daß ich erst an jenem Tag das Vorhandensein dieser »Sache«, des Kitzlers, entdeckte?

Ich kann mir nicht vorwerfen, daß ich mir meine Unerfahrenheit allzu sehr habe anmerken lassen: Jahre später konnte ich mich vergewissern, daß Thérèse mich mit einigen nicht gerade sehr geläufigen Raffinessen vertraut gemacht hatte, die mir einen schmeichelhaften Ruf bei den Frauen eintrugen, die zwei Eisen im Feuer hatten (man möge mir diese Metapher nachsehen). Sie schriftlich niederzulegen wäre ein Zeichen von Überheblichkeit. Manche Dinge sollte man ohnehin besser tun als beschreiben (auch Thérèse hielt mir keinen Vortrag, sondern zeigte mir lediglich die Richtungen, den Rhythmus, die Zusammenhänge und die Möglichkeiten, die Lust noch zu steigern), und darum ist es besser, sie im Bett weiterzugeben als in Büchern.

Nichtsdestoweniger begann ich eine Art Krampf an meiner Zungenwurzel zu verspüren, als Thérèse endlich befand, daß ich meinen guten Willen (mangels Gewißheit) ausreichend unter Beweis gestellt hatte. Und in dem Kuß, den sie mir zur Belohnung gab, mißfiel es ihr keineswegs, auf meinen Lippen und meiner Zunge Zeugnisse ihrer Erregung vorzufinden. Im Gegenteil, es bereitete ihr sogar Freude, vielleicht weil sie mich so an meine Feigheit erinnerte, da ich selbst nicht gewagt hatte, Tropfen meines Samens von ihren Lippen zu küssen. Natürlich hatte ich mich bei dieser Unterweisung, die mehr als eine Stunde gedauert hatte, in meine Hose ergossen. Wir hatten gerade noch genug Zeit, uns zum Abendessen zu meinen Eltern zu begeben, zu dem Thérèse an jenem Abend eingeladen war.

Während wir liefen, versuchte Thérèse herauszufinden, was in mir vorging. Offensichtlich interessierte sie das sehr. Sie machte kein Geheimnis aus ihren gleichgeschlechtlichen Beziehungen (vor allem zu Florence) noch aus ihrem Wunsch, auf diesem Wege die gleiche Befriedigung zu erlangen wie in ihren heterosexuellen Beziehungen. Ich konnte ihr nicht so ohne weiteres beipflichten, denn das Experiment, dem ich mich gerade zur Verfügung gestellt hatte, mußte mir als seiner logischen Konsequenz beraubt erscheinen. Thérèse schloß daraus, daß ich damit lediglich einen Mangel an Phantasie bewies. Sie fuhr fort:

»Oder, schlicht und einfach, Mangel an erotischer Leistungsfähigkeit. Ein wahrhaft erbärmlicher Liebhaber, einer, der nicht genug liebt, ist der, der beleidigt ist, weil er nicht vollständig befriedigt wurde, da er seine Geliebte auf alle Arten – nur auf die eine nicht – liebkosen durfte!«

Wohl hatte ich – gab ich zurück –, als ich sie streichelte, großes Glück und zahlreiche Gefühle empfunden, doch es fiel mir schwer zu vergessen, daß ich, wenn ich sie liebte wie ein Mann und nicht wie eine Lesbierin, ganz andere, noch aufregendere Gefühle kennengelernt hatte.

»Und außerdem kann das gar keine Liebe gewesen sein, denn es war einseitig! Ich habe dich gestreichelt, aber du mich nicht, sonst hättest du die homosexuelle Illusion verraten!«

Mehr noch als das, gab Thérèse zu, habe sie sich zu völliger Passivität gezwungen, um mich besser auf die Probe stellen zu können.

»Ich hatte nie die alberne Absicht, aus dir eine richtige Lesbe zu machen! Ich wollte dir nur helfen, den Automatismus der sexuellen Befriedigung und diese allgemein verbreitete männliche Faulheit zu überwinden. Außerdem habe ich gehofft, daß du – wenn ich dich von dieser mechanischen Animalität des Mannes befreite – die außergewöhnliche Raffinesse lesbischer Gepflogenheiten erkennen würdest, eine Raffinesse, die im übrigen weder Leidenschaft noch Offenheit ausschließt. All das, damit du begreifst, wie sehr du, ohne es zu merken, die Mädchen, die sich bereit erklärt haben, mit dir zu tanzen, schockieren und verstören kannst ...«

»Und sie sind alle lesbisch?«

»Ja, mehr oder weniger.«

»Das heißt?«

»Das heißt, daß einige, so wie ich, auch Jungen lieben. Und daß einige, wie es bei jungen Mädchen häufig der Fall ist, nicht über Küsse und kleine Zärtlichkeiten hinausgehen. Ich selbst habe, als ich noch Jungfrau war, oft mit Mädchen geschlafen, in die ich verliebt war, wir steckten einander die Finger in die Möse oder sogar in den Anus und verschlangen uns mit Küssen auf den Mund oder die Brüste, doch wir haben einander nie geleckt ...«

»Und wann hast du angefangen, Mädchen zu lecken?«

»Nachdem ich entjungfert wurde. Von einem Mann natürlich! Ich glaube, daß alle Tabus mit einem Mal in sich zusammengestürzten: Da ich mit einem Mann geschlafen hatte, konnte ich auch mit einem Mädchen schlafen, das heißt, alles mit ihr machen, was man machen kann ...«

»Also handelt es sich um zwei parallele, voneinander getrennte Dinge, die einander jedoch nicht ausschließen?«

»Die einander absolut nicht ausschließen. Im Gegenteil, ich habe das Gefühl, daß ich die Männer, mit denen ich schlafe, mehr liebe, wenn ich ab und zu auch mit Frauen schlafe. Vielleicht befreie ich mich auf diese Weise von einem Teil meines Giftes!«

»Und wenn du mit einem Mann schläfst, als wenn er eine Frau wäre, wovon befreit dich das?«

»Von meinen Gewissensbissen vielleicht ...«

»Thérèse!«

In Thérèses Gesellschaft kehrte ich oft in die Diskothek mit den weißen Schäfchen zurück (von Thérèse in Umlauf gebracht, war das Wort berühmt geworden, und eine Weile sprach man sogar davon, den sehr viel farbloseren Namen des Etablissements zu ersetzen). Wir fanden dort stets mehr oder weniger die gleichen Mädchen vor, und ich blieb der einzige Junge, was nicht wenig zu meiner Zufriedenheit beitrug. War es der Einfluß, den Thérèse auf mich ausübte? Jedenfalls – so dumm sich das auch anhören mag – fühlte ich mich ihnen viel näher, seit ich wußte, auf welche Zärtlichkeiten sie am meisten reagierten (Thérèse war es fast gelungen, aus mir eine Lesbierin zu machen!). Und wenn mein Interesse an den neuesten Tänzen kaum zugenommen hatte, so interessierte ich mich doch immer mehr für die weißen Schäfchen (und zwar auf eine Weise, die ich brüderlich genannt hätte, wäre dann nicht sogleich die inzestuöse Komponente in meinem Kopf so übermächtig geworden).

Bei einigen, das hatte ich schnell begriffen, durfte man nicht auf Entgegenkommen hoffen, sie waren jedoch immer bereit, mit mir zu tanzen und mir ihre Beobachtungen mitzuteilen. Zum Ausgleich aber erhielt ich von einigen anderen, wenn ich mich halbwegs geschickt anstellte und Zurückhaltung wahrte, die eine oder andere Gunstbezeigung. Wir hatten unter uns einen richtigen Code (zweifellos derselbe, der unter weißen Schäfchen geläufig war) entwickelt: Ein leichter Druck der Finger, ein Neigen des Oberkörpers, eine sanfte Berührung mit dem Knie teilten mir mit, daß ein Mund, eine Brust, ein Schenkel wohlwollend auf meine Initiative warteten. Oder schlicht und einfach darauf, daß sich im Halbdunkel ein günstiger Moment ergab, den Körperkontakt zu verstärken, so daß der Tänzer seiner Tanzpartnerin seine körperliche Erregung offenbaren konnte. Doch es ging nie über diese Berührungen und Küsse im Dunkeln hinaus.

Keine geringere als Florence war mir, mehr als alle anderen, zugeneigt. Was Thérèse, wie man es sich wohl denken kann, als erste bemerkte. Eines Tages fand ich die beiden wie bei meinem ersten Besuch Arm in Arm vor einem Glas, wie sie ein gemeinsames Elend beklagten, an das sie selbst nicht glaubten! Trotz ihrer Proteste steckte ich meinen Strohhalm dazu. Als das Glas leer war, bildeten wir ein vollkommenes Dreieck (ich an die Bar gelehnt), flüsterten uns Geheimnisse zu und glucksten leise. Thérèse wirkte leicht beschwipst (oder tat sie nur so?). Es wurde schummrig, denn es wurde ein langsamer Tanz gespielt. Ich zog Thérèse ein wenig näher an mich heran. Dann knöpfte sie mit einer unglaublichen Seelenruhe und Fingerfertigkeit meine Hose auf, nahm mich in ihre Hand, und als sie mich für vorzeigbar befand, gab sie die Fackel irgendwie an Florence weiter, die sie widerstandslos annahm. Um diese Probe (die für mich selbst voller Zauber war) würdevoll zu überstehen, brauchte ich mich nur meiner Inspiration zu überlassen, und Florence schien von meiner vorbildlichen Haltung positiv beeindruckt.

»Küsse deinen Verlobten«, befahl Thérèse, »ich werde euch in V...-le-Château vermählen.«

Ich tauschte mit Florence (die inzwischen nicht losgelassen hatte) einen langen und zärtlichen Kuß aus, dann knöpfte Thérèse, nicht ohne Schwierigkeiten, meine Hose wieder zu.

»Das müssen wir begießen!« rief sie. »Was gibst du uns aus, kleiner Bruder?«

»Ich würde sagen, daß sich Champagner anbietet, oder?« sagte Florence lachend.

»Gute Idee! Ein Glas Champagner, bitte, mit drei Strohhalmen …«

So wurde ich der »Verlobte« von Florence.

Meine Eltern, denen Thérèse selbst noch am gleichen Abend die Neuigkeit mitteilte, rümpften die Nase! Da konnten sie noch so eine gediegene Liberalität zur Schau stellen, doch die »Verlobung« des jüngeren Sohnes, und das so bald nach der auch schon recht unorthodoxen Verlobung des Ältesten (es war praktisch nie von Thérèses Eltern gesprochen worden noch davon, ob sie ihren Segen gegeben hatten), weckten ihre verständliche Besorgnis. Wenn sie die »Verlobungszeremonie« im Club der weißen Schäfchen hätten sehen können! Um jeden Verdacht von mir zu lenken, gab ich vor, mich vollkommen Thérèses Entscheidung unterworfen zu haben. Darauf fragte mein Bruder mich spöttisch, ob ich mir von meiner »zukünftigen Schwägerin« (das waren seine Worte) ein häßliches Entlein mit Brille und Sommersprossen (die kamen leider gerade in Mode) habe andrehen lassen. Ich gab zurück, daß ich ganz im Gegenteil noch nie etwas Hübscheres gesehen hätte. Als er mich weiter neckte, setzte ich zur Antwort nur noch ein verärgertes Gesicht auf, worauf man mich endlich in Ruhe ließ, denn meine Eltern hatten begriffen, daß ihnen keine zweite Hochzeit bevorstand, wie sie ernsthaft befürchtet hatten.

Am nächsten Morgen, es war mein siebzehnter Geburtstag (ich bin am 10. Mai 1950 geboren worden, in der Rue Vercingétorix in Paris, im vierzehnten Arrondissement), machte Thérèse sich einen boshaften Spaß daraus, meiner »Verlobten« in allen Einzelheiten von der Fassungslosigkeit meiner Familie, meiner Verlegenheit, den Sticheleien und meiner unterdrückten Wut zu erzählen. Florence lachte herzhaft und küßte mich ganz lieb. Doch entgegen meiner Erwartung ließ Thérèse mir keine Gelegenheit, noch ein wenig länger in Gesellschaft der hübschen Blonden zu verweilen. Das Training hatte Vorrang! Dank dieses schönen Vorwands und während die weißen Schäfchen meine tanzende Wenigkeit untereinander herumreichten, wichen Florence und Thérèse einander nicht von der Seite und vertieften sich in eine lange und geheimnisvolle Beratung, in die ich mich nicht einmischen durfte, denn jedesmal, wenn ich in ihre Nähe kam, brach das Gespräch ab. Sprachen sie über mich? Mir schien es mehr, als ginge es um V...-le-Château, um seine Riten und Sitten. Wie auch immer, ich wurde ferngehalten, und das machte mich wütend. Doch wie sollte ich protestieren? Das einzige, was ich aufschnappen konnte, war eine scharfe Bemerkung von Thérèse:

»Und vor allem kein Wort über die Hochzeit!«

Als ich mit Thérèse wieder draußen war, konnte ich mich nicht länger zurückhalten und beschwerte mich, daß sie mich nicht öfter in Florences Nähe ließ. Was könnte ihr das schon ausmachen? Thérèse blieb stehen und sah mir in die Augen.

»Vielleicht bin ich eifersüchtig?«

»Eifersüchtig auf wen, Thérèse? Auf Florence oder auf mich?«

Sie zuckte ausweichend die Achseln.

»Wer weiß? Vielleicht auf beide ...«

Wir gingen weiter. Thérèse schien besorgt. Nach einem kurzen Schweigen begann sie wieder zu sprechen.

»Wenn du wüßtest, wie hübsch sie ist, wenn sie nackt ist! Ein Wunder! Ich habe viele hübsche Mädchen aus nächster Nähe gesehen, und mir ist nie ein Schönheitsfehler entgangen. Doch was Florence angeht, stimme ich dir vollkommen zu: Ich habe nie etwas Hübscheres gesehen. Manchmal beneide ich sie. Und dann sage ich mir: Wenn ich nicht Thérèse wäre, wäre ich gern Florence. Das habe ich noch nie von irgendeinem anderen Mädchen gedacht. Und vielleicht war ich noch nie so verliebt in ein Mädchen wie in Florence ...«

Wie immer, wenn sie sehr nervös war, hatte sie eine Zigarette angezündet und rauchte beim Gehen, ohne mich anzusehen.

»Vom ersten Augenblick an, als ich euch einander vorgestellt habe, wußte ich, daß ihr zusammen schlafen würdet. Früher oder später. Vielleicht habe ich es schon gefühlt, als ich dich in diesen Club gebracht habe. Mit meinem Talent, alle, die ich liebe, wie einen Strauß Blumen zu vereinen! Es ist stärker als ich. Philippe, du, Florence: Es mußte so sein, daß ihr früher oder später vereint würdet. Denn die Liebe bedeutet für mich vereinen, und nicht trennen! Deshalb gerate ich immer in die größten Schwierigkeiten, während selbst die blödeste Kuh sie zu umgehen weiß ... Was zwingt mich dazu, dir zu sagen, daß ich mit Florence schlafe? Ich weiß es nicht! Was zwingt mich, euch zusammenzubringen (obwohl ich fürchte, daß ihr Lust habt, miteinander zu schlafen)? Ich weiß es nicht ... Aber es gibt Schlimmeres!«

Wir waren wieder in ihrem Zimmer. Noch völlig außer Atem, weil sie auch beim Treppensteigen nicht aufgehört hatte zu reden, zündete sie eine neue Zigarette an und fuhr fort, wobei sie – wie ein

Panther in einem Käfig – mit Riesenschritten durch das winzige Zimmer schritt:

»Du und ich, zum Beispiel... Erinnerst du dich, was ich dir neulich gesagt habe? Das kleinere Übel... Wenn ich mit dir geschlafen habe, dann deshalb, weil ich überzeugt war, daß es im Grunde nur ein notwendiger Schritt auf dem Weg zu dem war, was ich mir so sehr gewünscht habe. Zu dem, was geschehen ist. Zu dem, was mich glücklich gemacht hat...«

Die Tränen machten für einen Augenblick ihre Stimme dunkel.

Sie fuhr fort:

»Und in dem Moment, in dem das Glück zum Greifen nah war, bemerkte ich, daß das Wichtigste fehlte: du! Und trotz des Risikos, alles zu zerstören, die Frucht all der Mühen, all der Liebe und all der Geduld zunichte zu machen, konnte ich nicht umhin, es demjenigen zu gestehen, den es am meisten beunruhigen könnte (du weißt es selbst: Das bist du)! Was für ein Wahnsinn, kleiner Bruder! Was für ein Wahnsinn...«

Wie erstarrt stand sie an den Türrahmen gelehnt da, so blaß wie beim ersten Mal, als ich in ihr Zimmer gekommen war. Sie putzte sich die Nase und gewann wieder ein wenig ihre Selbstbeherrschung zurück. Ich wagte nicht, sie zu unterbrechen, denn ich fürchtete, ebenfalls in Tränen auszubrechen.

»Es gibt keinen Ausweg mehr, Flucht unmöglich«, fügte sie hinzu. »Es gibt nur noch die Flucht nach vorn...«

Seltsamerweise gab ihr diese Feststellung ihre

natürliche Lebendigkeit wieder. Sie blinzelte mir zu, und ein Lächeln trocknete ihre Tränen. Ihr Lebenshunger tat den Rest. Sie kam auf mich zu, nahm meine Hände und sagte:

»Heute werde ich dich noch einmal auf die Probe stellen.«

»Soll ich noch einmal die Rolle der lesbischen Sklavin spielen?«

»Nein, mein Liebling. Diesmal mache ich aus dir einen Schwulen! Zum Geburtstag schenke ich dir mein Arschloch!«

Wir zogen uns aus, und sie ordnete auf eine bestimmte Art Kopfrolle und Kissen an (die Patchworkdecke hatte sie natürlich fortgenommen und die Laken zurückgeschlagen). Dann kam sie aus dem, was ihr als Waschraum diente, zurück, bewaffnet mit einem kleinen Topf aus weißen Steingut, und kündigte die Lektion des Tages an:

»Probe für den großen Auftritt in V...-le-Château!«

Spielerisch überzog sie die Spitze meines Gliedes mit einer kühlen Creme, die sie auch zwischen ihren Pobacken verrieb. Dann kniete sie sich auf die Kissen, reckte den Hintern in die Höhe, so daß ich mich mit gebeugten Knien hinter ihr plazieren konnte.

Die überschüssige Creme wirkte wie Glatteis: Ich rutschte mehrmals ab, landete mal über, mal unter meinem Ziel. Wir mußten lachen, doch ich spürte, daß sie nervös wurde: Ich durfte mich nicht länger so ungeschickt anstellen. Ich wich etwas zurück und streichelte sanft ihre Möse, dann ließ ich einen

Finger in den engen Gang gleiten, den sie mir wies. Schauer liefen über den Rücken, dann wurde sie geschmeidiger: Trotz des scheinbaren Mißverhältnisses gelang es mir nun, die Schwelle zu überschreiten. Ich versank in ihr wie ein Stein in einem Brunnen, während sie eine Art dumpfen Schrei ausstieß, der wahrscheinlich nicht nur vom Schmerz herrührte. Ab einem gewissen Punkt wurde mein Verlangen immer größer, und eine wahre Bilderflut raste durch meinen Kopf und gaukelte mir vor, daß ich Thérèses gesamte innere Organe erkundete, bis ich am Ende meines unterirdischen Wachsens auf ihren Lippen erblühte (hatte ich sie durchbohrt?). Die Neuheit der Gefühle, die mir dieser Liebesakt verschaffte, habe ich nie wieder so gewaltig empfunden.

Thérèse brüllte immer lauter, und wir stießen heftig aneinander, animalisch, ich mühte mich ab, noch weiter in ihren Arsch einzutauchen, und sie wurde (wie mir schien) immer tiefer. Die Erschöpfung kam noch vor der Ekstase. Ich verlor den Halt und sank auf Thérèses Hüften nieder. Es war wie eine Erlösung, als die Bewegungslosigkeit uns auf dieser unerforschten Halbinsel festhielt, fernab von allem, was uns vertraut war: Unser beider Atem verflocht sich miteinander, und lange Zeit lauschten wir auf ein darin verborgenes, leises Rauschen, wie das einer Quelle im Sand.

Es war spät, und wir waren erschöpft. Die Creme hatte nicht verhindern können, daß mein Glied sich entzündete, und auch Thérèse, die das nun wirklich nicht zum ersten Mal machte (aber vielleicht war sie es nicht mehr gewohnt?), war offenbar nicht viel besser dran. Wir verteilten sämtliche beruhigenden Cremes, die Thérèses Schönheitsarsenal enthielt (sie hatte eine reichhaltige Auswahl) auf unseren Wunden und verspürten endlich ein wenig Erleichterung. Mir fiel auf, daß diese Übung bei Thérèse eine Neigung zu Fäkalwitzen freisetzte, die ich nicht an ihr kannte. Ich versuchte, das Thema zu wechseln, indem ich (nicht ohne Ironie) ihre Liebesbeziehung zu Florence idealisierte, doch sie ließ sich nicht beirren, sondern betonte im Gegenteil, daß auch die zarte Blondine diese Art der Lustverschaffung keineswegs verachtete.

»Ich habe sie in dieser Stellung gesehen, vor Zeugen, und sie hat obszönes Zeug gebrüllt, das einen Pavian hätte erröten lassen ...«

Irgendwann gelang es mir, sie zum Schweigen zu bringen, doch am selben Abend (sie aß wieder bei meinen Eltern) bemerkten alle, daß sie im Gegensatz zu sonst völlig überdreht war. Plötzlich rief sie mir zu:

»Ach, wenn die wüßten, daß ich so bin, weil du mich von hinten ...«

Ich konnte gerade noch meine Hand auf ihren Mund legen (doch zum Glück hatte niemand auf sie geachtet). Sie aber biß in meine Hand, ich schrie, und wir zankten uns wie zwei Straßenjungen, so daß mein Bruder uns trennen mußte. Wir schmollten den ganzen Abend, doch als Thérèse ging, hielt sie mir in Gegenwart meines Bruders ihren Mund hin, wie sie es schon lange nicht mehr getan hatte: Wir waren versöhnt.

Auch wenn ich nach jenem Tag nicht mehr in Thérèses Zimmer eingeladen wurde, so wußte ich doch, daß auch mein Bruder nicht mehr Glück hatte. Allem Anschein nach sah Thérèses Politik nun vor, uns bis zum Gelage in V...-le-Château schmachten zu lassen. Sicher hoffte sie, uns als echte Rauschgötter vorführen zu können! Noch strenger als zuvor achtete sie auf eventuelle Annäherungsversuche bei den weißen Schäfchen. Dafür legte sie selbst (bestimmt, um mich zur Verzweiflung zu bringen) bei Florence eine offenkundige Zärtlichkeit an den Tag. Es gab jedoch noch ein anderes Mädchen (eines von denen, die sich meinen Annäherungsversuchen konsequent widersetzten), das in den Genuß ihrer Gunst kam, vor allem, wenn Florence nicht da war. Berthe, so war ihr Name, war ein großes Mädchen mit kurzen blonden Haaren, eine ernste, entrückte Schönheit, die Stille und Einsamkeit über alles zu schätzen schien. Oft schien sie – eine Zigarette zwischen ihren schönen, verächtlichen Lippen – die Menschen, die sie umgaben, zu vergessen.

Eines Abends, nachdem wir den Club verlassen hatten, fand ich mich allein mit Berthe und Thérèse in einem Café auf dem Boulevard Saint Michel wieder. Zu Ehren von Berthe wartete Thérèse mit sämtlichen Kniffen ihrer Verführungskunst auf: Die Szene war so packend, daß ich meinte, sehen zu können, wie sich allmählich das Netz um die Beute zuzog! Zu sehen, wie ein hübsches und intelligentes Mädchen einen Jungen bezaubert (selbst einen noch so gleichgültigen), ist nichts Besonderes; doch zu sehen, wie sie ein ebenso intelligentes und ebenso hübsches Mädchen wie sie selbst bezaubert, ist ein ganz anderes Schauspiel, das kann ich garantieren! Ich war sprachlos vor Bewunderung. Und doch konnte mich an Thérèse eigentlich nichts mehr überraschen, es sei denn, sie überraschte mich nicht mehr. Berthe, deren Ausstrahlung von dem Neonlicht noch verstärkt wurde, saß in unserer Mitte: hoch erhobenen Kopfes, reglos, geistesabwesend. Wie sie so an die Bank gelehnt dasaß, wie eine Sphinx – ihre Zigarette bildete mit der Achse des Gesichtes exakt eine senkrechte Linie –, zog sie sämtliche Blicke auf sich. In regelmäßigen Abständen blies sie etwas Rauch aus ihren Nasenlöchern, wobei sich ihr Busen hob. Ich ahnte bald den Grund ihres Schweigens: Berthe, die schrecklich eifersüchtig war auf Florence, strafte Thérèses eindeutige Angebote hartnäckig mit Verachtung. Ich wußte außerdem, daß Berthe eine fanatische Lesbierin war, die sich damit rühmte, niemals mit dem anderen Geschlecht Umgang zu haben. Dennoch, trotz der Abfuhr, die sie mir erteilt hatte, spürte ich seltsamerweise, wie ihre Erregung (die sie unter einer versteinerten Fassade zu verbergen suchte) auch auf mich übergriff. Und nachdem ich eine Weile als stummer Zeuge diesem außergewöhnlichen Dialog beigewohnt hatte, konnte ich mich nicht mehr zurückhalten, ihr mit so lauter Stimme, daß auch ihre Nachbarin es hören mußte, zu sagen:

»Berthe, geh mit Thérèse ins Bett. Na los, du stirbst doch vor lauter Lust …«

Ihre Wangen überzogen sich mit Schamesröte. Sie wandte mir ihren Blick zu: Ich erblickte darin ein schwankendes Schiff in Seenot. Plötzliche Atemnot zwang sie, die Zigarette aus den stummen Lippen zu nehmen. Damit sie sich nicht wegen ihrer Tränen in aller Öffentlichkeit schämen mußte, beugte ich mich über ihr Gesicht, und diesmal gab ihr Mund nach. War ich nicht auch ein wenig ein Ersatz für Thérèse, die – obgleich sie gern provozierte – an diesem bevölkerten Ort (vielleicht, weil er sich im Dunstkreis der abscheulichen Bildungsstätte befand) keine allzu auffällige Liebkosung oder zärtliche Worte gewagt hätte? Als ich ihnen einen Augenblick später zusah, wie sie fortgingen, fand ich nicht die Kraft zu lächeln: Leidenschaftliches Verlangen, dem ich als Zeuge beiwohne, ruft in mir eine Art der Bestürzung hervor, in der sich jede ernsthafte Willensregung verflüchtigt. Es ist wie eine abergläubische Furcht, in die sich ein tiefer Respekt mischt: ohne Zweifel das Gefühl, mich an der Schwelle des großen Geheimnisses zu befinden.

Nachdem sie gegangen waren, ließ ich die Minuten verstreichen, ohne mich von meinem Stuhl wegzurühren, vor meinem leeren Glas. Ich dachte: Jetzt sind sie in Thérèses Zimmer, und jetzt sind sie nackt, Tränen, Küsse, noch mehr Tränen. So schön, alle beide, eine wie die andere, so schön, so nackt!

Thérèse, deren vorhersehbares Zuspätkommen ich – wie sie mich gebeten hatte – entschuldigt hatte, kam erst gegen zehn Uhr am Abend zu uns, mit glänzenden Augen, doch das Gesicht wirkte unter der Schminke eingefallen. Die Episode im Café hatte mich so erschüttert, daß ich sie einfach darauf ansprechen mußte, als ich mit ihr einen Augenblick allein war.

»Du hattest Lust auf sie«, sagte ich, »doch verliebt war nur sie, nur sie war aufgeregt. Und du, du warst die Verführerin mit dem kühlen Kopf …«

»Mit dem kühlen Kopf! Wovon redest du, Naivling? Wir haben einander verschlungen. Zwei Stunden lang! Ich habe Krämpfe in den Fingern und in meiner Zunge. Und meine Möse brennt wie eine Wunde! Kein Mann hat mich je so erschöpft …«

»Doch du warst nicht mit dem Herzen dabei.«

»Nein, ich nicht. Aber sie hat sogar von Selbstmord gesprochen, als wir aufgehört haben! Dennoch, ich kenne dieses Mädchen in- und auswendig. Ich glaube, ich hätte sie wirklich aufessen können! Ich konnte nicht genug von ihr bekommen. Sie selbst wußte gar nicht, wie ihr geschah. Und sie ist so schön, sie muß oft eine solche Lust entfacht haben …«

»Die vielleicht weniger kannibalisch war als die deine!«

»Ich war verrückt nach ihrem Körper, doch mehr nicht, und das hat sie gespürt. Mädchen spüren so etwas sehr wohl, auch in dem Moment, in dem die Lust überwiegt! Ich war mir selbst böse, doch was hätte ich tun sollen? Ihre Seele hat mich nicht interessiert. Deshalb war sie danach so depressiv …«

»Arme Berthe, wird sie jemals Frieden finden?«

»Ich bezweifle es. Zuerst hatte sie mit Männern großes Pech. Und jetzt mit Frauen!«

»Lädst du sie nach V...-le-Château ein?«

»Nein. Sie würde dort zu viele Gelegenheiten finden zu leiden ...«

Es waren nur noch wenige Tage bis zu dem Wochenende in V...-le-Château. Und diese Tage waren merkwürdig keusch. Am Tag vor der Abreise, gegen fünf Uhr nachmittags, war ich mit Thérèse im Jardin du Luxembourg. Es war ein schöner Nachmittag im Mai, die Luft war frisch, der Himmel blau. Die Kastanien blühten, und ihr junges Laub war noch von diesem satten Grün, an dem ich mich heute wie damals nicht sattsehen kann. Zu Füßen einer der Königinnen Frankreichs lag Thérèse mehr auf einem Eisenstuhl an meiner Seite, als daß sie saß, die Beine auf einen zweiten Stuhl gelegt, und gab sich der Sonne hin, wobei sie genüßlich rauchte, als einer dieser schönen, jungen, schwarzhaarigen und glutäugigen Südländer vorüberging, die in dieser Gegend so große Verwirrung stiften. Er blieb einen Moment stehen, um Thérèse zu betrachten. Diese sah dem Jungen direkt in die Augen und rauchte weiter, um den Eindruck der trägen Gleichgültigkeit noch zu verstärken. Dann spreizte sie ein wenig die Schenkel. Zwar hatte der Minirock sich bereits durchgesetzt, und der Anblick eines Mädchenslips am hellichten Tag war kein allzu großes Ereignis mehr. Dennoch hatte ich den merkwürdigen Eindruck, daß es ihre Scham war, die Thérèse vor den Augen des Passanten so herausfordernd zur Schau stellte! Unter dem Vorwand, einen Tabakkrümel aufzunehmen, schob sich Thérèses Zunge gemächlich zwischen den Lippen hindurch, die an jenem Tag mit einem zarten Blaßrosa bemalt waren. Die enganliegende Hose des Fremden vermochte die Erregung ihres Besitzers nicht zu verbergen. Thérèse, der nichts von seiner Reaktion entgangen war, lächelte ihm kaum merklich durch die Rauchwolke zu. Doch nachdem er mir einen Blick zugeworfen hatte, entfernte sich der dunkle Schönling, wenn auch schweren Herzens. Ich war natürlich wütend, obgleich ich innerlich fast ebenso erregt war wie bei der Szene zwischen Thérèse und Berthe. Ich sagte spöttisch:

»Wenn der dir am Waldrand begegnet wäre, hätte er dich vergewaltigt!«

»Wer von uns beiden hätte wen vergewaltigt?«

Ich tat, als hätte ich die Provokation nicht wahrgenommen:

»Könntest du sofort mit so einem Typen ins Bett gehen, ohne ihn zu kennen?«

»Warum nicht? Wenn er Lust auf mich hat.«

»Und du auf ihn. War doch so, oder?«

Sie lachte: »Hast du gesehen? Ich hab' ihn zum Stehen gebracht!«

»Mich auch, Thérèse.«

»Verzeih mir, kleiner Bruder!«

Und während sie sich über mich beugte, berührte sie mit einer Hand flüchtig meinen Hosenschlitz, bevor sie für den Bruchteil einer Sekunde ihre Lippen auf die meinen preßte. Doch ich ertappte sie, wie sie aus den Augenwinkeln nach dem Unbekannten sah, der unsere Tricks aus einiger Entfernung beobachtete.

»Siehst du, wenn du ohne dein Kindermädchen gekommen wärst ...«

»O ja.«

»Bedauerst du es?«

»Nein.«

»Hättest du ihn in dein Zimmer mitgenommen?«

»Ganz bestimmt nicht. Ich lasse nur noch Mädchen rein.«

»Also?«

»Man muß sofort handeln, wie bei einer gegenseitigen Vergewaltigung. Sonst verschwindet das Verlangen. Man muß miteinander reden, ein Stück gehen, einander beobachten, versuchen, zu gefallen, bis man sein Ziel erreicht ...«

»Und wie ist das, sich vor einem Fremden auszuziehen?«

»Es ist, als müßte man eine Prüfung bestehen. Es ist schrecklich!«

»Selbst wenn ...«

»Selbst wenn er fast krank ist vor Lust und du dich beeilst, um ... Es ist schrecklich!«

»Und dann?«

»Sobald er dich in den Arm nimmt, wird es besser: Das Schlimmste ist vorüber, die Distanz verschwindet.«

»Kommt es nie vor, daß du dich vor dem unbekannten Körper ekelst?«

»Es ist wie beim Tauchen, du mußt erstmal tief Luft holen. Schon vor dem Ausziehen ... Dann haben alle Gesten die gleiche Bedeutung.«

»Alle?«

»Alle.«

»Willst du damit sagen, daß mit jedem Mann das tun kannst, was du mit dem tust, den du liebst?«

»Von dem Augenblick an, in dem ich mich mit dem Gedanken angefreundet habe, mit ihm zu schlafen, ja: Die Liebe kennt nur eine Sprache.«

»Auch die Liebe, die eigentlich keine Liebe ist?«

»Es sind die gleichen Worte, die gleichen Gesten, die gleichen Organe. Das einzige, was anders ist, sind die Gedanken, die Vorstellungen, die Gefühle.«

»Hast du dir nie gewünscht, eines Tages nur noch mit jemandem zu schlafen, den du liebst?«

»Das wünsche ich mir immer.«

Diese Geständnisse hatten mich zutiefst erschüttert. Thérèse hingegen schien ihre Heiterkeit zurückgewonnen zu haben, als hätten die Worte, die sie ausgesprochen hatte, ihr geholfen, die eigene Schwäche zu überwinden.

»Hast du gemerkt, wie du mit mir geredet hast, Thérèse? Wie mit einem unschuldigen Mädchen, das du auf seine erste Begegnung mit einem Mann vorbereitest: ›Sobald er dich in den Arm nimmt …‹«

»Sicher, was bist du denn anderes als eine Jungfrau, der man das Leben beibringt?«

Wir brachen in Gelächter aus und fanden mit einem Schlag unsere (zumindest scheinbare) Sorglosigkeit der Jugend wieder. Kurz zuvor noch hatten wir uns an einem grauenhaften Abgrund entlangbewegt.

Am darauffolgenden Nachmittag (es war ein Samstag) brachen wir in dem Wagen meines Bruders auf. Wir hatten uns mit Thérèse und Florence vor dem Jardin du Luxembourg (und seinen blühenden Kastanien) verabredet. Sie waren pünktlich. Wie mir schien, war Philippe, der Florence zum ersten Mal sah, gleich von ihrem Charme angetan. Obwohl er mit spöttischen Bemerkungen nicht sparte, seit Thérèse die »Ausbildung meines Gefühlslebens« (er ließ gern durchblicken, daß das der wahre Zweck meines »Praktikums«, wie er es nannte, bei den weißen Schäfchen war) in Angriff genommen hatte, ließ er nun (entgegen meiner Erwartung) nicht einmal die kleinste Anspielung auf unsere »Verlobung« und ebenso wenig auf die »Hochzeit« verlauten – Thérèse hatte sich fest vorgenommen, sie in V...-le-Château zu feiern.

Das Pfingstwochenende war unter anderem deshalb ausgewählt worden, weil es den Montag mit einschloß. Es war folglich vorgesehen, daß wir zwei Nächte in V...-le-Château verbrachten: die Nacht von Samstag auf Sonntag und die von Sonntag auf Montag. Doch mein Bruder hatte sich nicht ganz freinehmen können, da ein dringender Termin ihn am Sonntag nachmittag nach Paris zurückrief. Thérèse, Florence und ich würden also später zurückkehren als er. Doch die erste Nacht war ohnehin wichtiger (hatte Thérèse wiederholt betont), da nur sie ein Programm hatte. Der Sonntag und die darauffolgende Nacht waren mehr der Erholung gewidmet. Natürlich fragte ich mich insgeheim, welche Mühen das für die vorausgehende Nacht bedeutete, und ich kannte meinen Bruder gut genug, um zu wissen, daß auch er trotz seiner gewohnten Gelassenheit mindestens genauso beunruhigt war wie ich. Während uns also die Unruhe peinigte, mußten wir uns doch ganz schön zusammenreißen, um unsere Eltern zu überzeugen, uns einfach zu Thérèses Freunden »ins Blaue hinein« fahren zu lassen!

Mit Florences Hilfe gelang es Thérèse während der Fahrt, uns ein wenig die Angst zu nehmen. Wollte man daraus schließen, daß sie den bevorstehenden Ereignissen gelassener entgegensahen als wir, hätte man ihrer Sensibilität unrecht getan. Wir alle waren uns bewußt, daß nicht nur das Vergnügen mit von der Partie war. Auch die Liebe würde ihre Rolle spielen, eine einzigartige und in höchstem Maße unvorhersehbare Rolle. Nichts und niemand konnte mit Sicherheit sagen, worauf all das hinauslief. Nichtsdestoweniger mußte man zugeben, daß die Situation für die Mädchen weit weniger beängstigend war als für uns. Schließlich fiel das traditionelle Vorrecht des Mannes, die erotische Initiative zu ergreifen, ihnen zu (zumindest traf das auf die Organisatorin Thérèse zu). Doch wir hielten es nicht lange durch, von etwas anderem zu reden …

»Dieses Fest in V...-le-Château, wie kommt es eigentlich dazu?« fragte ich Thérèse. »Welche Absicht steckt dahinter? Worum geht es?«

»Ja, genau«, wurde ich von meinem Bruder bestärkt, »worum geht es überhaupt?«

Thérèse lächelte.

»Komisch, daß ihr euch erst jetzt Gedanken macht. Ihr habt euch mit sehr allgemeinen und sehr vagen Informationen, die ich euch am ersten Tag gegeben habe, zufriedengegeben: das man dort tanzen und Liebe machen würde. Fangt ihr an, euch um eure Tugend zu sorgen?«

»Es ist nicht fair, daß du dich über uns lustig machst, Thérèse«, sagte ich. »Wir haben uns in deine Hände begeben, was aber nicht bedeutet, daß wir uns keine Fragen gestellt haben.«

»Das ist ein Liebesbeweis«, sagte mein Bruder, »ein Beweis blinder Liebe. Aber es ist an der Zeit, etwas mehr darüber zu erfahren, und sei es nur, um nicht allzu weit hinter dir zurückzustehen, Thérèse, weil du allein das Geheimnis kennst. Gehe ich recht in der Annahme, daß Florence nicht mehr weiß als wir?«

»Ich weiß nur, daß Thérèse mir einen Ehemann geben wird«, sagte Florence lachend.

»Schon gut, schon gut, da ihr alle drei gegen mich seit, werde ich euch nicht länger auf die Folter spannen!« gab Thérèse zurück.

Sie zündete eine Zigarette an, setzte sich schräg in ihren Sitz (so daß sie gleichermaßen von Fahrer wie von den Beifahrern auf der Rückbank gehört wurde) und begann in einem seltsamen Oberlehrerton:

»Die Idee zu diesem Fest ist vor etwas mehr als drei Jahren entstanden, als zwei besonders perverse Geister aufeinandertrafen …«

»Bravo!« rief ich und applaudierte.

Thérèse zuckte die Achseln und setzte ihren Vortrag auf die gleiche, überraschend schulmeisterliche Weise fort.

»Als ich Richard kennenlernte, philosophierte er über die Beziehung zwischen Liebe und sexueller Freizügigkeit. Um über den zwangsläufig begrenzten Horizont der persönlichen Erfahrung hinauszukommen, dachte er, sei es vonnöten, die Beobachtung auf eine möglichst große Zahl sorgsam ausgewählter Fälle auszudehnen. Ich wandte ein, daß man sich zunächst einmal über die entsetzlich langweilige Theorie hinwegsetzen und das Nützliche mit dem Angenehmen verbinden müsse, denn das war zugleich die beste Methode, auf die Laune Rücksicht zu nehmen, deren Geheimnis man angeblich ergründen wollte. Er war einverstanden: Nun mußte nur noch ein Fest organisiert werden, zu dem ausschließlich interessante Jungen und Mädchen eingeladen werden sollten, die zu allem bereit waren. Die Wahl der Gäste konnten wir jedoch nicht ihnen überlassen, denn sonst hätte das schnell zu einer konventionellen Party geführt, einer einfachen und bescheidenen Auffrischung des Alltags. Hätten hingegen wir die Paare vorgegeben, so hätten wir nur ein Bordell bürokratisch organisiert! Die Lösung war also in der Mitte dieser beiden grundverschiedenen Möglichkeiten zu suchen, im Zusammenspiel von Vorgesehenem und Unvorhergesehenem, Bekanntem und Unbekanntem, Wahrscheinlichem und Unwahrscheinlichem. In diesem Bestreben entstand das Fest von V...-le-Château, das heute abend zum dritten Mal in Folge in der Nacht von Samstag auf Pfingstsonntag stattfinden wird ...«

»Und warum ausgerechnet dieses Datum?« fragte mein Bruder.

»Weil wir möchten, daß so, wie sich das Feuer des Heiligen Geistes auf die Apostel herabsenkte, das Feuer der Wollust sich auf uns herabsenkt!«

»Aber ich verstehe nicht ganz«, wandte ich ein, »wenn man es den Leuten einfach nur erleichtert, miteinander zu schlafen (während andere ganz gut allein zurechtkommen), wie kann man da behaupten, das hätte mit Liebe zu tun?«

»Du vergißt eines, kleiner Bruder: Die Leute sind lange nicht so frei, wie man glaubt, auch nicht diejenigen, die die freie Liebe propagieren! Wenn wir Begegnungen ermöglichen, die imstande sind, auch nur die kleinste Unruhe ins Leben der Betreffenden zu bringen, meinen wir schon, gewonnen zu haben. Das ist etwas ganz anderes, als irgendeinen Jungen mit irgendeinem Mädchen schlafen zu lassen! Stell dir nur mal vor, es gelingt uns, das Herz eines überheblichen Menschen in Aufruhr zu bringen ...«

»Das ist unmöglich!« rief ich.

»Es ist uns gelungen. Oder, im Gegenteil, wir haben es geschafft, ein sehr engverbundenes Paar zu trennen ...«

»Das ist bestimmt viel einfacher!« sagte mein Bruder.

»Ganz und gar nicht! Das ist sehr schwierig. Doch es kommt vor. Solche Paare suchen meist eine Herausforderung, wenn sie die Einladung annehmen, denn sie fühlen sich sehr stark.«

»Ist das ein Grund, ihre Beziehung zu zerstören?« fragte Florence.

»Nein, meine Süße, aber was tun wir denn anderes, als ihnen ihre Schwachstellen vor Augen zu führen? Außerdem, wenn wir eine Devise haben, dann ist es die: Mit dem Feuer spielen ...«

»Du hast die Mentalität einer Pyromanin! Aber warum kommen die Leute nach V...-le-Château?« fragte mein Bruder. »Was zieht sie dort hin?«

»Die Regeln der Regellosigkeit.«

»Ich nehme an«, sagte ich, »daß die Einladungen nach V...-le-Château sehr begehrt sind.«

»Und wie, das kannst du dir nicht vorstellen. Doch bis zur letzten Minute kann niemand sicher sein, eingeladen zu werden, nicht einmal die Erotomanen, die am engsten mit den Organisatoren befreundet sind. Einige Einladungstelegramme treffen erst in diesem Augenblick bei ihren Empfängern ein, die gerade noch Zeit haben, sich an Ort und Stelle zu begeben! V...-le-Château genießt einen Ruf, der sich durch eine begrenzte, doch äußerst wirkungsvolle Mundpropaganda in verschiedenen Kreisen herumspricht. Er richtet sich in erster Linie an die Avantgarde der Experimente und des feinen Geschmacks in allen erdenklichen Gebieten, von der Konfektionskleidung bis hin zur visuellen Poesie, vom Design in Traglufthallen bis hin zur alternativen Stadtplanung, von der Computermusik bis zum Undergroundkino ...«

»Donnerwetter!« mein Bruder stieß einen bewundernden Pfiff aus. »Hast du keine Angst, daß Francis und ich inmitten dieser interessanten Leute wie Landeier im Sonntagsstaat rüberkommen?«

Diese Bemerkung brachte uns zum Lachen, und

wir hörten endlich auf, Thérèse weitere Fragen darüber zu stellen, was uns alles erwartete. Wir würden es schließlich selbst herausfinden …

Inmitten grüner Wiesen, von denen sich wunderschöne, rosa blühende Kastanien abhoben, ragten die leicht bemoosten grauen Mauern des Schlosses von V... auf. Dichte Baumreihen, die den Lärm der Straße fernhielten, trennten die Rasenflächen voneinander.

Wir passierten das schmiedeeiserne Tor und folgten einer gewundenen Kiesallee, bis wir zu einem Vorplatz gelangten, zu dessen Füßen ein Teich angelegt war. Auf dem Vorplatz parkten schon einige meist schnelle Schlitten. Ein etwa dreißigjähriger junger Mann, dunkelhaarig und schlank, kam auf uns zu.

Thérèse stellte ihn uns vor: Es war Richard, der Hausherr und Thérèses Mitorganisator des Freudenfestes, dessen Schauplatz all das werden sollte. Er legte diese leicht unverschämte Selbstsicherheit an den Tag, die Leuten von einer schönen äußeren Erscheinung und mit einem Vermögen, das ihnen in die Wiege gelegt wurde, eigen ist. Er begrüßte uns und lud uns ein, ein Gläschen mit ihm zu trinken, sobald wir untergebracht wären (denn jeder brauchte ein Quartier, sei es auch nur, um seine Zahnbürste abzustellen!). Während er Philippe führte, begleitete Thérèse Florence und mich zu einem zauberhaften kleinen Pavillon, der etwas abseits des Hauptgebäudes lag.

»Und das ist das Zimmer der jungen Brautleute«, sagte Thérèse, als sie die Tür öffnete.

Es war ein ausgesprochen schönes Zimmer, ganz weiß, mit Rokokozierleisten und einem riesigen Spiegel geschmückt, der fast eine gesamte Wand einnahm. Eine große Fenstertür ging auf eine Art verwilderten englischen Garten hinaus: Der ideale Ort, um zwischen Büschen und Baumgruppen Verstecken zu spielen! In der Mitte des Zimmers thronte ein großes Bett. Florence und ich waren einigermaßen eingeschüchtert. Schließlich kannten wir einander nicht sehr gut (und das war, wie man sich erinnern wird, Thérèses Schuld!). Thérèse amüsierte sich über unsere Verlegenheit, doch da sie Verständnis dafür hatte, wie wir uns fühlten, faßte sie uns beide am Arm: Und mit Hilfe einiger Küsse bildete sich wieder das gleiche Dreieck, das uns schon an der Bar der weißen Schäfchen miteinander vereint hatte.

»Thérèse, warum sind wir hier?« fragte Florence halblaut.

»Aber das weißt du doch, meine Süße!«

»Ja und nein. Wenn du wolltest, daß ich mit Francis schlafe, hättest du uns gar nicht so weit fort bringen müssen! Stimmt's, Francis?«

»Florence hat recht: Was für eine Rolle spielen wir?«

»Ich habe es dir doch schon gesagt, kleiner Bruder: Ich will die Menschen, die ich liebe, zusammenbringen. Ich hätte euch nichts von diesem Fest erzählen müssen, weder euch noch Philippe. Ihr hättet nie etwas davon erfahren. Doch das hätte ich nicht verkraftet, ein Fest ohne euch! Deshalb habe ich lieber ein wenig gemogelt, die Regeln verletzt, die ich selbst mit aufgestellt habe, damit ihr hier seid ...«

»Und dieses Fest ist wirklich so wichtig für dich?« fragte nun wieder Florence.

»Es ist sehr wichtig. Es hilft mir, in mir selbst Klarheit zu schaffen. Oder besser gesagt: Ich hoffe, es hilft mir, Klarheit zu schaffen ...«

»Aber was für eine Lehre hoffst du aus einem Experiment zu ziehen, das gefälscht ist, und zwar von dir?« fragte ich.

»Wenn ich euch nicht wenigstens in bezug auf eine Sache eine Garantie gegeben hätte, wärt ihr nicht gekommen. Doch auch wenn ihr, im Gegensatz zu den anderen Gästen, ein oder mehrere Punkte eures Programms kennt, seid ihr dennoch Teil eines Ganzen, das ohne eure Teilnahme nicht dasselbe wäre. Der einzige Punkt, in dem ein wenig gemogelt wurde, ist die Klausel über das hundertprozentig Unvorhergesehene. Außerdem hat euch die Liebe hierher geführt (oder täusche ich mich?), euer Beitrag gleicht die Nichtbeachtung dieser Klausel also aus ...«

»Ach, Thérèse! Was für ein Machiavellismus!«, rief ich aus.

»Nein, Francis, du täuschst dich. Du müßtest sagen: was für eine Sucht nach Harmonie! Stell dir vor, daß ich in derselben Nacht mit Philippe, Florence und mit dir schlafen werde. Heute nacht werde ich in der Tat eine glückliche Frau sein. Was sonst zählt?«

Und wirklich, Florence und ich wußten darauf nichts zu erwidern.

»Jeder von euch wird einen Umschlag mit seinem Namen bekommen, in dem sich ein genauer Plan des Schlosses mit seinen Nebengebäuden befindet. Auf dem Plan sind die Orte verzeichnet, an denen ihr euch zu einer bestimmten Uhrzeit in der Nacht einfinden sollt. Jeder Plan ist natürlich streng vertraulich. Und selbstverständlich gibt es von dem Moment an, in dem ihr den Umschlag öffnet, kein Zurück mehr: Sobald ihr über euren Weg in Kenntnis seid, verpflichtet ihr euch, ihn zu akzeptieren. Bedenkt, daß der Plan lediglich die Zimmer angibt, in die ihr euch begeben müßt: Er gibt keinerlei Auskunft über die Person oder die Personen, die ihr darin vorfinden werdet. Nehmen wir einmal an, daß ein Junge genau weiß, daß dies das Zimmer von Florence ist und daß es eine seiner Stationen ist. Nun, nichts garantiert, daß er Florence auch darin vorfinden wird: Sie könnte im gleichen Augenblick am anderen Ende des Schlosses sein ...«

»Das ist ja amüsant!« sagte Florence.

Sie war kreidebleich. Sie zwang sich zu einem Lächeln, doch die pure Angst stand ihr ins Gesicht geschrieben. Ich schloß sie in meine Arme und drückte sie sanft an mich.

»Wir begnügen uns damit, die Begegnungen zu organisieren. Die, die sich treffen, entscheiden ... auch, ob sie lieber schlafen möchten! Manchmal (aber ganz selten) bittet man sie, eine besondere Aufgabe zu erfüllen. Doch sie entscheiden, ob sie es tun oder nicht. Das einzige, was verpflichtend ist, ist die Einhaltung des aufgestellten Zeitplanes, denn ansonsten würde die gesamte Organisation zusammenbrechen. Wie ihr seht, gibt es hier, wie in jedem anderen Zimmer, nicht nur eine (funktionierende) Uhr an der Wand, sondern auch eine rote Kontrollampe neben der Tür, die bei jeder Änderung in der Verteilung aufleuchtet. Momentan wurde noch kein Startsignal gegeben, deshalb funktioniert es noch nicht. Doch das gesamte Schloß samt Nebengebäuden wurde so programmiert: Dabei wurden die unterschiedlich langen Wege berücksichtigt, die Zeit, die man für Aus- und Anziehen benötigt, sowie eine verringerte Reaktionsfähigkeit zu vorgerückter Stunde. Zudem registriert ein fast unsichtbares elektrisches Auge (ihr könnt es dort in der Ecke sehen) die Anzahl der Ein- und Ausgänge. Doch es gibt keine Alarmanlage! Richard und ich wollen lediglich wissen, inwieweit unser Programm befolgt wurde, zumindest, was die Verteilung der Teilnehmer angeht. Wenn eine gewisse Anzahl unterschritten wird, werden wir die ganze Sache abblasen müssen, und V...-le-Château Nummer vier wird nicht mehr stattfinden.«

»Wenn ich es recht verstehe, ist das ein technologischer Puffladen!« sagte ich.

»Nein, kleiner Bruder, du übertreibst. Nicht alles ist vorgegeben: Wir haben in einer Reihe von Abläufen absichtlich ein paar Lücken gelassen. Einige sind natürlich sehr straff geplant: Aber in eurem Fall ist das nicht so. Die Auslassungspunkte haben die Möglichkeit, sich zusammenzufügen (oder auch nicht), um unvorhergesehene Linien zu ergeben. Das ist das Spiel von Liebe und Zufall ...«

»Und wenn jemand, der Leerlauf hat, in ein Zimmer kommt, das bereits belegt ist?« fragte Florence.

»Das ist nicht ausgeschlossen. Doch die Person oder Personen im Zimmer sind nicht verpflichtet, den Eindringling zu akzeptieren.«

»Aber Vergewaltigung ist doch wohl in jeder Form verboten, oder?«

»Mehr als verboten: Sie ist unerwünscht. Jeder bleibt innerhalb des Programms jederzeit frei in seiner Entscheidung. Denkbar wäre zum Beispiel auch ein Gast, der seinen Weg peinlich genau zurücklegt, doch jegliche erotische Beziehung mit den vorgesehenen Partnern verweigert. Warum auch nicht, schließlich wird so das Prinzip des Vergnügens bis zur Verweigerung der Teilnahme an dem programmierten Vergnügen aufrechterhalten. Und an einem Ort, an dem sich alle nur mit der Liebe beschäftigen, wäre es vielleicht gar nicht schlecht, wenn ein oder zwei keusch bleiben …«

Thérèse zeigte uns, wo wir den Inhalt unserer Reisetaschen einräumen konnten, und ging fort. Wie schon beim Betreten des Zimmers wurden Florence und ich von Verlegenheit ergriffen. Ich sah sie an und hatte nur einen Wunsch: Sie in die Arme zu schließen. Dennoch hielt mich irgend etwas zurück: Diese verfluchte Schüchternheit, die ich dank Thérèses geschickter Prüfungen für immer abgelegt glaubte, war mit aller Macht zurückgekehrt. Florence spürte das und wagte, offenbar von mir angesteckt, kaum den Blick zu heben. Das hing zweifellos auch mit dem vorläufigen Verbot zusammen, das derart auf uns lastete, daß wir wie gelähmt waren. Hätten wir über unser Handeln völlig frei entscheiden können, wäre es gewiß anders abgelaufen. Um diese Spannung zu überwinden, nahm Florence eine Zigarette und bat mich um Feuer. Erst jetzt standen wir einander gegenüber und sahen uns in die Augen. Ich wartete, daß sie die Zigarette aus dem Mund nahm, um ihr einen Kuß zu geben, den ersten, den wir nicht in Thérèses Beisein austauschten. Unsere Münder berührten einander sanft, zunächst fast schamhaft und ohne Eile, als wollten sie sich wiedererkennen. Dann öffnete Florence ihren Mund und schob ein wenig die Zunge heraus, die sie geschmeidig zwischen meine Lippen gleiten ließ, ohne sie mir jedoch je ganz zu überlassen. Wie abzusehen war, erregte uns dieses Spiel schnell. Unser Kuß wurde sinnlicher, und ich streichelte, ebenfalls zum ersten Mal, durch den Pullover ihre Brüste. Ich drückte mich an sie, so daß ihre Wirkung auf mich keine Zweifel übrig ließ. Schließlich entschloß sie sich lachend, sich aus meiner Umarmung zu lösen:

»Vorsicht, kleiner Bruder! Ich traue Thérèse zu, daß sie zurückkommt, um zu überprüfen, ob wir nicht ihrem Programm vorgreifen!«

»Das traue ich ihr in der Tat auch zu: Sie hat schon in Paris verhindert, daß wir uns treffen!«

»Ja, ich weiß. Doch könntest du dich Thérèses Willen widersetzen?«

Diese Erklärung, in der eine verhüllte Traurigkeit mitklang, machte mich betroffen. Florence hatte sich auf das Bett gesetzt und betrachtete mich schweigsam rauchend. Doch ihre Blässe, die zurückgekehrt war, verriet, was für eine Mühe es sie kostete, ruhig zu wirken. Sie fuhr fort:

»Oh! Du bist nicht der einzige … Du bist verliebt in Thérèse, ich bin verliebt in Thérèse, dein Bruder ist verliebt in Thérèse. Thérèse ist verliebt in deinen Bruder, sie ist verliebt in dich, sie ist sogar in mich verliebt. Sie schläft mit deinem Bruder, mit dir und mit mir, doch getrennt. Heute abend wird sie erst mit deinem Bruder und mit dir schlafen, dann, nehme ich an, mit dir und mit mir. Eines Tages werden wir alle vier miteinander schlafen! Dann wird Thérèse eine glückliche Frau sein, wie sie sagt … Denn wir sind viel zu verliebt in sie, dein Bruder, du und ich, um ihr diesen Wunsch abzuschlagen! Man kann Thérèse keinen Wunsch abschlagen!«

Florence zerfloß vor lauter Tränen, und ich mußte sie einfach in den Arm nehmen und versuchen, sie zu trösten. Doch bei der eiskalten Analyse, der sie sich gerade hingegeben hatte, bekam ich eine Gänsehaut. Und doch war es offensichtlich.

»Und all das wäre mir egal, wenn du mich lieben würdest! Aber du liebst mich nicht, du findest mich hübsch, du hast Lust, mit mir zu schlafen, und wir werden heute nacht miteinander schlafen. Aber du liebst mich nicht: Du liebst Thérèse …«

Ich war fassungslos. Ich wandte ein, daß, wenn ich wirklich wünschte, Florences Liebhaber zu werden, es mein größter Wunsch sei, es zu bleiben. Und wenn sie mir das nicht glaube, wenn sie überzeugt sei, daß ich lediglich meinen Spaß mit ihr haben wolle, sei ich bereit, in der kommenden Nacht darauf zu verzichten, mit ihr zu schlafen. Sie wischte ihre Tränen fort und begann zu lachen.

»O nein! Ich habe solche Lust, mit dir zu schlafen ...«

Sie hatte das in einem Ton gesagt, mit dieser glücklichen und strahlenden (es war ein ganz sanftes Strahlen, das ihr blondes Haar umgab) Zärtlichkeit gesagt, die ihr so gut stand, daß nur wenig fehlte, und fast hätten wir es an Ort und Stelle getan. Wir tauschten einen langen Kuß aus. Doch Florence mahnte noch einmal zur Vernunft. Ich gehorchte ihr gern, soviel Freude bereitete es mir, noch einmal die Reinheit ihres Kleinmädchenblickes zu durchdringen. Außerdem hatte, wie bei kleinen Kindern, der Kummer bis auf ein, zwei kleine Tränen, die von ihren Wimpern perlten, keinerlei Spuren hinterlassen. Wundervolle Florence!

Wir mußten uns nun in Schale werfen (in V...-le-Château war eine gewisse ausgesuchte Kleidung erwünscht). Nachdem wir einander kritisch betrachtet hatten und zu dem Schluß gekommen waren, daß wir durchaus vorzeigbar waren, begaben wir uns in den großen Saal mit geschnitzter und bemalter Holztäfelung an der Decke, an dessen Ende ein riesiges Buffet aufgebaut worden war. Am gegenüberliegenden Ende hatte sich auf einem Podest ein Orchester eingerichtet, das sowohl wegen seines Stils als auch wegen seines Preises, mit dem es seinen Verdienst einschätzte, berühmt war und das nun sorgfältig, wenn auch betont lässig die elektroakustische Anlage überprüfte. An einer der Längswände des geräumigen Rechtecks, das den Ballsaal darstellte, hing eine Reihe von Wandteppichen von ausgesuchter Qualität, doch – zumindest in meinen Augen – uninteressant (Schäfer- und Jagdszenen oder Picknicks im Stile des achtzehnten Jahrhunderts). An der anderen Längswand öffneten sich riesige Fenstertüren auf Terrassen, wo die milde Luft dieses Maiabends für einigen Andrang sorgte, denn es war schon recht voll. Hausdiener in Uniform und gepuderter Perücke (sie schienen ebenso alt zu sein wie die Wandteppiche) schlängelten sich geschickt zwischen den Gästen hindurch und schwenkten randvolle Tabletts mit Gläsern und Petits fours. Ein vergnügtes, wenn auch nicht gewöhnliches Stimmengewirr kündete davon, daß das Fest begonnen hatte, noch bevor das Orchester aufgespielt hatte.

Weder vom Sehen noch vom Hören kannte ich jemanden in dieser illustren Gesellschaft, und ich hätte mich verloren gefühlt, hätten Florence und vor allem Thérèse mir nicht Gäste beiderlei Geschlechts vorgestellt. Doch es dauerte nicht lang, bis ich herausgefunden hatte, daß die meisten Gäste kaum besser dran waren als ich, was im übrigen Teil des Spiels war. Im Gegensatz zu dem, was sonst üblich war, ging man hier dem Ungewissen entgegen statt dem Altbekannten. Nur Thérèse kannte offenbar fast alle, auch wenn sie bei der Begrüßung ihrer Gäste die größtmögliche Diskretion an den Tag legte, um nicht bestimmte Leute zu verschrecken, die scheinbar inkognito da waren. Die Eifersucht flüsterte mir ein, daß sie vielleicht mit allen anwesenden Jungen geschlafen hatte (und – warum nicht? – mit allen Mädchen ...). Aber es waren wirklich eine Menge Leute da!

Weit und breit nichts als wunderschöne Mädchen und ausgesuchte Playboys, meist so exzentrisch gekleidet, wie es nur die Schönheit erlaubt. Es waren sogar ein paar Männer und vielleicht auch Frauen über dreißig da, die jedoch so sorgfältig ausgewählt waren, daß sie zu einem ausgeglichenen Verhältnis beitrugen, damit einerseits Jugend, Schönheit und Eleganz gleichmäßig vertreten waren und andererseits die Oberflächlichkeit modebewußter junger Leute, die oft zu einer übertriebenen Selbstverliebtheit ausartete, nicht übermächtig wurde. Vielleicht sah ich all das auch mit dem verzückten, erstaunten Blick eines jungen Mädchens früherer Zeiten, das zu seinem ersten Ball geführt wird. Sicher, ich wußte nie mit meiner Begeisterung an mich zu halten, selbst in Situationen, in denen sie eigentlich gar nicht angebracht gewesen wäre. Ich bereue es auch nicht. Doch heute denke ich eher, daß das, was einer solchen Gesellschaft diesen besonderen, höflichen Charakter – bestehend aus allgemeiner Liebenswürdigkeit und vollkommener Ungezwungenheit – verleiht, ihre geheime Dimension war, nämlich das leidenschaftliche Streben nach Liebeslust.

Jugend, Schönheit und Eleganz (aber auch die Intelligenz) der geladenen Gäste sowie die finanziellen Mittel, auf die ihr Verhalten und ihre Kleider schließen ließen (von den schönen Autos, die vor dem Schloß geparkt waren, ganz zu schweigen), gaben Anlaß zu der Vermutung, daß ein solches Streben ihnen nicht fremd war. Was sie nach V...-le-Château zog, konnte kaum die Aussicht auf freie Liebe sein, und schon gar nicht der vergleichsweise milde exotische Charme eines normannischen Herrenhauses, das etwa anderthalb oder zwei Stunden von Paris entfernt lag. Was sie von dem Abend und der darauffolgenden Nacht erwarteten, war besser als alles, was sie sonst genossen. Jung, schön, elegant (intelligent?) und reich: Hatten diese offenbar gut aufgeklärten Amateure nicht schon alles, was sie brauchten, um ihre ungewöhnlichsten Launen zu befriedigen? Alles außer diesem besonderen Talent. Alles also, außer Thérèse ...

Nachdem das Orchester aufgespielt hatte, mußte ich mich endlich von Florences und Thérèses Rockzipfeln lösen, mit denen ich nur ein- oder zweimal tanzen konnte. Ich bemerkte, daß mein Bruder sich bereitwillig damit abfand, daß man ihn seiner Verlobten fast vollständig beraubte (doch Thérèse ließ ihn keineswegs allein, denn sie fand einen Weg, ihrer Beziehung zusätzliche Würze zu verleihen!). Ich tat mein Bestes, um meinen beiden Freundinnen zu beweisen, daß sie ihre tänzerischen Bemühungen nicht umsonst an mich verschwendet hatten (sie und die anderen weißen Schäfchen, die nicht auf dem Fest anwesend waren) und wenn ich es recht beurteile, waren sie zufrieden mit mir, als sie mich voller Begeisterung tanzen sahen, wenn sie zufällig in meine Nähe kamen oder ich in ihre. Da alle ausgezeichnete Tänzer waren, wurde mir bewußt, wie wichtig es war, zu beherrschen, was in

V...-le-Château auf seine elementare, doch unverzichtbare Funktion als erotische Sprache zurückgeführt worden war. Doch ich konnte nicht die kleinste unbedachte Geste entdecken, nicht einmal, als langsame Rhythmen und gedämpftes Licht zu einer gewissen Hingabe einluden. Die Aufforderungen zum Tanz duldeten, wie mir schien, keine Verweigerung (dieser kleine, wenn auch minimale Zwang mußte sein, um die Harmonie des Abends zu gewährleisten) und konnten gleichermaßen von Mädchen wie von Jungen ausgesprochen werden (eine weitere Neuerung, die wohl Thérèses Handschrift trug).

So wurde ich von einem sehr jungen blonden Mädchen mit sanften Augen aufgefordert, das sogleich ob ihres Rechtes, von dem sie Gebrauch machte, errötete, und mir bald gestand, daß sie mit ihren sechzehn Lenzen unangefochten die Jüngste des Abends sei. Sie zeigte einigen Stolz darüber, und setzte ihre Ehre daran, um dieses Vorrecht zu demonstrieren, indem sie sich so ausschweifend gab, wie ihre Phantasie es zuließ. Den ersten Beweis dafür lieferte mir die Art, in der sie ihre drallen Brüste an mir rieb, die nicht von einem Büstenhalter verhüllt wurden, als ich mich, begünstigt durch eine Art Blues, an sie schmiegte. Doch sie bewies mir, daß sie weit mehr Erfahrung besaß als ich, denn kaum daß das Stück zu Ende war, zog sie mich auf die Terrasse. Ich war dem Wunsch meiner Tanzpartnerin unbedacht nachgekommen. Kaum hatte ich einen Fuß über die Schwelle gesetzt, die diese frische, doch angenehme Mainacht von der

Wärme, den Lichtern und dem Lärm trennte, begriff ich, daß der Menschenstrom, der sich durch die großen Fenstertüren bewegte, eine Art Sicherheitsventil des Balls darstellte. Die wunderliche Verteilung der Lichter wie auch die eigenwillige Anlage der Treppen, Hecken, Eiben, Statuen und Banken ließen Paare mehr erahnen als erkennen, wie sie sich galanten Zusammenkünften unbestimmten Inhalts widmeten. Vor uns lag also der Garten der Schatten und der Zärtlichkeiten (doch sind Zärtlichkeiten nicht gleichfalls Schatten, wenn die Liebe fehlt?). Aller Wahrscheinlichkeit zufolge schloß die Notwendigkeit – die zumindest die Herren betraf –, die Energien für später aufzuheben (doch es gibt auch überschäumende Temperamente!), echte Liebesakte aus. Doch trotz der Schwierigkeiten, im Dunkeln etwas Genaueres zu erkennen, ließen Seufzer, erstickte Ausrufe und bizarre Silhouetten eine maßlose Freiheit im Umgang miteinander vermuten. Was diese Präludien auf der Terrasse darüber hinaus so wertvoll machte, war die Tatsache, daß sie die letzte Möglichkeit zur freien Wahl boten, ehe der Teil der vorprogrammierten Liebe einsetzte!

Ich tat so, als würde ich diese wollüstige, nächtliche Landschaft nicht bemerken, und führte die kleine Blonde (sie hieß Catherine) zu einer Holzbank, hinter der sich ein Ligusterstrauch verbarg. Sie verlangte eine Zigarette, die ich anzündete (dabei neigte sie die von blonden Haaren umrahmte Stirn: Es war genau die gleiche Geste wie die von Florence wenige Stunden zuvor). Es genügte, einen Träger des weit ausgeschnittenen Kleides herunterzuschieben und den Reißverschluß oben etwas zu öffnen, um an Catherines rechte Brust zu gelangen, eine runde und volle Brust, worauf ich eigentlich nicht so sehr stehe, doch gleichwohl von einer wunderbaren Frische, und ich begann, sanft daran zu saugen, während Catherine an der Zigarette zog und den Rauch ausblies. Sie hatte eine überaus weiche Haut, und ihre Brustwarze schwoll angenehm zwischen meinen Lippen. Darauf schob ich den zweiten Träger hinunter, saugte an ihrer linken Brustwarze und biß ganz leicht hinein, worauf Catherine quiekte. Als ein leuchtender Streifen mir anzeigte, daß sie ihre Zigarette fortgeworfen hatte, ließ ich von ihrer Brust ab und küßte sie auf den Mund. Wie alle unerfahrenen Raucherinnen schmeckte sie sehr stark nach Tabak. Während unsere Zungen sich vereinten, legte ich eine Hand auf ihren Strumpfhalter, den ich dank ihres Minirocks ungehindert erreichte.

Sie preßte instinktiv ihre Schenkel zusammen und öffnete sie sogleich wieder (die Hand jedoch blieb ihr Gefangener). Ich hatte mich zu ihrem Slip vorgearbeitet, doch ich hütete mich (wie ich es bei Thérèse getan hatte), einen Finger darunter zu schieben, denn so begrenzt sich die Handlungsfreiheit auf ein Minimum, und der Kontakt mit der weiblichen Haut ist mehr als lachhaft. Catherines Bereitwilligkeit glich meine schwachen Kenntnisse bezüglich der Lagebeschreibung von Damendessous ein wenig aus, und ich versuchte, den Slip herunterzuziehen, damit sich meine ganze Hand zwischen den Beinen der kleinen Blonden zu schaffen machen konnte, als plötzlich, nur wenige Meter von uns entfernt, ein Paar zu Füßen eines riesigen Steinlöwen stehenblieb, der seine ganze Aufmerksamkeit einer Kugel schenkte, auf die er seine Pfote gelegt hatte. Wir saßen im Dunkeln, so daß sie uns nicht sehen konnten, als plötzlich ein schräg einfallender Lichtstrahl sie von den Füßen bis zur Körpermitte beleuchtete (sie standen). Und nicht ohne Überraschung, schließlich war ich mit einer ähnlichen Unternehmung beschäftigt, konnte ich den kurzen Rock des Mädchens (das uns den Rücken zukehrte) erkennen, der sich hob, während die Hände des Jungen die Pobacken umfaßten und versuchten, dieses Stück Damenwäsche, das seit geraumer Zeit auch meine Konzentration in Anspruch nahm, herunterzuschieben. Mit faszinierter Neugier beobachtete meine junge Eroberung, die meinem Blick gefolgt war, diese Art Spiegelbild der Problematik, die uns gerade beschäftigte. Doch während ich nur danach strebte, den Slip ein wenig zur Seite zu schieben, verstand sich mein Gegenüber darauf, ihn vollständig verschwinden zu lassen. Was die Betreffende zwang, einzugreifen: Sie löste ihre Strümpfe, ließ den Slip bis zu den Knien herunter, machte die Strümpfe wieder fest und beugte sich etwas vor, um ihre Füße von dem Slip zu befreien, den sie lässig einige Schritte weit fortwarf. Dann kehrte sie in ihre Anfangsposition zurück, und als der Junge diesmal den Rock hob, war es ihr nackter Hintern – weiß und rund –, der im Licht zum Vorschein kam.

Die Hände des Jungen versuchten nicht mehr als vorher von dem neugewonnenen freien Zugang zwischen den Schenkeln zu profitieren. Während meine Finger zwischen den – wie ich vermutete – blonden Locken von Catherines Busch spielten, massierte er mit den Handflächen die Pobacken des anderen Mädchens, hob sie an wie Brüste und spreizte sie, so daß ich glaubte, für einen Augenblick (aber nein, das war unmöglich) die graue Perle der hinteren Pforte zu sehen. Unendlich vorsichtig spreizte mein Zeigefinger nun sanft Catherines Schamlippen (auch wenn ich es nicht überprüfen konnte, hatte ich allen Grund zu der Annahme, daß Catherines Jungfernschaft auf Thérèses Programm stand!), während der seine in die Ritze des Mädchens glitt, das plötzlich erzitterte. Mein Finger drang in die feuchte und brennende Vulva ein, der seine in den Anus. Ein einziger Seufzer: Catherine und das andere Mädchen. Ich nahm Catherines Hand und führte sie an mein Glied, wo ich sie die Hose aufknöpfen, tasten, sich festklammern ließ. Hier wie dort das gleiche Hineinschieben und Herausziehen des Fingers. Catherines Hände umfingen meine steife Rute. Auch die andere dort drüben faßte zweifellos mit beiden Händen zu! Aber ich durfte nicht kommen. Ach, wie lange mußte ich mich noch gedulden?

»Vorsicht! Sie tun mir weh ...«

Catherine hatte ihren Griff gelockert, und glücklicherweise war meine Erregung noch nicht so groß wie die ihre, die ihre Möse ganz saftig machte. Ihre

Nase lag an meinem Hals, und sie rührte sich nicht mehr, völlig erschöpft.

»Ich hab' die Hände voller Samen!«

Diese Stimme, dieses spöttische und zärtliche Lachen: Eine Stimme, ein Lachen, die ich kannte. Catherine hob den Kopf und flüsterte:

»Ist das nicht Thérèse?«

Thérèse hatte den Slip aufgehoben und wischte sich die Hände ab (vielleicht auch das Glied ihres Partners). Dann entfernte sich das Paar im diffusen Licht, der Slip blieb zu Füßen des Löwen liegen. Lag es an dem Schauspiel, dem ich beigewohnt hatte, oder daran, daß ich die kleine Blondine befriedigt hatte, oder an beidem zugleich? Jedenfalls fühlte ich mich etwas seltsam. Catherine hingegen fühlte sich absolut wohl und schnatterte wie ein Stieglitz (ich bitte die Ornithologen um Verzeihung: Ich bin mir nicht sicher, ob die Stieglitze schnattern, aber Catherine jedenfalls tat es). Sie erzählte mir in allen Einzelheiten, wie Thérèse ihre Nacht organisiert hatte, die sich zu einer dreifachen Entjungferung zusammenfassen ließ, eine Aussicht, die Catherine keineswegs ängstigte. Natürlich wußte sie nicht, wer die drei beauftragten Jungen sein würden, der erste jedenfalls würde sie auf die klassische Art entjungfern, der zweite würde sie von hinten nehmen, und der dritte würde »sie im Mund lieben«, wie sie sagte.

»Vielleicht sind Sie einer der drei? Ach, das wäre schön, Sie waren so nett zu mir.«

Ich entschloß mich, sie zu duzen.

»Wer hat diese Jungen für dich ausgesucht?«

»Thérèse.«

»Wann wirst du wissen, wer sie sind?«

»Wenn sie in mein Zimmer kommen.«

»Wirst du sie später wiedersehen?«

»Nur einen: Denjenigen, der mir am besten gefällt.«

»Darf kein anderer Junge mit dir schlafen?«

»Nicht heute nacht.«

»Und morgen?«

»Morgen bin ich frei.«

»Und morgen kann ich mit dir schlafen, wenn ich will?«

»Ja, wenn ich es auch will.«

Die Unterhaltung nahm eine merkwürdige Wendung: Dieses Mädchen von sechzehn Jahren, die einzige Jungfrau (jedoch nicht mehr lange) in V...-le-Château, konnte mir bald Unterricht in Lebensart (und im Liebesart) geben. Sie schien auf jeden Fall weit besser über ihre Aufgaben und Rechte informiert als ich. Ich begleitete sie in den großen Saal zurück, wo ich ihr einen Abschiedskuß gab (ich hatte den Eindruck gewonnen, daß das so üblich war – charmant war es in jedem Fall –, wenn zwei Tanzpartner den gemeinsamen Tanz beendeten oder, was wahrscheinlicher war, wenn sie von einem Spaziergang auf der Terrasse zurückkehrten). Dann sagte ich ihr – was ich übrigens auch wirklich dachte –, daß ich sie ganz zauberhaft fand und ihr sehr angenehme Minuten verdankte. Sie erwiderte meinen Kuß und wurde sogleich von dem Strom der Tanzenden fortgerissen.

So albern das auch klingen mag, doch dieses

kleine Abenteuer ermutigte mich keineswegs, diese Art Liebesannäherung mit anderen Damen zu wiederholen. Im Laufe des Abends kam es häufiger vor, daß ich Mädchen im Arm hielt (was eigentlich nur so eine Redensart ist, denn gerade in den letzten Jahren wird der Körperkontakt nur von wenigen modernen Tänzen begünstigt), die ich unter anderen Umständen atemberaubend gefunden hätte. Trotzdem versuchte ich nicht, ihnen eine bleibende Erinnerung an mich zu hinterlassen, abgesehen davon, daß ich in den Abschiedskuß ausreichend Leidenschaft einfließen ließ, um ihnen das Gefühl zu geben, daß ihr Charme mich nicht völlig kaltgelassen hatte. War es, weil ich wußte, daß ich nicht mit einer Abfuhr zu rechnen hatte, wenn ich sie auf die Terrasse führte? Damit würde ich mir einen Heldenmut zusprechen, den ich nicht besitze. Im Gegenteil, ich kenne weder für die Eigenliebe noch für das Verlangen selbst eine härtere Prüfung als eine Zurückweisung. Und es stimmt sehr wohl, daß Frauen mit dieser Waffe eine grausame Macht über uns haben. Auch die Tatsache, sich an einem Ort zu befinden, an dem lauter wunderbare Geschöpfe an einem vorübergehen, und zu wissen, daß man diese Zurückweisung nicht erdulden muß (auch wenn die Terrasse ihrer Willigkeit Grenzen setzte, so war es doch ein – wenn auch unvollkommenes – Vergnügen), ist ein Vorgeschmack auf das Paradies. Und zwar auf das einzige Paradies, das mich interessiert (denn das größte Übel, die Verdammung der Begierde, existiert dort nicht).

Vielleicht verlieh gerade die Leichtigkeit jenes Abends den verliebten Gesten eine so große Bedeutung. Ist das im übrigen nicht das, was eine kleine Minderheit von einer vollkommenen Sittenfreiheit erwartet: daß sie die Liebe sogar wieder schwieriger macht statt leichter, außergewöhnlicher statt gewöhnlicher? Womit man die gegenwärtige Gefahr willenloser Ausbreitung und die alte Gefahr heuchlerischer Unterdrückung gleichsetzen würde. Doch als ich drauf und dran war, mich zu heftiger, reaktionärer Kritik an der Demokratisierung der Liebe hinreißen zu lassen (und ist diese sexuelle Freizügigkeit in V...-le-Château verdammt noch mal nicht auch ein Privileg der oberen Klassen?), wurde ich gerade noch einmal davor bewahrt. Und zwar von der Frau, an deren Ohrläppchen ich gerade knabberte – eine Dunkelhaarige, Schlanke, in silbergewirktem Kleid, das ihre Hüften einzwängt (und die Schenkel wie ein hinreißendes Bukett hervorsprießen läßt) –, während ich flüsterte:

»Ich möchte dich auf die Terrasse führen, zu Füßen des Steinlöwen vor dir niederknien, meinen Kopf unter dein Kleid stecken und dich zum Stöhnen und Fließen bringen.«

Und sie antwortete im gleichen Tonfall:

»Ich auch, ich will auch vor dir niederknien zu Füßen des Steinlöwen und dich zum Stöhnen und Fließen bringen.«

Und ich antwortete:

»Doch mein Kopf wäre im Dunkeln, während du im hellen Licht erscheinen würdest.«

Und sie antwortete:

»Das ist unwichtig: Ich heiße Claire, wie die Helligkeit, und das Licht macht mir keine Angst.«

Und ich antwortete:

»Aber du wirst deine Strümpfe kaputtmachen, wenn du dich auf die Steinplatten kniest!«

Und sie antwortete:

»Das ist unwichtig: Ich heiße Claire, und ich kann den Mondschein trinken!«

Und ich antwortete:

»Nein, du bist zu schön, das darfst du nicht!«

Und sie antwortete:

»Was hat die Schönheit damit zu tun?«

Und ich antwortete:

»Ich weiß nicht, du bist zu schön …«

Wir hatten aufgehört zu tanzen. Wir küßten uns. Ich berührte ihre Brüste. Und dann riß ich mich von ihr los. Ich habe mich gerettet. Dennoch war es eine schöne Geschichte, die von Claire, die vor mir kniend den Mondschein trinken wollte! Doch kehren wir zur Wirklichkeit zurück. Thérèse sagte zu mir:

»Du solltest zu Richard gehen. Er ist in der ›Apotheke‹ …«

Die »Apotheke«, das war eine Art geheimes oder halbgeheimes Nebenzimmer, wo Richard (ohne Rezept, sondern nach Bedarf) die neuesten Salben, Pessare und andere Verhütungsmittel verteilte. Gegebenenfalls begleitet von technischen oder psychologischen Ratschlägen. Auch ich entging dem nicht.

»Sie sind betrunken, Francis. Allerdings mehr trunken vor Lust als alles andere. Wehren Sie sich nicht dagegen: All diese begehrenswerten Mädchen, die zu allem bereit sind, wo es sonst so kompliziert ist! Diese so neuartige Leichtigkeit widert einen an. Vielleicht weil man sich nicht in der Lage fühlt, diese vielfältigen und unverhofften Chancen vollständig zu nutzen. Ich kenne das alles. Ruhen Sie sich einen Moment hier aus. Wir werden darüber reden. Champagner oder Whiskey?«

»Champagner. Danke.«

»Ein Rat: Kommen Sie danach nicht wieder auf Whiskey zurück. Lachen Sie mich nicht aus! Sonst werde ich noch über Sie spotten. Wenn ich Ihnen das sage, dann vor allem deshalb, weil ich möchte, daß ein jeder hier, wenn nicht dem Glück, dann zumindest dem Vergnügen so nah wie möglich kommt. Die Pfingstnächte in V...-le-Château sind nur aus diesem Wunsch entstanden. Außerdem, auch wenn wir uns nicht kennen, so sind Sie doch mein Gast, und ich wünsche, daß Sie Ihren Abscheu überwinden, diese Art der Übelkeit, gegen die Sie sich, wie ich sehe, wehren, diesen Überdruß, der sie bedroht, obwohl Sie sich gerade erst der Festtafel genähert haben ...«

»Ja, man muß konsumieren, nicht wahr?«

»Werden Sie nicht unverschämt. Der andere Grund, aus dem ich mich um Sie kümmere, ist Thérèse. Sie dürfen mir nicht übelnehmen, daß ich bestens über Sie beide informiert bin: Ich betrachte auch das als einen Teil meiner Pflicht. Und lassen Sie sich gesagt sein, daß niemand sich erlauben darf, Thérèses Liebe auf die leichte Schulter zu nehmen ...«

»Thérèse? Die denkt doch nur an ihren Spaß.«

»Thérèse hat nur an der Liebe Spaß. Glauben Sie mir, ich weiß, wovon ich spreche. Wenn Thérèse nicht in Sie verliebt wäre, glauben Sie, Sie wären dann hier? Glauben Sie, sie würde von Ihnen erwarten, daß Sie in einer Stunde die Rolle spielen, die Ihnen wohl bekannt sein dürfte und für die ich Ihnen diesen kleinen Tiegel Salbe gegeben habe? Wie ich Ihnen sagte, ich weiß, wovon ich spreche.«

»Mit welcher Überzeugung Sie von ihr reden!«

»Thérèse ist vielleicht das einzige Mädchen, von dem man nie geheilt wird. Zumindest von denen, die ich kennengelernt habe.«

»Verzeihen Sie meine schlechte Laune. Das ist die Trunkenheit. Oder vielmehr die beiden Trunkenheiten, von denen Sie sprachen. Und mehr noch das Unbehagen, zu sehen, daß ein Fremder genauesten über meine intimsten Geheimnisse auf dem laufenden ist.«

»Auch ich war kurz davor, die Beherrschung zu verlieren. Doch das Risiko war vorhersehbar, und ich mußte Ihnen davon erzählen. Ihr Platz ist beneidenswert, doch nicht bequem, ich bin der erste, der Ihnen da zustimmt.«

»Beneidenswert? Wenn ich alleine wäre mit Thérèse, dann vielleicht ...«

»Ach du lieber Gott! Sind Sie denn wirklich so unschuldig? Hören Sie, ich mag vielleicht etwas grob mit Ihnen sein, aber Sie haben es so gewollt. Ich weiß nicht, was morgen Thérèses Wunsch (oder Laune, nennen Sie es, wie Sie wollen) sein wird. Aber ich weiß (ich weiß, verstehen Sie, nicht, daß sie es mir gesagt hätte, doch ich weiß es, weil ich Thérèse kenne), daß der einzige Mann, von dem sie heute nacht in den Arsch gefickt werden möchte, Sie sind! Und das, bitte glauben Sie mir, ist nicht wenig!«

Ich schwieg – fassungslos und erschrocken zugleich, wie es mir seit einigen Monaten nun häufiger passiert war –, weil ich so dumm war. Richard schenkte mir ein neues Glas Champagner ein, als habe er die heftige Auseinandersetzung eine Minute zuvor bereits vergessen. Ich brach das Schweigen, was mich einige Mühe kostete.

»Ich bin ein armer Idiot, das denken Sie doch, oder?«

Er begann zu lachen.

»Seien Sie nicht so aggressiv! Nein, Francis, Sie sind jung, das ist Ihre einzige Ausrede, doch das ist die Ausrede schlechthin. Was mich angeht, so wäre ich heute mit Sicherheit nicht so scharfsichtig, hätte Thérèse mich nicht eines Tages in eine fast ebenso schlüpfrige Lage gebracht wie Sie. Doch ich überlasse es ihr, es Ihnen zu erzählen, wenn sie es für angebracht hält. Ich werde Ihnen lieber die Geschichte von Claire und Daniel erzählen.«

»Claire? Ich dachte, sie existiert gar nicht.«

»Alles, was wir begehren, existiert … Ich habe Claire und Daniel eines Abends am Strand getroffen, im letzten Frühjahr. Es war den ganzen Tag über sehr heiß gewesen. Am Abend endlich wurde es milder. Ich lief über den feinen Sand, ganz nah am Wasser, nur etwa zweihundert Meter vom hell erleuchteten, hoffnungslos überfüllten Casino entfernt. Ich war allein. Plötzlich stieß ich fast mit einem Paar zusammen, einem Jungen und einem Mädchen, beide sehr schön. Diese Schönheit habe ich mehr gespürt als gesehen, noch bevor meine Augen sie im Dunkeln erkennen konnte. Der Junge richtete das Wort an mich, in halb scherzendem, halb ernsten Tonfall. ›Monsieur, sie will schwimmen gehen.‹ ›Ist doch prima.‹ ›Ja, aber ganz nackt, hier, vor dem Casino.‹ ›Sie ist sicher sehr schön.‹ ›Ja, aber es können doch Leute kommen.‹ Darauf antwortete sie: ›Mir liegt nichts daran, mir liegt nichts daran, ob sie mich sehen: Ich schlafe mit dir, nicht mit ihnen.‹ Ich griff beherzt ein: ›Sie haben recht: Ziehen Sie sich aus.‹ Sofort zog sie ihr Kleid aus. Sie trug nichts darunter. Und sie lief los, um sich in die Wellen zu stürzen. In der Dunkelheit verloren wir sie schnell aus den Augen. Während wir warteten, unterhielt ich mich mit dem Jungen. Er hieß Daniel, sie hieß Claire. Beide Studenten. Sie hatten sich durch Zufall zwei Wochen zuvor kennengelernt. Das hatte alles verändert. Nur zwei Monate vor ihrem Examen hatten sie ihre Bücher verkauft, ihre Freunde verlassen, ihre Zimmer untervermietet und waren ans Meer gefahren, um sich in Ruhe lieben zu können, ohne an die Zukunft zu denken. Noch etwas Champagner?«

»Ja. Danke.«

»Dann kam sie aus dem Meer, nackt und zitternd, zum Sterben schön. Wir zogen beide unsere Hemden aus, Daniel und ich, und dann trockneten wir sie von Kopf bis Fuß ab. Sie war zu sehr Dame, um zu protestieren, weil ein Fremder ihre Brüste und ihren Hintern abrieb. Ich zog sogar mein zusammengerolltes Hemd zwischen ihren Schenkeln durch, um ihre feuchten Schamhaare zu trocknen. Sie zuckte nicht einmal mit der Wimper. Dann bot Daniel mir an, mir ein trockenes Hemd zu leihen. Ich nahm an. Ich folgte ihnen in ihr Hotelzimmer und bestellte etwas zu trinken. Champagner. Sie waren begeistert, wie Kinder, die man zu einer Karussellfahrt einlädt. Daniel und ich zogen trockene Hemden an, doch sie blieb, wie sie war, mit ihrem feuchten Haar, den kurzen braunen Strähnen, die im Gesicht klebten. Sie war außergewöhnlich. Und die beiden sahen sich mit einem Blick an, bei dem man sofort sah, daß sie Lust hatten, miteinander zu schlafen. Ich konnte mich nicht zurückhalten. Ich sagte ihnen, daß ich Lust hätte, ihnen zuzusehen, wie sie miteinander schliefen. Sie lachten, doch sie waren nicht besonders überrascht. Zweifellos wußten sie, wie schön sie waren! Oder sie hatten so große Lust, Liebe zu machen. Vielleicht auch beides. Und außerdem mußte ich ihnen einigermaßen sympathisch sein. Hatten sie mich etwa nicht eingeladen, in ihr Leben zu treten, als sie mich wie einen Richter fragten, ob sie ganz nackt schwimmen gehen sollte oder nicht? Noch ein wenig Champagner?«

»Nein, danke.«

»Sie zogen sich aus und liebten sich vor meinen Augen. Mit der größten Selbstverständlichkeit, aber auch mit großer Aufrichtigkeit. Ich bin absolut kein Voyeur, eigentlich interessiert mich so etwas überhaupt nicht. Ich werde lieber selbst aktiv. Dennoch war das nicht das erste Mal, daß ich zusah, wie ein Paar sich liebte. Nun, mein Lieber, ich, der Überhebliche, zitterte wie Espenlaub. Schließlich ließ ich sie allein und tat in der Nacht kein Auge zu. Also faßte ich am frühen Morgen – meine Lider waren geschwollen – einen folgenschweren Entschluß. Ich rief sie an. Sie waren noch im Bett. Ich sagte ihnen, daß ich nicht in Claire verliebt sei und auch nicht in Daniel, sondern verliebt in das Paar, in ihre Liebe. Und daß ich mit ihnen beiden schlafen wolle, daß ich nicht versuchte, sie auseinanderzubringen, im Gegenteil. Dieses Mal waren sie doch ein wenig überrascht. Sie haben eine ganz schöne Schau abgezogen. Sie nahm den Hörer: ›Wenn wir akzeptieren, mit wem fangen Sie dann an?‹ Fangfrage. Glücklicherweise nahm er den Hörer zurück, um ritterlich zu sagen: ›Mit Claire. Wenn wir ja sagen, muß sie sichergehen, daß sie den größten Spaß hat. Ich stimme jedenfalls nur zu, wenn es Claire Spaß macht.‹ Sie ergriff wieder den Hörer: ›Mit Daniel. Ich wäre wütend, wenn ich sehen würde, daß er mit einem anderen Mädchen schläft. Aber jetzt, da Sie mich darauf gebracht haben, es wäre etwas ganz anderes, wenn Sie ...‹ Ihre Worte wurden undeutlich. Ich beendete ihren Satz: ›Wenn ich ihn vor Ihren Augen in den Arsch ficken würde?‹ Plötzlich brachte sie mühsam hervor: ›Dieser Gedanke erregt mich sogar ...‹ Ich hatte den Eindruck, daß sie wieder anfingen, sich zu lieben. Ich hing den Hörer ein.«

»Puh!«

»Nicht wahr? Wie Sie sehen, hatte ich da irgend

etwas ins Rollen gebracht! Wenn man darüber nachdenkt, hätte man Claires Vorschlag für eine Methode halten können, sich zu vergewissern, daß ich nicht zu einer originellen Ausrede griff, um mit ihr zu schlafen. Hätte ich mit ihr angefangen, hätte ich danach immer noch eine technische Unbeholfenheit vortäuschen können, wenn ich mich Daniel zuwandte. Aber auf diese Weise … Täuschte ich im übrigen nicht mich selbst? Ich hielt es nicht einmal für nötig, sie darauf hinzuweisen, daß ich bereits homosexuelle Beziehungen gehabt hatte. Claire und Daniel hatten es erraten. Somit warf das für mich weder ein moralisches noch, wenn ich das mal so sagen darf, ein praktisches Problem auf. Offen gesagt, ich wußte damals nicht mehr so genau, wo ich stand, und wenn mein Verhalten von sexuellem Zynismus geprägt war, war auch der Wahnsinn nicht weit. Vielleicht würde mir diese Erfahrung helfen, bei mir selbst klarzusehen, wenn auch vielleicht nur in dem Maße, in dem ich hoffte, der echten Faszination, die dieses außergewöhnliche Paar auf mich ausübte, auf den Grund zu gehen. Die Erfahrung mit einem Liebespaar war für mich in der Tat völlig neu. Zwar hatte ich schon eine Frau mit einem anderen Mann geteilt oder einen Mann mit einer Frau, doch ich hatte es noch nie mit einer Frau und einem Mann getan, die ineinander verliebt waren wie Claire und Daniel. Was einen großen Unterschied macht, das versichere ich Ihnen. Sollte ich nicht vielmehr das Geheimnis der Liebe entdecken, wenn ich ein Liebespaar liebte, als wenn ich nur eine Person des einen oder anderen Geschlechtes liebte, so begehrenswert sie auch sein mag? Liebe machen mit der Liebe, was für eine Versuchung! Ach, wenn Sie sich nicht selbst in einer solchen Geschichte verfangen hätten, würden Sie jetzt vielleicht denken: ›Der Typ spinnt!‹ …«

Ich stimmte wortlos zu.

»Auch wenn Sie keinen Champagner mehr möchten, erlauben Sie, daß ich mir selbst nachschenke. Zwei Nächte nach unserem Treffen am Strand geschah es. Ich hatte sie in eine sehr komfortable Suite eingeladen, die ich ganz allein in einem der besten Hotels der Gegend belegte. In einem der Zimmer wurde ein kaltes, dennoch üppiges Abendessen serviert, doch wir dachten alle drei an nichts anderes als an Sex und aßen, wie ich vorausgesehen hatte, erst sehr viel später. Claire hatte ein seltsames Make-up aufgelegt: Schwarzer Lidschatten, bleicher Teint. ›Ich bin die Witwe‹, antwortete sie auf meine Frage. In dieser Aufmachung, die von einem Abendkleid aus schwarzem Organdy mit großen, oberhalb der Handknöchel eng abschließenden Puffärmeln vervollständigt wurde, beobachtete sie uns schweigend von ihrem Sessel aus, den sie gegenüber vom Bett aufgestellt hatte, und zündete eine Zigarette nach der anderen an.

Ich bemühte mich, so gut es ging, Daniels Selbstbewußtsein zu schonen: Trotz unleugbarer Disposition war dieser nämlich überhaupt nicht homosexuell veranlagt und ließ all das, wie er gesagt hatte, nur über sich ergehen, um seine Geliebte zufriedenzustellen. Dennoch stellte ich mich so geschickt an, damit seine erste Erfahrung dieser Art nicht allzu schmerzhaft und auch nicht ganz ohne Lustgewinn für ihn war. Ich glaube, daß sie mir beide dafür dankbar waren. Als Claire an die Reihe kam, war ich zugegebenermaßen voller Sorge. Was, wenn sie zwar behaupten würde, daß sie das, was sie gesehen hatte, zufriedengestellt habe, sie sich aber dennoch weigern würde, sich meinen lüsternen Launen zu fügen? Doch als ich sie, mit Daniels Hilfe, aus ihrer schwarzen Wolke befreit hatte und ihren kraftvollen, geschmeidigen Körper in meine Arme schloß, entdeckte ich, was ich nie zu hoffen gewagt hätte: Sie war verliebt in den Liebhaber ihres Liebhabers! Noch bevor sie ganz nackt war – ich hakte gerade ihren schwarzen Büstenhalter auf (während Daniel ihr half, den ebenfalls schwarzen Slip herunterzuziehen) –, verriet es mir unser erster Kuß (ihr blaßrosa Mund war das einzig Lebendige an ihrer Maske): Sie würde sich mir hingeben – nicht aus Zwang, auch nicht aus Mitleid, und schon gar nicht, um sich den Regeln eines Gesellschaftsspiels beugen, sondern aus purer Leidenschaft …«

An der Verstörtheit, die Richard ins Gesicht geschrieben stand, erkannte ich, daß ich der erste war, dem er diese Geschichte erzählte – abgesehen von Thérèse vielleicht. Meine anfängliche Feindseligkeit ihm gegenüber hatte nun deutlich nachgelassen, ohne jedoch ganz zu verschwinden.

»Sie kürzte die Reihe der Zärtlichkeiten, denen ich mich einen Moment hingegeben hatte, brüsk ab. Sie gab keine Ruhe, bis ich tief in sie eingedrungen war und sie mit meinem ganzen Gewicht fast erdrückte. Ich durfte sie nicht enttäuschen, denn das hätte sie wohl kaum zugelassen. Schließlich hätte das bedeutet, daß ich ihr ihren Liebhaber vorgezogen hätte! Anschließend setzten wir uns mit einem Bärenhunger an den Tisch. Doch weder das Essen, obgleich es, wie ich schon erwähnte, vorzüglich war, noch das Trinken vermochten unsere Gier zu stillen. Da die Nacht sehr mild war, hatten wir uns nicht wieder angezogen, und schon bald ergriff das Verlangen – erhitzt, wie wir durch den Wein waren – erneut von uns Besitz. Plötzlich verschwand Claire unter dem Tischtuch, und ich wußte nicht, wohin sie sich verzogen hatte, als ich plötzlich spürte, wie sie zwischen meine Schenkel glitt und ihr Mund nach meiner Rute schnappte. Daniel war gerade im rechten Moment eingeschlafen, und so mußte ich keine Rücksicht mehr nehmen. Ich war verrückt nach diesem Mädchen und versuchte eilig, sie unter dem Tisch hervorzuziehen, doch sie wollte ihren Biß nicht lockern und machte es überdies so gut, daß ich in ihrem Mund kam. Ich hatte ihren bleichen Kopf aus den Falten des Tischtuches befreit, und als ich ihre gesenkten, schwarzgeschmückten Lider betrachtete, hatte ich das seltsame Gefühl, daß ich von einer Toten geblasen wurde ...«

»Und wie erklären Sie sich das alles?« fragte ich treudoof nach einer längeren Pause.

»Daniel ist ein sehr feinfühliger, ernsthafter Junge und ein echter Kavalier, doch seine Schönheit und sein Temperament haben etwas ausgesprochen Weibliches. Eher leidenschaftlich als männlich, einer, der sich lieber erobern läßt, statt selbst zu erobern, obgleich seine sexuelle Kraft schier unerschöpflich war, wovon ich mich zur Genüge überzeugen konnte. Doch merkwürdigerweise scheint nur Claire das Privileg zu besitzen, ihn körperlich zu erregen. Und er ist bereit, alles hinzunehmen, was Claire für gut befindet: Nicht nur, daß sie vor seinen Augen mit einem anderen Mann schläft, sondern auch, daß dieser Mann mit ihm schläft. Alles in allem also fehlte es in diesem in jeder Hinsicht so außergewöhnlichen und so wunderbar verliebten Paar an Manneskraft, und genau diese Schwachstelle, die auf den ersten Blick unsichtbar war, erlaubte es mir, mich einzuschleichen. Nicht, um das Paar zu zerstören, sondern im Gegenteil, um es zu vervollkommnen und zu stärken. Wer weiß, ob sie heute nicht getrennt wären, wenn ich nicht vor einem Jahr in ihr Leben getreten wäre. Ich denke, daß ich in Claires Augen Daniel für seine mangelnde Männlichkeit bestrafe, indem ich das männliche Element beitrage, was sie selbst nicht stillen kann (gewissermaßen nehme ich ihren Liebhaber in ihrem Auftrag anal). Indem ich Daniel vor Claire demütige, räche ich sie für ihre relative weibliche Passivität, gleichermaßen tröste ich Daniel für diese Demütigung, indem ich Claire vor seinen Augen demütige. Nun, mir scheint, ich sichere in ihrer Liebesbeziehung den Fortbestand der Lust, was wiederum ihr schlechtes Gewissen, Verwerfliches zu tun, beruhigt, das viele Paare in einer Art idealistischer und puritanischer Albernheit versacken läßt ... Jedenfalls kann ich nicht auf sie verzichten und sie nicht auf mich. Natürlich wird das nicht ewig so bleiben. Ich habe die Möglichkeit, ihnen das zu geben, was ihnen fehlt, in einer künstlichen Situation, mit der sie vorliebnehmen, bis sie ihnen eines Tages zur Last wird. Sie sind ein ausgehaltenes Paar! Es wird der Zeitpunkt kommen, da sie mich verlassen. Wenn sie nicht einander verlassen. Aber ich werde weder mit Claire allein bleiben, noch, was wohl klar sein dürfte, mit Daniel. Sie sind mir nur zusammen genehm ... Verzeihen Sie mir diese Vertraulichkeiten, mein lieber Francis, mir ist nichts Besseres eingefallen, um Sie auf andere Gedanken zu bringen, als Ihnen zu erzählen, in welchem Schlamassel ich stecke. Sie haben noch etwa eine Viertelstunde Zeit, ehe Sie sich zu Ihrer ersten Station begeben müssen, wo Sie erwartet werden. Möchten Sie zum Büffet zurück? Oder zum Ball?«

»Nein, erzählen Sie mir noch mehr von Claire und Daniel.«

»Wenn Sie darauf bestehen. Vor einigen Tagen führte ich Claire in einen Modesalon, vielmehr eine Boutique, bei der ich Stammkunde bin. Man überließ uns eine sehr komfortable Umkleidekabine, ich sagte Claire, sie solle sich ausziehen gehen und auf mich warten. Ich wählte die hübscheste Verkäuferin, zumindest die, die mir am hübschesten schien, und traf mit ihrer Hilfe eine erste Auswahl. Ich führte sie, den Arm voller Kleider, in die Kabine, wo Claire uns völlig nackt empfing. Überrascht protestierte die Verkäuferin, denn es ist nicht üblich, Kleider ohne Unterwäsche anzuprobieren. In einem Ton, der keine Widerrede duldet, sagte ich ihr, daß ich es so gewollt hätte. Und so begann für das Mädchen ein bizarrer Leidensweg: Mehr als zwanzig Kleider mußte sie nacheinander an Claires nackten Körper anpassen, dann wieder ausziehen. Claire half ihr nicht im geringsten. Ich begleitete die verschiedenen Anproben mit trockenen Bemerkungen. Darüber hinaus zwang ich die Verkäuferin, Claires Busen, Hüften oder Beine zu berühren, sobald sich ein Vorwand dafür fand. Wütend wegen meiner Forderungen, entnervt wegen der unfreiwilligen Liebkosungen, die sie Claire gewährte, und letztendlich demoralisiert wegen deren vollkommener Kälte (Claire brauchte sich nicht einmal dazu zu zwingen: Sie ist Frauen gegenüber völlig gleichgültig), war das Mädchen, das gewiß nicht lesbisch war, schließlich einem Nervenzusammenbruch nah und brach in Tränen aus. Sofort warf ich sie herum und nahm sie von hinten, auf den neuen Kleidern zu zweitausend Francs, während Claire, gänzlich unbeteiligt, die Zeit nutzte, um zwei Zigaretten zu rauchen. Dann kaufte ich so viele Kleider, wie Claire wollte, und hinterließ beim Gehen meine Adresse und ein fürstliches Trinkgeld für die hübsche Verkäuferin, die noch völlig verstört war. Claire war nun von Kopf bis Fuß neu eingekleidet, Schuhe, Wäsche und Schmuck inbegriffen. In einem Schönheitssalon, in dem ich ebenfalls regelmäßig verkehre, gab ich Anweisungen für ihre Frisur und ihr

Make-up. Sie verließ ihn völlig verwandelt, und in den zwei, drei Diskotheken, in die ich sie führte, hatte man nur noch Augen für sie, sie stellte die schönsten Frauen von Paris in den Schatten. Das amüsierte sie, sie tanzte, trank, triumphierte. Ich ließ sogar zu, daß sie mit Playboys flirtete, die an ihr vorübergingen, während ich ihr den ganzen Tag über nicht einen einzigen Kuß gegeben hatte. Wir nahmen ein Taxi, um nach Hause zu fahren. Ich sagte zum Fahrer: ›Fahren sie über die äußeren Boulevards und drehen Sie sich nicht um.‹ Gut, sagte er, er werde nur den Außenspiegel benutzen, den anderen drehe er in den toten Winkel. Dann küßte ich Claire, die mir sogleich ins Ohr flüsterte: ›Du wirst mich behandeln wie die Verkäuferin, stimmt's? O ja, genau wie sie.‹ Und sie kniete sich auf die Rückbank des Mercedes (es war ein Mercedes) und kehrte mir den Rücken zu. Es war drei Uhr morgens. Ich war verrückt vor Begierde, die ich seit dem Nachmittag unterdrückt hatte. Aber wie sollte ich es anstellen? Das neue Höschen, das sie eng umschloß, schien eine wahre Rüstung. In der Gefahr, sie zu verletzen, mußte ich die Naht zwischen ihren Pobacken mit meinem Taschenmesser zerschneiden! Endlich gelang es mir. Etwa auf Höhe der Porte Maillot drang ich in sie ein. Es war nicht gerade bequem! An jeder roten Ampel hielt ich still, und dieses Spiel erregte Claire bis aufs letzte. Das wiederum ließ auch den Fahrer nicht kalt, der, obgleich er nichts sehen konnte, dennoch unser Stöhnen und Seufzen hörte. Ich konnte mich bis zur Porte de Versailles zurückhalten, auch wenn es mir sehr schwerfiel. Doch dann war es zuviel. Auf Höhe des Boulevards Lefebvre, genau in dem Moment, in dem wir an der Église Saint-Antoine-de-Padoue (verzeihen Sie dieses Detail) vorbeifuhren, schoß mein Samen hervor, Claire stieß einen Lustschrei aus, und unser Fahrer fuhr über eine rote Ampel und konnte gerade noch einen Zusammenstoß mit einem Polizeiwagen verhindern. Raffiniert, wie ich bin, hatte ich eine meiner schönen Freundinnen eingeladen, damit sie Daniel Gesellschaft leistete. Als wir zurückkamen, fanden wir die beiden splitternackt vor, doch meine Freundin war in Tränen aufgelöst, und Claire, die sich bereits anschickte, einen Streit vom Zaun zu brechen, schwieg. Die Weinende, eine der Frauen, nach denen sich ganz Paris die Finger leckte, lag buchstäblich zu Daniels Füßen, doch nachdem sie erst sich, dann ihn ausgezogen hatte, hatte sie bloß aus purer Höflichkeit ein paar Liebkosungen abbekommen. Daniel, dem in der Tat nur Claires Abwesenheit Sorgen bereitete, war nicht in der Lage, sich auch nur das kleinste Aufflammen von Männlichkeit zugunsten der Eingeladenen abzuringen. Die größte Demütigung für sie war jedoch folgendes: Kaum war Claire aufgetaucht, schon blühte Daniel auf, stürzte sich auf sie, und ohne sich die Mühe zu machen, sie auszuziehen (doch immerhin hatte er noch ihr Kleid bewundert), raffte er ihr Kleid hoch, entdeckte, daß ihr Po nackt und feucht war (das zerschnittene Höschen war im Mercedes liegengeblieben) und außer sich vor Begierde schlug er seinerseits den Weg ein, den ich ihm kurz zuvor geebnet hatte! Ich sah mich gezwungen, meine schöne, in Tränen aufgelöste Freundin so gut es ging zu trösten. Trotz meiner kürzlichen Glanzleistung im Taxi inspirierten mich ihre Schönheit und ihre unglückliche Lage ausreichend, daß ich mich dazu entschloß, auch sie von hinten zu nehmen. Neben mir lächelte Claire, die von ihrem Liebhaber geritten wurde, mir zu, vollkommenes Glück stand ihr ins Gesicht geschrieben. Sie konnte sich keine beneidenswertere Situation als die ihre vorstellen: Wenn nicht Daniel mit ihr schlief, so war ich es. Dieses unverschämte Glück zwang mich förmlich dazu, sie zu demütigen, trotz all der Liebe, die ich für sie empfand. Und ich forderte sie auf, meinen Schwanz in den Mund zu nehmen, den ich aus dem Hintern meiner schönen Freundin zog, während diese Daniels Schwanz in den Mund nehmen sollte. Und sie willigte ein! Sie willigt immer ein ...«

»Es ist jetzt vermutlich Zeit ...«

»Ja, gehen Sie: Thérèse legt großen Wert auf Pünktlichkeit. Erinnern Sie sich noch an ihre Zimmernummer?«

Ich müßte lügen, wenn ich behaupten würde, daß ich mich nun voller Freude zu Thérèses Zimmer, genau gesagt, dem Zimmer von Thérèse und meinem Bruder, begab (trotz all dem, was Richard mir – um mich zu trösten – diesbezüglich gesagt hatte). Nun, da die Höllenmaschine, in die das Schloß von V... sich unter Thérèses Händen verwandelt hatte, sich in Gang setzte, spürte ich, daß sie durch nichts mehr aufzuhalten war. Oder daß zumindest der Schaden für den Saboteur schwerwiegender sein würde als für die Maschinerie selbst. Würde ich einen Rückzieher machen, würde ich nicht nur Thérèses Liebe verlieren, sondern auch die von Florence. Von Richards Wertschätzung ganz abgesehen (die mir wichtig war, obgleich ich ihn überhaupt nicht mochte). Was meinen Bruder angeht, ja, was würde er eigentlich tun, wenn ich einen Rückzieher machen würde? Statt ihm zu helfen, sich zu befreien, würde ihn das behindern, denn ich würde ihn mit der Verantwortung für einen noch nicht begangenen, doch längst beschlossenen Akt alleine lassen. Es überraschte mich nicht wenig, zu entdecken, daß ich in jener Nacht der Schlüssel zu Philippes und Thérèses Beziehung war, eine Entdeckung, die, wenn man an die besondere Rolle denkt, die mir zugedacht wurde, von einem recht schlüpfrigen Humor war …

Ich hielt es nicht für nötig, anzuklopfen: Was konnte ich schon Schlimmeres entdecken als das, was ich selbst tun sollte? Thérèse und mein Bruder saßen vollständig bekleidet auf dem Bett (was mich, der ich in Gedanken noch bei den nackten Vertraulichkeiten von Richard war, recht unsanft in die Wirklichkeit zurückriß) und plauderten angeregt. Sie schienen mit dem bisherigen Verlauf des Abends zufrieden und hatten zweifellos große Lust, miteinander zu schlafen. Ich hatte den Eindruck, als würde ich erwartet, wie man in den Liebesromanen des achtzehnten Jahrhunderts ein Zimmermädchen erwartet, das mit einer sehr genauen technischen Aufgabe betraut war, wie zum Beispiel die Kerzen anzünden, das Bett anwärmen oder Madame ausziehen.

»Wie fandest du Catherine?« fragte Thérèse.

»Catherine?« fragte mein Bruder.

»Ja, Catherine, unsere einzige Jungfrau …«

Sie sah zur Wanduhr und schüttelte den Kopf:

»Stimmt, mittlerweile haben wir wohl keine einzige Jungfrau mehr.«

»Ist sie tot?«

»Nein, sie ist jetzt eine Frau.«

Thérèse kam auf mich zu und blickte mir geradewegs in die Augen, während sie ihre Bluse aufknöpfte, was mir die Schamesröte ins Gesicht trieb.

»Was hat Richard dir erzählt?«

»Er hat mir aus seinem Leben erzählt«, sagte ich und zog meine Jacke aus.

»Welches Kapitel?«

Ich betrachtete ihre nackten Brüste. Sie nahm meine Hände und legte sie darauf. Mein Bruder lockerte seine Krawatte und hörte uns zu. Was wir taten, schien ihn keineswegs zu beunruhigen.

»Das letzte Kapitel. Also Claire und Daniel.«

»Ja, anscheinend ist er völlig begeistert«, sagte sie und zog den Reißverschluß links über der Hüfte herunter.

Thérèses Kleid fiel zu Boden. Sie stieg hinaus: Darunter trug sie einen neuen Slip. Sie setzte sich aufs Bett, um Strumpfhalter und Strümpfe auszuziehen. Mein Bruder und ich zogen unsere Hemden aus, dann unsere Hosen, und schließlich hängten wir alles in den Kleiderschrank.

»Oh, ich habe blaue Flecken vom Strumpfhalter, als hätte mich jemand geschlagen. Seht nicht hin, es ist widerlich!«

Um ihr zu zeigen, daß wir uns keineswegs ekelten, streiften wir gleichzeitig unsere Unterhosen herunter. Sie sah uns lachend an und trennte sich von der ihren. Wir sahen wieder ihre glänzenden braunen Schamhaare, die sie zerstreut mit den Fingernägeln zu glätten suchte. In dem Moment klopfte es an die Tür.

Nach kurzem Zögern faßte Thérèse sich als erste und ging die Tür öffnen. Im Türrahmen erschien ein kleiner Telegrammbote, der angesichts Thérèses hüllenloser Schönheit wie vom Blitz getroffen dastand und ihr stotternd ein Telegramm hinhielt. Sie lachte über seine Verwirrung, dankte ihm und empfahl ihm, einen Abstecher zum Büffet zu machen und, ich erinnere mich noch an ihre Worte, »sich mit einem schönen Gruß von Thérèse zu nehmen, worauf er Lust hätte« ...

Hier der Wortlaut des Telegramms:

HIERMIT WIRD EINEM JEDEN OFFIZIELL UNTERSAGT STOP UNTER ANDROHUNG SOFORTIGER UND ENDGÜLTIGER AUSSCHLIESSUNG STOP GANZ GLEICH WELCHEN PROVOKATIONEN ER AUCH AUSGESETZT SEIN MAG STOP INNERHALB DES VON DER PARKMAUER EINGEGRENZTEN GEBIETES STOP LIEBESAKT ZU VOLLZIEHEN.

»Es ist nicht unterschrieben« bemerkte mein Bruder.

»Nein, es ist nicht unterschrieben«, sagte Thérèse. »Aber ich glaube, ich weiß, von wem das kommt ...«

Und mit einem Achselzucken tat sie den Zwischenfall ab, der nicht im geringsten ihre gute Laune beeinträchtigt hatte, und kam wieder zu ihrem Vorhaben zurück. Das Orchester war vollzählig und wartete nur noch auf das Zeichen des Dirigenten. Selbstverständlich sollte Thérèse der Dirigent sein. Sie gab uns Ratschläge:

»Philippe, es ist besser, wenn du dich dorthin setzt. Da, auf die Seite, bis ich komme. Wir werden so anfangen, und wenn du warm bist, drehst du dich auf den Rücken. Dann kann Francis kommen ...«

Man muß sich vorstellen, mit wieviel Sanftmut, Zärtlichkeit und lächelnder Anmut Thérèse diese äußerst trockenen Instruktionen aussprechen mußte, damit sie nicht widerwärtig und lächerlich wie Turnanweisungen klangen. Schon streckte sie sich vor meinem Bruder auf der Seite aus, und während er ihre Brüste in den Händen wog, umfaßte sie ihn und spießte sich selbst auf, womit sie uns bewies, daß ihr Erregungszustand ein weiteres Vorspiel erübrigte, was uns im übrigen nicht neu war. Sie wand sich wie ein Aal, um sicherzugehen, daß Philippes Rute anständig in ihre Möse eindrang, dann drehte sie meinen Bruder auf den Rücken und setzte sich schließlich wie eine Reiterin auf ihn. Mit ein paar kräftigen Hüftbewegungen von unglaublicher Leidenschaft und Schnelligkeit lenkte sie ihn gleich wieder von seiner Überraschung ob dieser athletischen Leistung (hatte sie das wirklich im Stadion gelernt?) ab. Die herrliche Geilheit von Thérèses Hintern ließ mich erstarren, bis sie mich zur Ordnung rief:

»Schnell, kleiner Bruder!«

Und halblaut, denn sie mochte das Verb nicht, fügte sie entschuldigend hinzu:

»Ich habe solche Lust zu ficken!«

Ich Trottel hatte den Tiegel mit der Creme in meiner Jackentasche vergessen. Als ich, den Tiegel in der Hand, zurückkam, sah ich, daß ich mich in der Tat beeilen mußte, wenn ich die Gelegenheit nicht versäumen wollte. Das Bett wurde in jeder Hinsicht von mächtigen Wellen durchströmt. Ich tauchte meinen mit Creme überzogenen Finger tief in Thérèses Poloch. Dabei mußte ich an die Zärtlichkeiten zu Füßen des Steinlöwen denken, denen ich zufällig beigewohnt hatte. Thérèse zitterte am ganzen Körper, warf wild ihre Hüften hin und her, wand sich und ließ sich glücklich stöhnend von meinem Bruder aufspießen. Ich kletterte ebenfalls auf das Bett und suchte die richtige Stellung. Thérèse und Philippe hielten den Atem an und dämpften ihre Bewegungen, so gut es ging. Mit äußerster Vorsicht – denn der Gedanke, das Glied oder die Hoden meines Bruders zu berühren, war mir unangenehm – hob ich Thérèses Hinterteil ein wenig zu mir hoch und spreizte die Pobacken. Meine Eichel schlug gegen den Damm, und Thérèse machte einen Satz. Ich erhob mich nun auf die Knie und erreichte so die richtige Höhe. Mit der einen Hand führte ich meinen Schwanz, mit der anderen klammerte ich mich an Thérèses Hüfte und drang mit einem einzigen Stoß in die enge Fahrrinne ein. Thérèse stieß einen Schrei aus, daß die heftigen Stöße wieder einsetzten und mich gleich darauf ins Wanken brachten. Doch wenige Minuten später war es ihr gelungen, unsere doppelte Bewegung zu koordinieren (jedesmal, wenn ich in sie eintauchte, spürte ich auf der anderen Seite der Wand die Rute meines Bruders aufsteigen, was ein komisches Gefühl in mir hervorrief!), und der Zwei-Zylinder-Motor lief nun zur allgemeinen Befriedigung.

Ich erwecke vielleicht den Eindruck, voller Ironie davon zu berichten, doch das ist für mich mehr ein Mittel, mich vor den Gefühlen zu schützen, die mich bei dieser Erinnerung überwältigen. Von unserem brüderlichen Feuer doppelt durchbohrt und bearbeitet, zerfloß Thérèse buchstäblich vor Glück, was sie nicht daran hinderte, von Zeit zu Zeit wilde Schreie auszustoßen, die uns zwei Brüder wiederum in den Wahnsinn trieben. Philippe und ich rammten unsere Schwänze mit einer solchen Wucht in sie hinein, daß wir in der Raserei des Augenblicks nicht überrascht gewesen wären, wenn wir gehört hätten, wie ihre Eingeweide rissen und ihre Knochen sich ausrenkten! Doch weit gefehlt, Thérèses biegsamer Körper triumphierte über unsere wild gewordenen Schwänze ... Meine anfängliche Sorge, mit meinem Bruder in Kontakt zu kommen, war vergessen, und nicht nur, daß unsere Arme und Beine sich unaufhörlich streiften und unsere Hände sich gleichzeitig auf eine Schulter oder Hüfte von Thérèse legten, nein, auch unsere Eier berührten sich jedesmal, wenn ich ein wenig zurückwich, um auszuholen, ehe ich wieder in sie eindrang, und auch er sein Glied etwas herauszog.

In der Regel behauptet man, daß sich zwischen zwei Männern, die sich wissentlich eine Frau teilen, eine Beziehung homosexueller Art entwickle. Doch ich glaube nicht, daß das bei uns der Fall war. Wir haben diesem Experiment lediglich zugestimmt, um Thérèse eine Freude zu machen und ihr zu helfen, ihr Verlangen mit ihrem Gewissen in Einklang zu bringen, und ihr so einen tiefen Schmerz zu ersparen. Außerdem entsprach das erwähnte Experiment keineswegs unseren verborgenen Wünschen (Philippe hätte ebenso wie ich vorgezogen, Thérèse für sich allein zu haben) und brachte keinerlei Erkenntnis, die unser weiteres Liebesleben beeinflußt hätte (darin unterscheidet sich unser Fall radikal von der homosexuellen Beziehung zwischen Richard und Daniel). Uns entging auch nicht, daß für Thérèse die Tatsache, gleichzeitig mit Philippe und mir zu schlafen, eher eine symbolische (ich würde sogar sagen: allegorische) Bedeutung hatte als eine praktische. Wir wußten in der Tat, daß es uns absolut unmöglich war, diese doppelte Paarung als künftig gültiges Verhaltensmuster anzusehen. (Zum einen war es viel zu kompliziert, auch wenn man einen gewissen Lustfaktor nicht leugnen kann; zum anderen waren die Gefühle, die mein Bruder und ich daraus zogen, doch recht gemischt. Nur Thérèse schien auf diese Weise offenbar in den siebten Himmel zu gelangen.) Wir bewunderten Thérèse sogar dafür, wohin die Verirrungen ihres Herzen und ihres Geistes sie trieben, denn in dem Wunsch, uns zu beweisen, daß sie uns beide gleichermaßen liebte, riskierte sie, daß wir Widerwillen voreinander empfanden!

Als die Sache vollbracht war, waren wir beide einigermaßen verlegen. Außerdem fühlten wir uns ziemlich erschöpft, was wir einander nicht eingestanden (doch man sah es unseren Gesichtern an). Aber die Party war noch lange nicht zu Ende! Da Thérèse mich nun zu Florence führen sollte, die ich noch in derselben Nacht »heiraten« sollte, zogen wir uns unter dem verschmitzten Blick von Philippe, der sich in den Laken räkelte, wieder an. Als wir die Treppe hinunterstiegen, war ich versucht, Thérèse zu fragen, warum mein Bruder nur eine Frau (die dazu noch seine zukünftige Ehefrau war!) haben durfte, und das an einem Ort, an dem mehrere Partner die Regel waren. Sie sah mich an und begann zu lachen. Ich begriff, daß ich durchschaut war. In dem Augenblick (in den Gängen und auf den Treppen des Schlosses herrschte ein wildes Durcheinander, Türen öffneten und schlossen sich wieder, man hörte Stimmen und Gelächter, untermalt von der Geräuschkulisse des Balls, der immer noch im vollen Gange war) kreuzte ein Mädchen unseren Weg, das mir bereits wegen seiner üppigen Formen und seinem selbstgefälligen Gesichtsausdruck aufgefallen war.

»Was macht dein Verlobter, Thérèse?«

»Er ruht sich oben aus.«

»Ganz allein?«

»Aber ja, ich möchte einen treuen Ehemann aus ihm machen.«

»Warum hast du ihn dann hierher gebracht?«

»Um ihn auf die Probe zu stellen, meine liebe Tania, um zu sehen, ob er in der Lage ist, der Versuchung zu widerstehen.«

»Und wenn ich ihn in Versuchung führen würde?«

»Geh, meine liebe Tania, und führe ihn in Versuchung. Ich kann es dir nicht verbieten, das wäre gegen die Regeln. Außerdem hat er mir begeistert von deinem Dekolleté erzählt.«

Ihr Dekolleté war in der Tat freigiebig. Tania errötete leicht.

»Du bist mir doch nicht böse, Thérèse, wenn …«

»Wenn er der Versuchung nachgibt? Im Gegenteil: Du würdest mir einen Dienst erweisen. Aber beeile dich: Vielleicht schläft er schon.«

Tania warf uns einen merkwürdigen Blick zu und stieg die Treppe hinauf. Thérèse, deren Schlagfertigkeit ich in diesem pikanten Dialog bewundert hatte, machte plötzlich ein nachdenkliches Gesicht.

»War das nicht vorgesehen, Thérèse? Stand das nicht auf dem Programm?«

»Mach dich nicht lustig über mich, kleiner Bruder. Heute nacht verdiene ich das nicht, zumindest nicht von dir.«

»Verzeih mir, Thérèse. Aber warum hast du für ihn nichts vorgesehen?«

»Für Philippe? Er hätte das nicht akzeptiert, und

was mich angeht, muß ich zugeben, daß auch ich es nicht gewollt hätte. Dennoch muß ich ihm für einen Moment seine Freiheit lassen, genauso lange, wie ich brauche, um dich zu Florence zu bringen und wieder zurückzukommen. Eine Stunde vielleicht. So lange kann ich mich nur dem Schicksal überlassen.«

»Und ist das die Antwort des Schicksals?«

»Ich befürchte es ...«

Ich spürte, daß sie verstimmt war, dennoch lächelte sie und nickte den Leuten, die uns entgegenkamen, freundlich zu. Nun erst erriet ich, wie zerbrechlich Thérèse war: Jede ihrer Entscheidungen war ein Lotteriespiel, eine Herausforderung an den Zufall. Sie drückte meine Hand:

»Sieh mal, wie schön sie ist ...«

Wir durchquerten den Ballsaal, wo immer noch einige Paare tanzten. Auf dem Klavier lag ein wunderschönes, nacktes Mädchen. Thérèse erklärte mir, daß sie als einzige Frau für die fünf Musiker reserviert war, doch sie durften sich erst dann miteinander vergnügen, wenn niemand mehr tanzen wollte.

»Aber sie zerlegen sie doch in Stücke!«

»Aber nein, sie ist zu schön. Sie wird viel Spaß haben, zwischen zwei und drei Uhr morgens ...«

Für einen Moment verspürte ich so etwas wie Neid auf Thérèse: auf die Lust ohne die üblichen Komplikationen? Wir waren in den Park hinausgegangen. Unter dem schwarzen, sternübersäten Himmel wirkten die Terrasse, die Baumgruppen und die Bänke wie ausgestorben. Nur der Steinlöwe paßte immer noch auf, daß ihm seine Kugel nicht entglitt. Die Luft war mild, und ich wäre gern lange mit Thérèse spazierengegangen, um ab und zu stehenzubleiben und sie zu küssen und zu streicheln. Ich sagte es ihr.

»Du schrecklicher Egoist, hast du vergessen, daß Florence auf uns wartet? Wie das Mädchen auf dem Klavier hat sie mit noch niemandem geschlafen. Wenn wir uns noch lange Zeit lassen, wird sie sich auf den Erstbesten stürzen, der vorbeikommt!«

»Du hast recht, halten wir uns an das Programm. Ich freue mich darauf, Florence wiederzusehen. Man könnte fast meinen, daß mit ihr jetzt alles ganz einfach wird ...«

»Kleiner Bruder! Bist du mir böse, weil du das für mich tun solltest?«

»Ich, Thérèse, dir böse ein? Ich liebe dich so sehr. Und ich fürchte mich vor dem Tag, von dem an ich dich nicht mehr sehen werde!«

»Ich weiß, kleiner Bruder. Deshalb gebe ich dir Florence, denn sie ist ein Teil meiner selbst (weil ich sie liebe) und weil ich dich liebe.«

»Du sagst, du liebst mich, aber du hast mich noch nicht einmal geküßt!«

Und schon lagen wir uns in den Armen, unsere Münder fanden zueinander, unsere Zungen vereinten sich hastig. Während ich Thérèses Brüste streichelte, schob sie ihre Hand in meine Hose und vollbrachte ein kleines Wunder. Sie verwandelte das kleine, zusammenschrumpfte Ding in ein kräftiges und gewaltiges Ding. Neben uns tauchten Lichtstrahlen auf. Überrascht konnten wir eine

Gruppe von Personen erkennen, die um riesige Scheinwerfer herumstanden.

»Ach, natürlich: Das ist Richard, der wieder seinen schweinischen Film macht!« rief Thérèse.

Genau in dem Moment hatte auch Richard uns bemerkt und kam auf uns zu.

»Du hast mir gar nicht gesagt, daß du heute nacht anfängst!« sagte Thérèse.

»Guten Abend, ihr Turteltäubchen! Alles in Ordnung bei euch? Ich wollte dich überraschen und dir den fertigen Film zeigen, aber daraus wird ja nun leider nichts mehr!«

Er schien nicht sonderlich bekümmert über diesen Zwischenfall.

»Kommt näher: Wir werden noch mal eine sensationelle Szene wiederholen ...«

»Aber das ist Daniel! Und Claire, nehme ich an?«

Von den Scheinwerfern angestrahlt, daß er weiß wie eine Statue wirkte, war Daniel (da man mir sagte, daß er es war) splitternackt an dem Stamm einer alten Eiche gefesselt. Eine dunkle Frauenmähne fiel in Wellen von seinem Bauch herab, und in der Tat kniete vor ihm ein Mädchen, das uns den Rücken zukehrte und ebenfalls nackt war. Das war sicher Claire. Obgleich man das Gefühl hatte, einem Denkmal beim Fellatio zuzusehen, hatte das Schauspiel dennoch große Klasse, und ich spürte, daß Thérèse meine Erregung teilte (sie hatte mich nicht losgelassen, und wir hatten uns in die Nähe der Scheinwerfer gestellt, damit Richard es bemerkte).

»Verzeih mir, Thérèse, sie sind sehr verliebt, aber

man kann sie nicht immer wieder von vorne anfangen lassen. Ich wünsche dir noch einen schönen Abend …«

Er küßte Thérèse auf den Mund, grüßte mich durch ein Handzeichen und verließ uns. Wir betrachteten noch eine Weile die Szene und die Bewegung der Kamera: Richard versuchte, sich dem Paar in einer langsamen Spirale zu nähern, die vermutlich in einem Close-up auf Claires Profil enden sollte. Währenddessen streichelte Thérèse mich im gleichen (unschwer zu erratenden) Rhythmus, den Claire Daniel auferlegte, und ich mußte sie um Gnade bitten: Ich fürchtete, nichts mehr für Florence übrigzubehalten. Wir gingen also weiter, und da ich über Richard nachdachte, erzählte ich Thérèse von seiner Bemerkung, durch die er, wenn nicht meine Freundschaft, so zumindest meine Hochschätzung gewonnen hatte: »Thérèse ist vielleicht das einzige Mädchen, von dem man nie geheilt wird.« Sie schüttelte den Kopf.

»Er muß mich wohl doch sehr geliebt haben, auf seine Art.«

»War er dein Liebhaber?«

»Ja. In gewisser Weise der erste. Wir haben fast ein Jahr zusammen gelebt.«

»Und dann?«

»Und dann … Was geht dich das an?«

»Ich bin eifersüchtig auf alle, die mit dir geschlafen haben, auch wenn ich sie noch nie gesehen habe.«

»Was für ein Kindskopf du doch bist. Nun schmoll nicht: Ich liebe dich. Wenn ich Philippe nicht kennen würde, würde ich nur mit dir schlafen.«

»Und mit Florence, und mit Berthe ...«

»Auf Mädchen bist du auch eifersüchtig?«

»Ich weiß auch nicht mehr. Du verwirrst mich.«

»Mein Liebling, küß mich, und dann gehen wir und machen Sex mit Florence!«

Wir erreichten den Pavillon, in dem sich das »Zimmer der jungen Brautleute« befand, wie Thérèse es nannte. Wir öffneten geräuschlos die Tür: Florence, in ein duftiges Negligé gehüllt und das blonde Haar verführerisch über die Schultern gebreitet, las einen Krimi und rauchte eine Zigarette. Als wir eintraten, sprang sie auf und lief uns in die Arme. Wunderbare Florence! Welche Frische, welche Spontaneität, welche Unschuld versprühte sie in dieser letztlich doch so drückenden Atmosphäre dieser Nacht der freien Liebe!

»Wie hübsch du bist, meine Süße!« sagte Thérèse und küßte sie auf den Hals.

»Ach, ich dachte schon, ihr hättet mich vergessen und ich wäre das einzige Mädchen, mit dem keiner schlafen will, in diesem verdammten Schloß, in dem alle vögeln. Thérèse, mach mir keinen Knutschfleck!«

Doch Thérèse hob die zierliche Florence hoch und trug sie zum Bett, wo sie sich angezogen neben ihre Freundin legte und sie durch den seidigen Stoff hindurch streichelte oder vielmehr kitzelte, wenn man von dem Gelächter und dem Gezappel der hübschen Blondine ausging. Dann hörte Florence auf zu lachen. Mit geschlossenen

Augen gab sie sich Thérèses Initiative hin, ohne den geringsten Widerstand zu leisten, völlig willenlos (vielleicht schloß sie die Augen auch, um meinem Blick nicht zu begegnen). Thérèse nahm ihre Beute systematisch mit einem Netz aus Küssen und zärtlichen Berührungen gefangen. Ihre Lippen waren zunächst über den Hals, dann über Lider und Schläfen geglitten, schließlich über die Nasenflügel und das Grübchen im Kinn, bevor sie den halbgeöffneten Mund erreichten und genüßlich einen nie enden wollenden Kuß darauf preßten, in dem sich die Köpfe hin- und herneigten und sich die blonden und braunen Haare miteinander verflochten. Sobald der Kuß nachließ, waren die Brüste an der Reihe, obgleich Florence ihr Negligé noch nicht abgelegt hatte, das jedoch wirklich hauchdünn, ja durchsichtig war! Die hübschen kleinen Brüste von Florence wurden von unten gepackt entsprechend einer Aufwärtsbewegung, die kurz innehielt, um dann an den Brustknospen mit kreisenden Bewegungen wieder einzusetzen, bis die Brüste dann schließlich ganz in die Hände genommen und leicht zusammengepreßt wurden. Die Seufzer der Betreffenden, ihr plötzliches Aufbäumen und das Hin- und Herwerfen des Kopfes gaben Aufschluß über ihre Erregung. Dann suchte Thérèse mit den Lippen nach einer Brustwarze, dann nach der anderen – immer noch durch den Stoff hindurch – und saugte langsam daran, biß vorsichtig hinein und, da diese Übung sie gezwungen hatte, ihre Position zu ändern, nutzte sie die Gelegenheit und stellte die Füße auf den Boden, um sich auszuziehen, ohne jedoch in der Zwischenzeit die Freundin um ihre Liebesgaben zu bringen.

Als sie ganz nackt war, kletterte sie auf allen vieren aufs Bett und vergrub ihren Kopf unter dem durchsichtigen Negligé zwischen Florences Beinen. Diese öffnete ihre Augen wieder, lächelte mir flüchtig zu, schüttelte ihr schönes Haar in alle Richtungen, senkte dann die Lider wieder und öffnete für die Liebkosung, die sie erwartete, die Schenkel. Doch Thérèse – vielleicht, weil sie keine Luft mehr bekam, vielleicht auch, weil sie wollte, daß auch ich etwas von dem Schauspiel hatte – gab ihre Tauchstation schnell auf und befreite die Freundin aus ihrem Nachtgewand. Endlich waren sie alle beide nackt! Sie umschlangen sich, ihre gierigen Münder saugten aneinander, sie streichelten sich gegenseitig die Brüste: Florence hatte offenbar ihre völlige Passivität aufgegeben. Doch für Thérèse war das nur ein Zwischenspiel. Mit der Geschicklichkeit, deren Zeuge ich bereits kurz zuvor geworden war, glitt sie mit den Kopf voran unter den Bauch von Florence, die sich plötzlich entgegengesetzt auf Thérèse wiederfand, den Po in die Höhe gereckt und das Kinn in dem dunklen Schamhaar von Thérèse vergraben.

Thérèse, die in weiser Voraussicht ihren Nacken mit einem Kissen gestützt hatte (ich war diesmal von den Ereignissen entschieden zu überwältigt), umfing mit ineinander verschränkten Händen die Hüften ihrer Freundin und spreizte nach ihrem Belieben die Schenkel von Florence, in deren Mulde ihre Zunge, ihre Zähne und ihre Lippen ihr schillerndes Liebesspiel entfalteten. Da ich dort war, um zu lernen (ich hatte von Anfang an begriffen, daß mein Einschreiten ganz und gar nicht erwünscht war), konnte ich mich abwechselnd den beiden Brandherden nähern und zusehen, wie Florence in kleinen Zungenschlägen den rosigen, von einem Schwarztannenwald umstandenen Krater schleckte wie eine Katze ihre Milch, und wie Thérèse so weit es ging ihre Zunge in den Busch von blondem Kraut zu Füßen des Zwillingshügels der hellen Pobacken eintauchte. Um der Wahrheit gerecht zu werden, muß ich zugeben, daß meine Beobachtung ein wenig an wissenschaftlicher Sachlichkeit zu wünschen übrig ließ und ich hatte mehr als einmal das Gefühl, mich in meine Hose ergießen zu müssen. Glücklicherweise konnte ich dieser Sympathiebezeugung für die Ausschweifungen meiner beiden Freundinnen gerade noch widerstehen. Selbst in den Augen eines so profanen Menschen, wie ich es bin, war es offensichtlich, daß Florence, so erregt sie auch war und so groß ihr Wunsch auch sein mochte, jede Zärtlichkeit zu erwidern, Schwierigkeiten hatte, sich zu widersetzen. Das machte sie noch rührender, und ich wurde von Zärtlichkeit übermannt, als ich sah, wie ihr zierlicher Körper erzitterte, ihre jungen Brüste hüpften, ihr Hintern emporschnellte, wenn Thérèse mal sanft, dann wieder um so heftiger zur Sache ging. Thérèse, die ihre junge Freundin nicht zum ersten Mal mit solcherlei Zärtlichkeiten bedachte (doch vielleicht tat die Anwesenheit eines Dritten ganz neue Dimensionen auf), schien mir ebenfalls gerührt. Ich glaubte, den Beweis dafür zu haben, als sie, in einem bestimmten Augenblick – ich hatte mich hervorragend plaziert, um ihre Gesten genau beobachten zu können – ihren Kopf zu Florences Gesäß erhob und ihre steife Zunge in die Poöffnung bohrte …

Als Thérèse uns schließlich alleine ließ, hatte sie mir nicht mehr viel übriggelassen! Sicher, sie hatte keinen Dildo benutzt, und so blieb mir zumindest noch eine Möglichkeit, eigenmächtig in sie einzudringen. Doch trotz meiner Unerfahrenheit gehörte ich nicht zu denen, die die Übung der Penetration für den einzig wahren Sinn von Liebesbeziehungen halten. Und die Zärtlichkeiten, die sie vor meinen Augen ausgetauscht hatten, entmutigten mich wegen ihrer Intensität und Schönheit (als vervielfache sich noch die Schönheit eines jeden der beiden Mädchen durch die der anderen: Stellten nicht die beiden in meinen Augen die gesamte Schönheit der Welt dar?). Wie konnte ich da hoffen, so einem Niveau gewachsen zu sein?

Doch Florence lag splitternackt vor mir, und das Lächeln, das sie mir schenkte, war gleichzeitig schüchtern und zärtlich und auch frech, denn es war unmißverständlich. Sie hatte sich noch einmal zurechtgemacht, sich noch einmal gekämmt, sich noch einmal leicht geschminkt, für mich ganz allein: Sie war wieder wie neu, und wir sollten uns lieben. Alles, was vor unserer gegenwärtigen Begierde war, schien vergessen. Thérèses Gestalt verblaßte. Es gab nur noch Florence und mich. Und alles begann mit unserem ersten Kuß.

In der Tat begann alles, denn Florences Katzenwäsche hatte jegliche Spur der Erregung weggewischt und sogar ihre Schamlippen wieder geschlossen. Es war nun meine Aufgabe, sie wiederzuerwecken. Ich streichelte sie ganz sanft, so sanft ich konnte. Ihre Reaktionen waren ebenso frisch und lebhaft wie die, die Thérèse hervorgerufen hatte (ich würde lügen, wenn ich sagen würde, ich hätte nicht von der gegenseitigen Demonstration profitiert, deren privilegierter Zeuge ich gewesen war; darüber hinaus habe ich mich manches Mal gefragt, ob Thérèse mir nicht ihre Liebe für Florence bewiesen hatte, indem sie mir zeigte, wie man sie am besten streichelte). Das waren für mich köstliche Momente, und ich hätte Florences Möse gern noch länger geleckt, wenn ich mich nicht daran erinnert hätte, daß meine hübsche »Braut« nicht eher arteigene Bezeugungen meiner Zärtlichkeit erwartete.

Als ich mich entschloß, in sie einzudringen, erblühte sie mit einem wohligen Seufzer. Nun erst wurde mir bewußt, wie sehr ich sie begehrte, wie sehr ich sie liebte und wie sehr ich wünschte, sie glücklich zu machen. Auch, daran bestand kein Zweifel, wie sehr Florence mich liebte und wie glücklich sie war, daß wir endlich miteinander schliefen. Diese Bewußtwerdung war so intensiv, daß nur wenig fehlte, und ich hätte mich gehenlassen. Dennoch gelang es mir, diesem verfrühten Impuls zu widerstehen und auf die kleinsten Nuancen unserer Umarmung zu achten – was für mich die Faszination des Neuen besaß. Zweifellos weil ich (im Gegensatz zu dem, was in meiner Beziehung zu Thérèse vorgefallen war) zum ersten Mal frei von jeder Schuld war. Überdies wurde unsere »Hochzeitsnacht« von höchstem Glück gekrönt: Als es soweit war, entlud ich mich mit einem Gefühl geteilten Glücks, und mir war, als hätte ich meine Reinheit zurückgewonnen.

Während wir eng umschlungen versuchten, wieder zu Atem zu kommen, flüsterte mir Florence errötend ins Ohr (ich konnte noch nie verstehen, daß so viele Leute im Dunkeln miteinander schlafen, denn man beraubt sich des halben Vergnügens):

»Willst du ... willst du ... meinen Hintern?«

Verstehe es wer will, doch die Rolle, die ich in der Vereinigung von Thérèse und Philippe gespielt hatte, hatte den Analverkehr in jenem Moment in meinen Augen mit zu viel Schuld belegt, als daß ich ihn nun lediglich unter einem wollüstigen Gesichtspunkt hätte sehen können. Genauer gesagt, die Seligkeit, die ich im Liebesspiel mit Florence erlangt hatte, glaubte ich nicht in dieser schuldhaften Form der Vereinigung wiederfinden zu können (gleichzeitig dachte ich darüber nach, wie ich meine Verweigerung verbergen könne). Außerdem war meine Kraft, wie ich – glaube ich – schon erwähnte, zu jener Zeit eher kümmerlich und ich fühlte mich recht müde.

»Nein, mein Liebling, nicht jetzt, ich habe keine Kraft mehr ...«

Zweifellos deutete Florence diese Erklärung als einen Aufruf zur Hilfestellung, denn sie tauchte sogleich unter die Laken, und ehe ich mich versah, war ich der Gefangene ihrer Lippen. Nun hatte ich die Muße, mich über das Wissen dieses nicht einmal siebzehnjährigen Mädchens zu wundern, das zwar im Vergleich zu ihrer älteren Freundin weniger routiniert war in der Kunst, eine Möse zu lecken, die ihr jedoch in der Kunst, einen zu blasen, in nichts nachstand. Wenn ich von Wissen spreche, beziehe ich mich damit weniger auf eine große Erfahrenheit als auf eine feurige Intuition in Sachen Liebe. Die Kräfte, die ich glaubte, verloren zu haben, kehrten im Galopp zurück, und Florence konnte sich noch so abmühen, den Höhepunkt hinauszuzögern – er ließ sich nicht aufhalten. Wie ich schon zu Beginn des Liebesabenteuers vorausgesehen hatte, zog sie sich nicht zurück und drohte auch keineswegs zu ersticken, als ich mich in ihren Mund ergoß. Einige Minuten später tauchte sie wieder aus dem Lakenknäuel auf, mit rosigem Gesicht und außer Atem, lächelte mir durch ihre zerzausten blonden Strähnen zu und schlief kurz darauf ein wie ein Kind.

Wir wurden von Vogelgezwitscher geweckt. Durch die große Fenstertür flutete Sonnenlicht herein. Aus weiter Ferne drangen aufgeregte Stimmen zu uns, bisweilen auch Gelächter. Ich betrachtete Florence, die ihre Augen noch nicht geöffnet hatte. Zum ersten Mal in meinem Leben hatte ich die Nacht mit einem Mädchen verbracht, mit einem Mädchen, das ich liebte. Das ist sehr viel aufregender, als mit jemandem zu schlafen, wo anschließend wieder jeder seinen Weg geht! Zumindest in meinen Augen. Vielleicht weil zwei Wesen, die sich lieben, immer noch davon träumen, Liebe zu machen, wenn sie Seite an Seite schlafen? Jedenfalls bin ich sicher, daß Florence und ich zur gleichen Zeit aufgewacht sind, weil wir Lust hatten, miteinander zu schlafen. Florence schlug die Augen auf, und wir sahen uns an. Ich weiß nicht, was in meinem Blick war, doch in Florences Blick war nur Liebe. Ich nahm ihre Hand und legte sie auf meinen Wahnsinnsständer. Dann machte ich eine andere Geste – dabei legte ich meine Hand auf ihren Körper –, die die Antwort auf ihre Frage in der vorangegangenen Nacht war. Denn an jenem Morgen wußte ich ganz genau, daß nichts von dem, was ich mit Florence tat, mit Schuld zu tun hatte, denn es war Liebe, einfach nur Liebe. Sie sprang auf und eilte nackt zum Waschraum. Zwei Minuten später kehrte sie zurück, kniete sich, den Rücken zu mir, auf das Bett und hielt mir ihren hübschen Po hin, zwischen dessen Backen eine Vaselinespur glänzte.

Als ich mich anschickte, in ihr Poloch einzudringen, hatte ich geglaubt, mich mehr Florences Wunsch zu beugen, als den meinen zu befriedigen. Was sicherlich an dem eher mäßigen Vergnügen lag, das ich aus dem Dreier der Vornacht gezogen hatte, und man wird sich vielleicht noch an meine einzige Erfahrung erinnern, die jener vorausgegangen war und die mir nicht wenige Schmerzen bereitet hatte. Doch auch in diesem Punkt hielt Florence noch Überraschungen für mich bereit. Nicht nur, daß ich mit einer Leichtigkeit in sie hineingleiten konnte, die ich bei Thérèse nicht erlebt hatte, sie begann auch noch, seltsame, auf- und abschwellende Schreie im Rhythmus der Stöße herauszulassen, die das dumpfe Geschrei von Therèse mühelos übertrafen, sowohl was die Höhe als auch die Klangfülle betraf.

In dem Moment trat Thérèse in das Zimmer, setzte sich an das Kopfende des Bettes und zündete sich eine Zigarette an. Für einen kurzen Moment hatte ich den Eindruck, daß sie uns betrachtete, als sähe sie fern. Dennoch erregte mich ihre Gegenwart um so mehr; was Florence betraf, so hätte sie kaum noch höher singen können. Da wir ausgeruht waren, zögerten wir unser Vergnügen so weit es ging hinaus, und zu meiner großen Befriedigung empfand ich bei diesem ausgedehnten Kontakt keine Schmerzen. Doch wir mußten trotzdem aufhören. Thérèse gestand mir lediglich einen zerstreuten Kuß mit gespitzten Lippen zu. Da ich annahm, daß die beiden Mädchen einander etwas mitzuteilen hätten, wusch ich mich rasch (ich hatte mich am Vortag rasiert und konnte ohne größeren Schaden bis zum nächsten Tag mit dieser Männerübung warten!) und ging hinaus in den Park.

Es mußte ungefähr zehn Uhr sein, und das Wetter war ausgezeichnet. Die ungewohnte Hitzigkeit, bestimmt die Gefühle der vergangenen Nacht, hielten mich auf zauberhafte Weise betäubt. Im übrigen hatte ich nicht sehr viel geschlafen. Als ich mich zum Schloß begab, um zu frühstücken, ohne jedoch den geringsten Hunger zu verspüren, entdeckte ich im Windschutz einer Reihe von Lebensbäumen ein paar Luftmatratzen, die jemand in weiser Voraussicht dort ausgebreitet hatte. Ich machte es mir auf einer bequem, und es dauerte nicht lange, bis ich eindöste. Ein sehr angenehmes Gefühl, erst diffus, dann immer deutlicher, begann das Dämmerdunkel zu durchbrechen, in dem ich geschlummert hatte. Helles Lachen begleitete mein Erwachen. Mit leisem Widerwillen, denn das Dunkel war sehr angenehm, gab ich nach und öffnete die Augen.

Auf den Luftmatratzen lagen zwei Mädchen und beobachteten mich lachend. Angetan waren sie lediglich mit riesigen, runden Sonnenbrillen mit blauen Gläsern, die gerade in Mode kamen, und einer Zigarette. Aber warum lachten sie? Das angenehme Gefühl, daß mein Erwachen mit sich geführt hatte und das immer noch nicht verschwunden war, half mir auf die Sprünge: Auf meinem Bauch lag ein kleiner blonder Kopf, der sich regelmäßig bewegte und gleichfalls eine riesige blaue Sonnenbrille trug. Es war ein drittes Mädchen, ebenso leicht bekleidet wie die anderen beiden. Sie hockte zwischen meinen Beinen, hatte meine Hose geöffnet und, offenbar von ihren Freundinnen angefeuert, die sanfteste Methode gewählt, mich zu wecken. Obwohl die Sache an sich angenehm war (der Mund war extrem sanft und, wie soll ich sagen, demütig), war ich mir doch vollkommen über die Albernheit der Situation im klaren. Als ich versuchte, meine Erweckerin hinter ihren blauen Gläsern zu identifizieren (ich sah nur den oberen Teil ihre Kopfes), hob sie den Kopf, um Atem zu holen, ließ von mir ab und schenkte mir ein strahlendes Lächeln. Da erkannte ich meine Eroberung von der Terrasse, die kleine dralle Blondine, die letzte Jungfrau von V...-le-Château.

»Das hat aber gedauert, bis Sie wach geworden sind!« sagte das Mädchen zu meiner Linken.

»Aber für eine Anfängerin hat sie sich gut geschlagen«, fügte das Mädchen zu meiner Rechten hinzu.

»Guten Tag, Catherine, eine nette Art, mich zu wecken.«

Ich zog sie zu mir hoch: Ich küsse eigentlich nicht so gerne den Mund eines Mädchens, das mir gerade einen geblasen hat (selbst wenn sie ihr Vorhaben nicht zu Ende gebracht hat), doch ich wollte ihr für ihre Liebenswürdigkeit nichts schuldig bleiben! Sie lachte aus vollem Halse über den Streich, den sie mir gespielt hatte, während ich ihre großen runden Brüste streichelte, die im Sonnenlicht so schön weiß leuchteten. Sie hatte in die Hand genommen, was ihre Lippen freigegeben hatten: Sie mochte wohl keine halben Sachen. Als ich sie fragte, welcher ihrer drei Kavaliere ihr am besten gefallen hatte, antwortete das Mädchen zu meiner Rechten mit einem Achselzucken:

»Der dritte, natürlich.«

Und das Mädchen zu meiner Linken kommentierte:

»Das erste Mal tut sehr weh, egal ob von vorne oder von hinten!«

»Also«, fing die erste wieder an, »wenn der Junge sich geschickt anstellt, dann ist es im Mund vergleichsweise harmlos.«

»Hast du große Schmerzen gehabt?«

Catherine nickte. Zweimal, gab sie durch Zeichen zu verstehen.

»Aber Daniel hat mir eine Salbe gegeben und hat mich eingerieben. Er hat gesagt, daß ich keine Schmerzen mehr haben werde, selbst wenn ich es heute wieder tue.«

Die kleine Blonde sah mir direkt in die Augen, ohne meine Rute loszulassen, die sie mit beiden Hände festhielt. Sie war nicht verliebt in mich, und es lag nicht die Spur von Gefühl in ihrem Blick, der unmißverständlich zu verstehen gab: »Ich will, daß du mich nimmst, dort, in der Sonne, auf der Luftmatratze, vor diesen beiden aufgeblasenen Mädchen.«

»Und du hast beschlossen, treu zu bleiben ... dem dritten?«

Sie verzog das Gesicht, während ich ihre Schenkel streichelte:

»Ich bin mit ihm übereingekommen, daß wir ab und zu miteinander schlafen.«

»Und nur mit ihm?«

Sie schloß kurz die Augen, während ich vorsichtig ihre Schamlippen spreizte.

»Du«, sagte sie. »Vögel mich. Jetzt. Bitte.«

Ihre ausbleibende Sentimentalität rührte mich. Verdiente sie nicht eine Belohnung dafür, daß sie meine schlummernden Sinne wiedererweckt hatte? Außerdem hätte ich sie schrecklich beleidigt, wenn ich sie vor den beiden anderen, die sich nichts entgehen ließen, abgewiesen hätte. Doch ein wenig, um mich dafür zu rächen, daß sie mir die Pistole auf die Brust setzte, ein wenig aus Gemeinheit, rief ich die beiden Mädchen zu Hilfe, indem ich heuchlerisch vorgab, daß eine extragroße Portion Zärtlichkeit die Erinnerung an die Leiden der vorangegangenen Nacht verblassen lasse. Inzwischen überprüfte ich mit dem Finger den Grad von Catherines Erregung und überzeugte mich davon, daß die Entzündung, die die Entjungferung verursacht hatte, praktisch abgeheilt war. Die Mädchen ließen sich lange bitten: Ich störte ihr Sonnenbad.

»Ach, weißt du«, sagte die zu meiner Rechten, »ich mach's nur, um dir einen Gefallen zu tun: Ich hatte letzte Nacht fünf Männer!«

»Ach was, fünf!« antwortete die zu meiner Linken, »ich durfte sieben haben. Wie eine richtige Nutte, meine Liebe!«

Während ich mich auszog, erfuhr ich ein paar neue Details über die Raffinessen, die Thérèse zur Organisation der Orgie in V...-le-Château beigesteuert hatte. Das Mädchen zu unserer Rechten, Monique, eine üppige Brünette, die mit der größten Selbstverständlichkeit kräftig meine Eier knetete, erzählte, daß sie in einer Nacht die fünf Kontinente an sich vorüberziehen ließ: Ein Venezolaner, ein Australier, ein Däne, ein Vietnamese und ein Marokkaner waren nacheinander in ihrem Bett gewesen. Vor allem der Vietnamese war ihr noch in guter Erinnerung.

»Ah ja, der kleine Dang, oder? Er ist nicht schlecht: ein bißchen schnell, aber effektiv.«

Das war Denise, das Mädchen zu unserer Linken, ein großes, ziemlich dünnes Mädchen mit einer prächtigen, kastanienbraunen Mähne. Sie gab zu, nie neugierig darauf gewesen zu sein, ein anderes Mädchen zu »begrapschen«, was im übrigen nicht unangenehm war, etwa so, wie wenn man eine Katze streichelte, doch in ihren Augen hatte das nichts mit dem zu tun, was sie Liebe nannte. Während sie zerstreut Catherines Brüste streichelte, erklärte sie, daß Thérèse ihr einen Streich gespielt und sie mit all den Jungen zusammengeführt hatte, mit denen sie im letzten Studienjahr (sie war Studentin an der Sorbonne) eine Affäre gehabt hatte. Derjenige, an den sie sich nach dieser kurzen Wiederholung am besten erinnerte, war kurioserweise der erste der Liste, den sie am ersten Tag nach den Semesterferien kennengelernt hatte und den sie seitdem fast völlig vergessen hatte.

Diese Geständnisse hatten ein Ende, als Monique und Denise sich entschlossen, uns ihre ganze Hilfe zur Verfügung zu stellen. Die erste hielt meine Erregung aufrecht, die zweite spreizte Catherines Schenkel und steckte zwei Finger in ihre Spalte, um zu überprüfen, ob sie soweit war. Dann schoben sie uns förmlich aufeinander und mich in sie hinein. Monique wachte darüber, daß ich im günstigsten Winkel in Catherine eindrang, während Denise meiner Partnerin half, die Beine über meinen Lenden zu schließen, wie es ihr wünschenswert erschien. Muß man hinzufügen, daß die Vereinigung sich unter diesen Bedingungen von so enormer Kennerschaft mit größter Genauigkeit vollzog? Es war wie ein Wunder seiner Art. In unserer Viererkonstellation konnte ich mühelos meine

Zunge in Moniques Mund stecken und meinen Zeigefinger, bald gefolgt vom Mittelfinger, in Denises Hintern; was Catherine anging, der Denise Mund und Brüste küßte, so versuchte sie, Moniques Po zu streicheln, doch allzu abgelenkt von den Stößen, die ich ihr widmete, hatte sie keine großen Erfolge. Außerdem wurde die Auflösung dieser Figur mit allzu großer Eile von unseren Komplizinnen vorangetrieben. Als hätten sie sich gegen uns verschworen, steckten sie uns im richtigen Moment einen Finger in den Anus, und Catherine und ich gaben den Geist auf.

Einige, fürchte ich, werden mein Verhalten im Laufe dieses Liebesabenteuers verurteilen. Mußte ich mich nicht glücklich schätzen, in der Gunst eines so wundervollen Mädchens wie Florence zu stehen, das ich liebte und von dem ich geliebt wurde, und zu allem Überfluß auch noch – zumindest teilweise, das jedoch ganz sicher – in der von Thérèse, von der ich mich weder körperlich noch geistig zu lösen vermochte? Was für einen Sinn hatte diese unnütze Gymnastik mit Catherine, in die ich nicht im geringsten verliebt war, und dann setzte ich dieser schamlosen Übung mit der Komplizenschaft dieser beiden Luder noch einen drauf? Ich könnte der verdorbenen Atmosphäre die Schuld dafür geben, der alle ausgesetzt waren, die unter Thérèses Einfluß standen, also alle Gäste in V...-le-Château. So hatte beispielsweise das Unanständige an Catherines Einweihung, ja selbst mein verspäteter Beitrag zu dieser Einweihung meiner Meinung nach nichts an der Ausgeglichenheit der kleinen Blondine geändert. Sie war zweifellos eine, von denen man sagt: »Ah, das ist eine, die weiß, was sie will!« In V...-le-Château hätte sie mit oder ohne mich herausgefunden, was sie auf sexuellem Gebiet will (und wie man es bekommt).

Auch kann ich mich zur Entschuldigung in diesem Fall wohl nicht auf die Liebe berufen, die mein Verhalten in ähnlich delikaten Situationen ein wenig rechtfertigt. Nur die Ausschweifung rechtfertigt jene Taten. Es wäre zudem feige, Thérèse dafür verantwortlich zu machen, würden weniger gestrenge Sittenrichter jetzt sagen. Oh, ich beschuldige nicht Thérèse, wie könnte ich das wagen, wo ich sie wie wahnsinnig geliebt habe, sie vielleicht immer noch liebe? Ich wette, daß mein Leben ohne sie trist gewesen wäre, sehr öde und sehr französisch! Das Feuer, das sie in meinem Herzen entfacht hat, hat auf mein Leben übergegriffen, was ist da schon dabei! So wie ein Blitz die Savanne in Brand setzt. Pech für das Gras! Thérèse verstand sich nun einmal wie niemand anders (zweite Metapher) darauf, die lüsternen Bestien in unserem Innersten zu entfesseln: Einmal erweckt, kann man sie nicht mehr zurückhalten. (In gewisser Weise vereinen sich die beiden Metaphern, wie die Wilden, die das Buschfeuer zusammentreibt.) Außerdem haben wir gesehen, daß Thérèse selbst Opfer ihrer wollüstigen Logik wurde – einer Logik, die auf schwindelerregende Weise zwingend war, berauschend und gleichzeitig unabwendbar.

Doch ich muß mit dem Philosophieren – noch dazu auf so erbärmliche Weise – aufhören, wenn ich diese Geschichte wohlbehalten lenken will. Wenn ich all das erzähle und niederschreibe, dann nicht, um meine – ohnehin unglaubwürdige – Unschuld zu verkünden, sondern um von Thérèse zu berichten. Zumindest ist das meine Absicht …

Das ausgezeichnete Frühstück, das uns an jenem Pfingstsonntag in V...-le-Château serviert wurde, half denen, die über Nacht geblieben waren, wieder zu Kräften zu kommen. Doch die Reihen hatten sich schon deutlich gelichtet, und die meisten, die ihren Aufenthalt verlängerten, taten es allem Anschein nach nicht mit lüsternen Absichten, sondern um die Vorzüge der Gegend (und das schöne Wetter) zu genießen. Mein Bruder machte sich nach dem Frühstück auf den Rückweg nach Paris. Florence, mit der ich händchenhaltend durch den Park spazierte, sagte mir, daß sie noch vor dem Abendessen nach Hause fahren würde. Ich verstand nicht, warum, ihre Gründe waren mir nicht klar, aber es war schließlich ihre Sache. Als es an der Zeit war, begleitete ich sie in das »Zimmer der jungen Brautleute«, wo wir so glückliche Momente erlebt hatten, um ihre Reisetasche zu holen. Wir tauschten die zärtlichsten Küsse aus. Mehr kam nicht in Frage: Der Wagen, der Florence zurückbrachte, sollte wenige Minuten später abfahren. Auf einmal wurde ich schwermütig, als die Abreise meiner hübschen Geliebten so nah bevorstand, die offenbar meinen Herzschmerz nicht teilte. Sie sagte plötzlich zu mir:

»Francis, Liebster, streichle mich ein letztes Mal …«

Wir waren vor indiskreten Blicken sicher. Ich schob eine Hand unter Florences Minirock und rief sogleich aus:

»Was? Du trägst keinen Slip?«

»Streichle mich, Liebster, streichle mich …«

Florence wurde sofort feucht und begann unter meiner Berührung schwer zu atmen und sich zu winden.

Als ich sie fragte, warum sie keine Unterwäsche trug, gestand sie:

»Hör mal, versuche mich zu verstehen: Wir fahren zu viert in einem Wagen zurück, zwei Mädchen und zwei Jungen. Sie werden sicher versuchen, uns zu vögeln!«

»Du Hure!«

»Sie bringen es fertig, mich irgendwo auf der Straße auszusetzen, wenn ich mich weigere. Mitten auf dem Land, bei Einbruch der Dunkelheit, mit meinem Gepäck!«

»Also läßt du dich lieber vögeln?«

»Ja. Außerdem bin ich das einzige Mädchen hier, das mit nur einem Jungen geschlafen hat …«

Das stimmte, und mein Verhalten erlaubte mir keineswegs, den Moralapostel zu spielen. Auch wenn sie nicht direkt auf mich anspielte, brachte Florences Antwort mich dennoch dazu, mich zu besinnen und meinen besitzergreifenden Ton abzulegen. Ein wenig beschämt streichelte ich sie weiter, während unsere Lippen und Zungen miteinander spielten. Bevor sie davonlief, rief sie mir »Ich liebe dich« zu.

Ihre Abreise ließ mich etwas ratlos zurück. Mit

leeren Händen sozusagen, wenn Sie verstehen, was ich meine. Ich kam nicht weiter. Es gelang mir immer weniger, klarzusehen. Kann man sich eine absurdere Situation vorstellen? Ich liebte Florence, und sie liebte mich. Und nun würde sie sich auf dem Rückweg nach Paris mehr oder weniger von Unbekannten vergewaltigen lassen, und ich blieb dort, ohne zu wissen, warum. Ja, warum blieb ich eigentlich in V...-le-Château, während mein Bruder und Florence nach Paris zurückfuhren? Der Leser wird – nicht ohne Skepsis – zweifellos über so viel Dummheit lachen, doch ich versichere, daß ich des Rätsels Lösung erst entdeckte, als ich beim Abendessen im kleinen Saal des Schlosses Thérèse wiedertraf.

»Thérèse, wie viele phantastische Liebhaberinnen hast du heute Nacht für mich reserviert?« fragte ich sie ironisch.

Sie sah mich ruhig an und sagte: »Nur eine: Mich.«

Das war wie eine Ohrfeige. Ich sah Thérèse so verstört an, daß sie zu lachen begann. Es dauerte eine Weile, bis ich mich, im Laufe des Abendessens, wieder beruhigt hatte – die Qualität der Speisen und der Wein halfen dabei wie auch die unbeschwerte Atmosphäre in dieser deutlich kleineren Gesellschaft, die nur noch aus einem Dutzend Personen bestand. Wenn ich recht verstanden hatte, sollte ich Thérèse die ganze Nacht für mich alleine haben?

Ich hatte recht verstanden. Thérèse versuchte nicht einmal, ihre Absicht vor mir zu verbergen, und gemeinsam verließen wir das Schloß, auf dem Weg zu dem Zimmer, das ich mit Florence belegt hatte. Thérèse, die wahrscheinlich gedacht hatte, daß mir die Erinnerungen, die ich mit diesem Zimmer verband, angenehmer waren als die, die das Zimmer hervorrief, das sie mit Philippe geteilt hatte, hatte bereits ihre Sachen bringen lassen. Ich war völlig aus dem Häuschen. Man muß sich das einmal vorstellen: Eine Nacht mit Thérèse verbringen, nachdem man eine Nacht mit Florence verbracht hat! Was gibt es Aufregenderes?

Thérèse war amüsiert und gerührt zugleich über meine Aufregung. Ich vergaß darüber ganz, sie an mich zu drücken, sie zu küssen, sie zu streicheln. Schon waren wir nackt, und ich hatte einen furchterregenden Ständer, als ich sie fragte:

»Thérèse, wie möchtest du es?«

Statt über die Naivität meiner Frage zu lachen, antwortete sie: »Heute nacht, Francis, mein Geliebter, entscheidest du ...«

Der Mordslärm der Vögel im Park weckte uns. Die große Fenstertür ließ das Sonnenlicht hereinfluten. Thérèse sah mich an, und ich sah Thérèse an.

»Thérèse, bist du meine Frau?«

»Ich bin deine Frau.«

»Und nichts kann uns mehr trennen?«

»Nichts kann uns mehr trennen.«

Wir umklammerten uns und liebten uns, dabei sahen wir einander tief in die Augen. An jenem Morgen gab es keine Erbsünde mehr. Als ich schließlich Thérèse in den Laken, die mit Samenflecken in unterschiedlichsten Trockenstadien übersät waren, auf der faulen Haut liegen ließ, wollte ich die Sonne genießen und trat nackt an die Fenstertüre. Ich bemerkte eine Silhouette: Es war Claire, die allein durch den Park spazierte. Ich gab ihr ein Zeichen, und sie näherte sich lachend ob meiner Aufmachung, doch keineswegs eingeschüchtert.

»Guten Morgen, Claire! Möchten Sie einen Moment hereinkommen?«

»Wenn ich nicht störe …«

»Aber nein, keineswegs!«

Claire trat in das Zimmer, in dem Thérèse sich leicht überrascht in ein Laken hüllte, um ihre Blöße so gut es ging zu verbergen. Claire setzte sich lächelnd auf die Bettkante:

»Thérèse, warum soll ich Ihnen so viel Mühe machen.«

»Ich kenne Sie nicht, Claire, doch ich weiß, daß Sie sich dem weiblichen Charme widersetzen.«

»Ich kenne Sie auch nicht, Thérèse, ich weiß nur, daß Sie sich dem weiblichen Charme nicht widersetzen.«

Sie brachen in ein komplizenhaftes Gelächter aus und zündeten sich Zigaretten an. Claire betrachtete Thérèse aufmerksam und teilte ihr dann ihre Beobachtung mit:

»Selbst in unserem Alter gewinnen wir nicht gerade, wenn man uns morgens beim Aufstehen sieht, unfrisiert, ungeschminkt, von der Liebe gezeichnet. Sollten Sie da eine Ausnahme machen? Ich finde Sie sehr schön, Thérèse, so wie Sie sind.«

»Vielleicht weil ich glücklich bin, da ich gerade Liebe gemacht habe …«

»Nicht nur. Ich habe Sie noch nie von so nahem gesehen.«

»Ich Sie auch nicht.«

Für einen Augenblick war es still. Dann sagte Thérèse:

»Erlauben Sie mir, Ihnen zu sagen, warum Sie keine Frauen mögen?«

»Bitte sehr.«

»Weil Sie sich in ihnen wiedererkennen, und das können Sie nicht ertragen.«

»Ich habe nichts gegen Spiegel.«

»Ich will mich etwas genauer ausdrücken: Wenn Sie eine Frau berühren, wissen Sie genau, was sie in dem Moment empfindet. Zum Beispiel …«

Und Thérèse nahm eine Hand von Claire, legte sie auf die eigene nackte Brust und fuhr fort:

»Sie empfinden ganz genau das gleiche, als wenn ich Ihre Brust berühren würde. Das heißt, Sie sind sich Ihrer Weiblichkeit bewußt, dessen, was uns gemeinsam ist, Ihnen und mir. Und genau davor haben Sie Angst: Sie lieben die Männer, weil sie Ihre Weiblichkeit zerstören, leugnen. Sie sind verliebt in ihre Männlichkeit, nicht in ihre Persönlichkeit …«

»Glauben Sie, daß Sie mich mit Ihrer Argumentation verführen können, Thérèse?«

»Hatte ich vor, Sie zu verführen?«

»Warum nicht? An Ihrem Standpunkt ist nichts auszusetzen, wie übrigens auch nicht an meinem. Doch Verführung hin, Verführung her, ich möchte lieber, daß es durch die Schönheit von Gesten geschieht als durch die Schönheit von Gedanken ...«

Thérèse hatte die Laken zurückgeworfen, die ihre Brust verhüllten. Sie nahm diesmal beide Hände von Claire und legte sie auf ihre Brüste. Claire, die Thérèse nicht aus den Augen ließ, blieb einen Augenblick lang regungslos, dann begann sie, sie ganz langsam zu streicheln.

»Sehen Sie«, sagte Thérèse, »ich muß Sie gar nicht streicheln ...«

»Das stimmt, aber wenn Sie es vielleicht dennoch tun würden ...«

Thérèse legte ihre Hände auf Claires Brust und streichelte sie durch ihre Bluse.

»Ich dachte immer, daß Frauen nicht küssen können, daß sie nur schlecht küssen ...«

»In Wirklichkeit befürchten Sie, in dem Kuß einer Frau das gleiche Vorgehen wiederzuerkennen, das Sie anwenden, wenn Sie einen Mann küssen.«

»Ja, aber wie kann ich mich überwinden?«

»Durch das Verlangen – indem Sie nur Frauen küssen, die Sie wirklich schön finden, die Sie wirklich berühren.«

»Nun gut, ist das nicht der Fall?«

Und die Lippen von Claire und Thérèse trafen sich, glitten tastend übereinander, trennten sich, fanden sich wieder, als Claire die Initiative ergriff, den Kopf zur Seite neigte und ihre Zunge in Thérèses Mund eintauchte, die währenddessen die Brüste ihrer Gesprächspartnerin etwas fester packte.

»Das war nicht schlecht«, sagte Claire nach

einem Moment, jedoch noch immer in ihrer gewohnten Gelassenheit. »Sie küssen sehr interessant, Thérèse.«

»Sie auch, Claire: Ein richtiger Kuß, dazu gehören zwei.«

»Vielleicht, doch er hängt vor allem von demjenigen ab, der die Initiative ergreift, das wissen Sie sehr wohl. Ob ich Sie küsse oder Sie mich, ist ein großer Unterschied ...«

Diesmal war es Thérèse, die die Initiative ergriff, und noch im Kuß knöpfte sie Claires Bluse auf. Kaum daß sich ihre Lippen von denen Thérèses gelöst hatte, zog Claire sich ganz aus, während ich die Laken wegzog, die noch Thérèses Bauch und Beine verdeckten. Zwischen den beiden nackten Frauen gab es ein kurzes Zögern. Dann nahm Thérèse Claire bei der Hand, sie streckten sich nebeneinander aus, ihre Lippen vereinten sich erneut, und sie umschlangen einander. Claire war die erste, die sich wieder faßte:

»Meine liebe Thérèse, ich will offen zu Ihnen sein: Ich möchte gern, daß Sie meine Vulva berühren, aber mir fehlt noch der Mut, es zu erwidern. Zumindest jetzt noch.«

Das ließ Thérèse sich nicht zweimal sagen, sie drehte Claire auf den Bauch und rieb zunächst, durch den Wald brauner Härchen hindurch den Kitzler, dann spreizte sie mit zwei Fingern die inneren Schamlippen und begann, die Möse ihrer schönen Schülerin zu lecken (habe ich gesagt, daß die große, schmale und ebenmäßige Claire ebenfalls sehr schön war?), deren Seufzer sehr bald zeigten, daß sie diesen Liebkosungen gegenüber keinesfalls gleichgültig war. Doch als sie eine Pause einlegten, verkündete Claire:

»Thérèse, Sie sind eine hervorragende Liebhaberin, aber ich muß Ihnen etwas gestehen, was Sie sicher schockieren wird. Nach Ihren Zärtlichkeiten habe ich jetzt Lust auf einen Mann, der den Weg beschreitet, den Sie so gekonnt geebnet haben …«

Thérèse trug es mit Fassung, bemächtigte sich meiner – was ihr ohne große Mühe gelang, zum einen, weil ich mich die ganze Zeit in der Nähe aufgehalten hatte, und zum anderen, weil das Schauspiel mich sehr erregt hatte – und sagte lachend:

»Aber meine liebe Claire, wir führen auch diesen Artikel in unserem Programm. Sie müssen nur fragen!«

»Thérèse, würden Sie ihn mir leihen?«

»Aber sicher, meine Liebe, es sei denn, er weigert sich, aber das würde mich wundern, bei diesem dreisten Lüstling …«

Und so schlief ich mit Claire, unter dem wachsamen Blick von Thérèse. Claire lag immer noch auf dem Bauch und ich nahm sie in dieser Position. Ich profitierte von der Erregung, die Thérèses Liebkosung ausgelöst hatte, und Claires Möse schien mir von unvergleichlicher Weichheit. Und obwohl ich gerade mal eine Stunde zuvor mit Thérèse geschlafen hatte, bereitete es mir nicht die geringste Schwierigkeit, den Akt zu vollziehen, und mit einer köstlichen Entladung machte ich der Geliebten von Daniel und Richard meine Aufwartung.

Während wir uns wuschen, erfuhr ich, daß wir alle drei im gleichen Wagen nach Paris zurückfuhren, gemeinsam mit Daniel und Richard. Und als ich anfing, dumme Witze über diesen *ménage à cinq* zu machen, erwiderte Thérèse schroff, daß sie das überhaupt nicht interessiere. Und Claire bemerkte trocken:

»Ein *ménage à trois* ist schon recht schwer zu führen!«

Am Pfingstmontag verließen wir am fortgeschrittenen Nachmittag V...-le-Château. Richard fuhr, Daniel saß neben ihm. Ich saß auf der Rückbank in der Mitte, Thérèse zu meiner Linken, Claire zu meiner Rechten. Ich drehte mich noch einmal um, um einen letzten Blick auf die rosablühenden Kastanien zu werfen. Sie würden mich immer daran erinnern, wieviel in V...-le-Château geschehen war! Thérèse ertappte meinen Blick und flüsterte:

»Blühende Kastanien ...«

»Stimmt es«, fragte ich, »daß die Blüte der Kastanie genauso riecht wie Samen?«

»Ich weiß nicht«, sagte Thérèse.

»Außerdem wissen wir nicht, wie Samen riecht«, fügte Claire hinzu, was uns alle drei zum lachen brachte.

»Ruhe dahinten, ihr Kleinen!« rief Richard.

»Die Kleinen sagen: ›Du kannst uns mal!‹ rief Thérèse wütend zurück.«

Diese kraftvolle Bestätigung unserer Unabhängigkeit hatte eine positive Wirkung. Die Vordersitze interessierten sich ganz und gar nicht für das, was sich auf der Rückbank abspielte, die es ihnen nun heimzahlte. Augenblicklich fingen Claire und Thérèse, deren intimes Verhältnis erst am selben Morgen begonnen hatte, an, sich zu necken. Da ich zwischen ihnen saß, konnte ich das schamlos ausnutzen und mischte meine Küsse und Liebkosungen unter die ihren. Thérèse, die großen Wert darauf legte, daß ihre Schülerin rasch Fortschritte machte, gab keine Ruhe, bis Claire sich dazu entschloß, ihre intimste Liebkosung zu erwidern. Und bald schon lehnte sich Thérèse nach hinten und zog ihr Kleid hoch, wobei sie zeigte, daß auch sie keinen Slip trug, legte ihre Beine quer über mich und Claire und öffnete ihre Schenkel direkt vor meiner Nase. Claire – Thérèses Beine um den Hals geschlungen – kniete sich auf den Boden des Wagens, und mit der ihr eigenen langsamen, geistreichen und zurückhaltenden Art machte sie sich daran, erst mit den Fingern, dann mit den Lippen, der Zunge und den Zähnen an der Möse zu spielen, die ihrer Begierde dargeboten wurde. Ich unterstützte ihr Vorhaben so gut es ging, vor allem in den Kurven (Richard fuhr schnell), denn die Rückbank war offensichtlich nicht für solche Zwecke vorgesehen. Richard erlaubte sich lediglich, uns einmal zu warnen:

»Achtung, wir kommen in die Stadt!«

Doch Thérèse weigerte sich, die Gymnastik zu unterbrechen, die sie unbestreitbar genoß. Nicht ohne Boshaftigkeit beschloß Claire, die Sache noch spannender zu machen. Ohne inzwischen die Zärtlichkeiten zu unterbrechen, mit denen sie Thérèse bedachte, knöpfte sie meine Hose auf, umfaßte meinen steifen Schwanz, tausche ihn unvermittelt gegen ihre Zunge aus und schob meine Hüfte vorwärts, um die Vereinigung zu vollenden. Thérèse, die das natürlich nicht erwartet hatte, tat einen Satz und schrie:

»Oh, Claire, hast du das Geschlecht gewechselt?«

Claire lachte über den Streich, den sie Thérèse gespielt hatte. Doch Thérèse weigerte sich, mit mir zu schlafen, und zog sich schmollend in ihre Ecke zurück. Also entschloß sich Claire, die zu meinen Füßen kniete, die doppelte Frustration, für die sie mich mißbraucht hatte, wiedergutzumachen. Sie nahm meinen Schwanz in den Mund und liebkoste mich so lange, bis Samen herausschoß. Doch im Gegensatz zu Thérèse und Florence nahm sie meinen Schwanz aus dem Mund, sobald sie merkte, daß es soweit war, strich mit der Eichel über ihr Gesicht und bestrich sich Wangen, Nase und Lider. Zutiefst gerührt, säuberte ich sie vorsichtig und zärtlich mit meinem Taschentuch. Nun erst setzte sie sich wieder auf die Bank, erneuerte ihr Make-up, wobei sie Thérèse ein Lächeln schenkte, und die Reise setzte sich in einem Feuerwerk geistreicher Bemerkungen fort, die von der Rückbank ausgingen, da die Vordersitze sich weiterhin hartnäckig in ein feindseliges Schweigen hüllten.

Auf den Exzeß in V...-le-Château folgte eine öde Zeit. Wir kehrten in der Examensphase zurück, die nicht nur Philippe betraf, sondern auch Thérèse, Florence und mich selbst. Für Florence und mich ging es lediglich um das hundsgewöhnliche Abitur (den Begriff *bachot*, »Abi«, fand ich ganz besonders abstoßend, wie übrigens auch den Jargonausdruck *potache*, »Pennäler« im allgemeinen), doch es war trotzdem wichtig. Florence und ich gingen von Zeit zu Zeit zusammen aus, da Thérèses Verbot nun seine Wirksamkeit verloren hatte, doch wir schliefen nicht ein einziges Mal miteinander. Ich hatte den Eindruck, Florence wünschte, daß sich die allzu lebhaften Erinnerungen an V...-le-Château verflüchtigten. Als hoffte sie, daß sie und ich zu einer Art neuer Jungfräulichkeit zurückfänden (oder zu einer Art neuer Frische, für die, die das Wort »Jungfräulichkeit« allzu streng beurteilen). Also von der sexuellen Freizügigkeit zur Liebe zurückkehren, das, nehme ich an, war ihr Plan. Abgesehen von einigen Küssen und Streicheleinheiten blieben wir keusch, wenn wir tanzen gingen oder, was häufiger vorkam, uns einen Film ansahen. Ich war immer noch verliebt in ihr hübsches Gesicht und ihr leuchtendes Haar. Und ich entdeckte sie jedes Mal ein wenig mehr, denn wir hatten ja in V...-le-Château nicht viel Zeit zum Reden gehabt!

Philippe hingegen arbeitete wie ein Besessener, und Thérèse kam nur noch zweimal die Woche zu uns. Wie man sich wohl vorstellen kann, war Thérèse von uns vieren diejenige, der der Aufenthalt in V...-le-Château am besten bekommen war. Nicht das kleinste Wölkchen trübte ihre Ausstrahlung. Zweifellos schlief sie von Zeit zu Zeit mit ihrem Verlobten, dem sie beweisen mußte, daß es kein besseres Mittel gegen geistige Überanstrengung gab! Was Philippe anging, so machte ich mir

Gedanken, was wohl in ihm vorgehen mochte. Ohne daß er seine gewohnte Liebenswürdigkeit aufgegeben hatte, war er noch verschlossener geworden als vorher. Ich war überzeugt, daß er keinerlei Groll hegte gegen das, was in V...-le-Château vorgefallen war (und was er schweigend zugelassen hatte, abgesehen natürlich von der Nacht, die ich mit Thérèse verbracht hatte – ich habe nie erfahren, ob er davon wußte oder nicht), noch gegen Thérèse oder mich. Jedenfalls ließ nichts darauf schließen, daß er sich nicht damit abgefunden hatte.

Es waren alle notwendigen Vorkehrungen für die Hochzeit getroffen worden. Sie sollte am Tag nach Philippes Abschlußprüfung stattfinden, ohne daß man auf die Ergebnisse wartete. Damit zeigte Philippe – abgesehen von seiner Gewißheit, die Note zu erhalten, mit der er rechnete – seinen Wunsch, dem auf Dauer unerträglichen Warten ein Ende zu setzen. Er hatte Lust, mit Thérèse zusammenzuleben, wogegen kein vernünftiger Mensch etwas hätte einwenden können. Das Datum war für Ende Juni angesetzt.

Alles lief wie geplant. Thérèses Eltern, die seit langem getrennt lebten, begnügten sich damit, ein Telegramm und Blumen zu schicken. Jedenfalls gab es nur ein kleines Festessen im engsten Kreis in einem großen Restaurant an der Rive Gauche, an den Quais de la Seine, zu dem sich gerade mal ein Dutzend Leute einfanden. Florence, die meine Eltern zum ersten Mal sahen, saß neben mir, und ich war fast ebenso stolz auf sie wie Philippe auf seine

Braut! Da mein Bruder erwartete, daß er bald eine Stellung erhalten würde, die ihn und Thérèse weit wegführen sollte von Paris, hatte er beschlossen, daß die Hochzeitsreise in Paris stattfinden sollte. Meine Eltern bewiesen ein seltenes Taktgefühl, als sie während des Essens ankündigten, daß sie noch am selben Nachmittag verreisen würden. So überließen sie den jungen Brautleuten ihre Wohnung, mit der Auflage, meine wertvolle Person zu versorgen. Eine herrliche Überraschung hatten sie da für uns vorbereitet, denn obgleich sie Thérèse sehr gern hatten, bestand dennoch die Gefahr, daß das gemeinsame Leben in einer Wohnung Konflikte mit sich brachte.

Wir begleiteten sie nach Orly, wo sie ihr Flugzeug zu den Kanarischen Inseln nehmen mußten. Auch jetzt war Florence an meiner Seite, und ich bemerkte, daß es meinen Vater etwas beunruhigte, keine Ahnung, warum. Doch vielleicht war er einfach nur nicht ganz so blöd wie ich, denn kaum daß wir vier wieder alleine waren, verkündete Thérèse:

»Florence und ich fahren jetzt unsere Koffer holen, und dann treffen wir uns zu Hause!«

Ich muß ein Gesicht gemacht haben, als wäre mir ein vierstöckiges Haus auf den Kopf gefallen, was bei den drei anderen einen Lachkrampf auslöste. Doch Florence hatte Tränen in den Augen. Ich nahm sie in den Arm und küßte sie. Ich mußte nicht sagen, wie glücklich ich war, ich wußte, daß man es sehen konnte, und das gleiche galt für Florence. Ich war verrückt vor Freude. Doch schnell wurde ich von einer Sorge erfaßt: Was würden Florences Eltern sagen? Thérèse versicherte, daß sie das schon regeln werde, und das glaubte ich gern. Wir ließen sie in einem Taxi davonfahren, und ich fuhr mit Philippe nach Hause. Ich stand noch immer unter Schock von der Überraschung, daß mein Bruder lachend sagte:

»Ich habe fast den Eindruck, daß du der frischgebackene Ehemann bist!«

Bei uns zu Hause angekommen, bemühten wir uns, unsere Zimmer möglichst einladend herzurichten, waren uns jedoch darüber im klaren, daß die Mädchen (unter uns sagten wir lieber »die Mädchen« als »die Frauen«) ohnehin ihre persönliche Note darin hinterlassen würden. Gemäß unserer Abmachung war das Zimmer unserer Eltern tabu. Glücklicherweise waren Philippes und mein Bett groß genug, um als Ehebetten zu dienen! Thérèse und Florence kamen, und das gemeinsame Leben spielte sich nach und nach ein.

Nun begannen unsere schönsten Tage. Das goldene Zeitalter, schätze ich. Wir waren jung, fröhlich und verliebt. Jede Nacht und jeden Morgen (manchmal auch nachmittags, wenn es regnete oder der Himmel grau war, oder aus irgendeinem anderen nichtigen Grund) schlief ich mit Florence und Philippe mit Thérèse. Wenn wir gerade mal nicht Liebe machten oder schliefen, alberten wir vier herum. Unser Glück war vollkommen, wenn man Glück nicht mit Sittsamkeit und Zurückhaltung verband, sondern mit Jugend und einer gewissen Art süßer Torheit.

Ich erinnere mich jedoch, daß wir eines Abends jenes surrealistische »Frage-und-Antwort-Spiel« spielten, wo die Fragen obligatorisch mit »Was ist …« anfingen und die Antworten mit »Das ist …«. Durch Zufall erhielten wir: »Was ist Thérèse? – Das ist ein blühender Kastanienbaum.« Was uns ermutigte, in der gleichen Art weiterzuverfahren, doch mit weniger Glück. In der Tat erhielten wir für Florence »das Ticken der Wanduhr«, für meinen Bruder seltsamerweise den »Kürassier von Reichshofen«, während ich selbst als »Prêt-à-porter« bezeichnet wurde, was mich wütend machte …

Doch immer wenn ich Florence ansah, hatte ich Lust, mit ihr zu schlafen. Und ihr ging es genauso. Wenn man bedenkt, wie selten es in jener Zeit war, daß Leute in unserem Alter Tag und Nacht zusammen verbringen konnten, wird man vielleicht verstehen, daß dieser Pariser Juli für uns wie ein Wunder war! Ach! Der Papst stand uns nicht gerade Pate …

Doch wir hatten die Rechnung ohne Thérèse gemacht. Dabei war es nicht einmal Thérèses Wille als vielmehr ihre besondere Ausstrahlung, die sie auf uns ausübte. Gewissermaßen waren es nicht zwei Paare, denen die Wohnung unserer Eltern Unterschlupf gewährte, sondern Thérèse und dreien ihrer Liebhaber, wovon einer ein Mädchen war. Selbst wenn Thérèse die Absicht gehabt hatte, ihre Liebesbeziehungen mit Florence oder mir zu vergessen (was durchaus denkbar war, denn sie hatte diese Beziehungen immer als vorübergehend betrachtet, während sie darauf wartete, daß sie und Philippe ein richtiges Paar würden), lag es in ihrer Macht, zu verhindern, daß irgend etwas aus diesen vergangenen Liebeleien wieder an die Oberfläche kam? Und außerdem, wollte Thérèse in tiefstem Herzen wirklich, daß all das in Vergessenheit geriet?

Es kam zum Beispiel vor, daß Thérèse und ich als erste aufstanden. Ich traf Thérèse in der Küche, wenn sie gerade einen Kaffee machte oder ein bißchen spülte. Und da half es auch nicht, daß sie gerade aus den Armen von Philippe kam und ich aus denen von Florence, daß unsere Pyjamas voller Samenflecken waren, die unsere ehelichen Ergüsse bestätigten. Konnte uns das hindern, zärtliche Küsse auszutauschen und uns zu streicheln? Ich erinnere mich, daß Thérèse eines Morgens lediglich die Pyjamajacke meines Bruders trug und ich der Versuchung nicht widerstehen konnte, meine Hand zwischen ihre Schenkel zu schieben. Nicht nur, daß sie nichts darunter trug, nein, Philippe hatte sie ohne Zweifel gerade erst mit einem Samenerguß beehrt! Das traf mich so sehr, daß Thérèse, die zuerst gelacht hatte, sich auf die Küchenfliesen kniete und mich kurz in den Mund nahm, als wolle sie sich für etwas entschuldigen, was keine Entschuldigung verlangte.

Auch wenn diese winzigen Vertraulichkeiten ohne Zeugen vonstatten gingen (wir holten Florence und Philippe erst, wenn das Frühstück fertig war), so würden sie sich auf jeden Fall früher oder später auf die Liebesordnung unserer Gemeinschaft auswirken. Von dem Augenblick an, in dem die strenge Gleichzeitigkeit von uns beiden Paaren brüchig würde, war vorauszusehen, daß wir auf eine Gefahr zusteuerten. Wer es voraussah? Wir alle, ganz ohne Zweifel. Doch keiner von uns konnte sich gegen den Sog wehren, der uns zunächst kaum merklich, doch dann in immer schwindelerregenderem Tempo erfaßte und uns bald in ein Loch ziehen sollte, aus dem es kein Entrinnen gab.

Eines Abends beispielsweise, nach dem Abendessen, verleitete Thérèse Florence dazu, sich gegenseitig zu entkleiden, wobei sie kleine Küsse und anregende Zärtlichkeiten austauschten. Daraufhin verschwanden sie, liebevoll umschlungen, und ließen meinen Bruder und mich alleine wie zwei Trottel. Unsere Reaktion bestand daraus, eine Fröhlichkeit vorzutäuschen, die wir nicht empfanden, und unbeirrbar zu trinken, doch wir konnten unsere Verlegenheit kaum verbergen. Sicher, wir ahnten, daß Thérèse uns vor dem Überdruß bewahren wollte, aber trotzdem! Und außerdem, wo waren sie? In welchem der drei Zimmer tauschten sie ihre Zärtlichkeiten aus?

Ich entschloß mich als erster, schlafen zu gehen, und als ich die Tür zu meinem Zimmer öffnete, verzichtete ich intuitiv darauf, das Licht anzuschalten. Und richtig, kaum hatte ich ein paar Schritte in das Zimmer getan, da hörte ich, daß jemand darin schlief. Ich zog mich im Dunkeln aus und schlüpfte ins Bett, wo ich mich mit einem schmalen Streifen begnügen mußte, da ich die Schlafenden nicht wecken wollte. Doch die Schlafende, die mir am nächsten lag, bewegte sich und drückte ihren Po an meine Oberschenkel. Mit der Fingerspitze berührte ich die Möse, die mir einladend genug erschien, damit ich unmerklich versuchen könnte, sie zu öffnen. Die Schlafende seufzte, und bald begann ich mit größter Behutsamkeit, sie zu nehmen, wobei ich die notwendigen Bewegungen auf ein Minimum reduzierte. Aber ich habe nie erfahren, ob es Florence oder Thérèse war, die ich schlafend im Dunkeln besessen hatte!

Als ich erwachte, war ich allein in meinem Bett. Doch es war noch nicht Zeit für das Frühstück. Hatten die Mädchen sich in das Zimmer meiner Eltern zurückgezogen, oder hatten sie sich zu Philippe gelegt? Wenn Thérèse vorhatte, uns aus der ehelichen Seelenruhe zu reißen, so hatte sie schon gewonnen! Ich war äußerst schlecht gelaunt, als ich die beiden Köpfe, den blonden und den brünetten, im Türrahmen auftauchen sah. Mein wütendes Gesicht trug mir jedoch nur Gelächter ein, und ich mußte mir gefallen lassen, ausgelacht zu werden. Nun ja, wie konnte man ihnen böse sein? Und warum überhaupt?

Doch die Dinge nahmen ihren Lauf! Eines Abends, als wir tanzten, mußte ich überrascht feststellen, daß Philippe Florence fest an sich drückte. Ist es verwunderlich, daß ich es ohne besondere Freude feststellte? Die Großzügigkeit, die ich an meinem Bruder so bewundert hatte, besaß ich eben nicht, ganz einfach. Ich glaubte darüber hinaus zu bemerken, daß es auch Thérèse nicht besonders gefiel. Was Florence anging, so schien sie vor allem ausgesprochen verlegen. Von uns vieren, davon bin ich überzeugt, neigte sie am wenigsten zur sexuellen Freizügigkeit, und der Anschein, den sie einige Male erwecken wollte (zum Beispiel bei ihrer Abreise von V...-le-Château), war vielmehr dem Wunsch entsprungen, zu zeigen, daß sie nicht hereinfiel (auf meine vorgetäuschte Tugend), als einer echten Neigung zum Seitensprung. Aber Philippe, wer hätte das gedacht? Trieb Thérèse uns zur Ausschweifung oder brachte sie einfach nur unsere unter der guten Erziehung verborgene Lüsternheit zum Vorschein?

Jedenfalls war es Philippe, der an jenem Abend die erotische Initiative ergriff, wofür normalerweise Thérèse zuständig war. Er schlug mehr oder weniger einen Vierer vor, mit der kleinen Variante, daß er und ich zunächst wie gewöhnlich mit unseren legitimen »Ehefrauen« schlafen sollten, um anschließend die »Ehefrau« des anderen anal zu nehmen. Einen Augenblick machte sich Verwirrung, ja fast Bestürzung breit, bis Thérèse sich entschloß, die Herausforderung anzunehmen. Was mich an dem Vorschlag meines Bruders schokkierte, war weniger das Anstößige daran als eine versteckte, doch offensichtliche Rachsucht, wegen der Nacht in V...-le-Château, wo er sich gezwungen sah, Thérèse mit mir zu teilen. Er bot mir erneut die Gelegenheit, Thérèse in seiner Gegenwart anal zu nehmen, aber er ließ mich seine Toleranz teuer bezahlen! Dennoch, er hatte sich in V...-le-Château nichts anmerken lassen. Also ließ auch ich mir nichts anmerken.

Wir zogen uns aus und fingen an, uns auf dem Wohnzimmerteppich, wo wir es uns mit ein paar Kissen gemütlich gemacht hatten, zu lieben, er mit Thérèse, ich mit Florence. In Florences Blick lag eine leise Traurigkeit, als ich sie in den Arm nahm. Ich zwang mich, ihr wortlos zu verstehen zu geben, daß sich zwischen uns nichts geändert hatte, und schon bald ließ sie sich von der körperlichen Ekstase mitreißen, bis sie zu vergessen schien, was ihr kurz zuvor Kummer bereitet hatte. Ein seltsamer Wettstreit entfachte sich zwischen Philippe und mir, in dem es weniger darum ging, siegreich daraus hervorzugehen, als vielmehr gleichzeitig ans Ziel zu gelangen. Wie man sich wohl vorstellen kann, verstärkte das noch den Reiz, und tatsächlich erreichten wir genau in derselben Sekunde den Höhepunkt.

Kaum hatten er und ich die Umarmung gelockert, da schoben uns Thérèse und Florence, als hätten sie sich abgesprochen, von sich, stürzten sich aufeinander und leckten sich gegenseitig, um gierig den Samen des Liebhabers der anderen aufzusaugen. Diese erschwerende Neuheit war zu typisch »thérèsehaft«, als daß wir uns über ihre Herkunft hätten Gedanken machen müssen. Der frustrierten Thérèse war es gelungen, die Initiative, die ihr aus der Hand genommen worden war, schnell wieder an sich zu reißen, indem sie Philippe in einer Weise überbot, an die er noch nicht einmal im Traum gedacht hatte. Und richtig, eine Frau anal zu nehmen, die gerade gierig den eigenen Samen aus der Vagina einer anderen Frau geschleckt hat, bedeutet, in der Hierarchie ab- statt aufzusteigen, zumindest vom ästhetischen Standpunkt betrachtet, wo der Erfindungsgeist in jedem Fall über die Routine siegt.

Dennoch rissen wir die beiden Mädchen, wenn auch erst nach einem kurzen Schockmoment, voneinander los, um den zweiten Teil des Programms in Angriff zu nehmen. Die kleine Abänderung, die Thérèse zum Ablauf der Party beigetragen hatte, hatte uns alle aufgemuntert, und ich für meinen Teil drang mühelos in meine Schwägerin ein (es ist merkwürdig, daß dieser Ausdruck zum ersten Mal aus meiner Feder fließt; aber hier ist er, und ich werde ihn beibehalten). Am meisten überrascht war Philippe, als er hörte, wie Florence aus voller Kehle ihren Klagegesang des Analverkehrs anstimmte. Er muß schon einmal sein fernes Echo vernommen haben, doch es war das erste Mal, daß er ihn in seinen feinsten Nuancen hören und bewundern konnte. Und es war schließlich auch das erste Mal, daß er mit Florence Liebe machte.

Am nächsten oder übernächsten Tag, ich erinnere mich nicht mehr so genau, war ich bei einem Freund zu Besuch, als Thérèse mich beunruhigt anrief. Sie wollte mir nicht gleich sagen, was los war, sondern verabredete sich mit mir für eine halbe Stunde später in einem Hotel in der Rue de Seine. An ihrer Stimme merkte ich, daß etwas Schwerwiegendes passiert sein mußte. Ja, aber was?

Ich fand eine völlig ratlose Thérèse vor. Sie, die so stark, so klug, so geschickt war, was konnte sie in einen solchen Zustand versetzen? Sie lief wie ein wütender Tiger im Zimmer auf und ab. Dann blieb sie stehen, und ihre Augen füllten sich mit Tränen. Ich faßte sie an den Handgelenken und forderte sie auf, zu sprechen. Nun erst sagte sie mir, wobei sie den Blick abwandte, daß auch sie ausgegangen war und bei ihrer Heimkehr Philippe und Florence zusammen im Bett vorgefunden hatte.

Ich fühlte mich wie vor den Kopf gestoßen. Eigentlich war es nichts, und doch brach in mir etwas zusammen. Ich setzte mich aufs Bett, und Thérèse setzte sich neben mich.

»Ich bin sofort wieder gegangen, bin ins Hotel und habe die Nummer von deinem Freund ausfindig gemacht. Und jetzt bist du da ...«

»Es mußte so kommen, nach dem Abend neulich ...«

»Ja, ich hatte bemerkt, daß Philippe sich immer mehr für Florence interessierte. Aber ich war so überzeugt, daß sie nur dich liebt ...«

»Ich bin sicher, daß sie mich liebt. Aber sie muß verzweifelt gewesen sein, als sie merkte, daß ich dich, selbst jetzt, wo wir vier zusammenwohnen, immer noch begehre.«

»Ach, warum haben wir uns nur auf zwei so mittelmäßige Menschen eingelassen? Du und ich, wir sind vom gleichen Schlag. Solche kleinlichen Rachegedanken kennen wir gar nicht!«

»Ich bin mir nicht sicher, daß wir sie wirklich nicht kennen. Aber ich bin überzeugt, Thérèse, daß das Wort Rache den Nagel auf den Kopf trifft. Rache für das Schicksal, das du ihnen auferlegt hast. Sie schütteln ihr Joch ab ...«

»Und die beste Methode, ihr Joch abzuschütteln, ist, miteinander zu schlafen, denn das habe ich niemals gewollt. Ich wollte, daß Florence nur dir gehört.«

»Und ein wenig auch dir ...«

»Das ist der reinste Zwergenaufstand! Was sollen wir tun?«

»Da kann man nichts tun. Man kann nur das Beste daraus machen. Gute Miene zu bösem Spiel.«

»Jetzt reicht's mit deinem Sprichwörtern und deinen Volksweisheiten. Du nervst mich ...«

»Ich kann ja auch gehen.«

»Nein, bleib. Laß uns von etwas anderem reden.«

»Wovon?«

»Ich habe etwas auf dem Herzen. Ich muß darüber reden.«

»Erzähl mir Dinge, die man keinem erzählen darf. Erzähle mir dein Leben.«

»Du weißt gar nicht, wie richtig du damit liegst ...«

»Worum geht's? Richard?«

»Nein, vor Richard.«

»Ach, es gibt ein vorher?«

»Ja.«

»Was man keinem erzählen darf?«

»Ja.«

»Erzähl.«

Wir zogen unsere Schuhe aus, Thérèse streckte sich auf dem Bett aus, zündete sich eine Zigarette an und erzählte, während ich mich an den Bettpfosten lehnte, ihr zuhörte und sie dabei betrachtete:

»Wie du weißt, sind meine Eltern schon lange geschieden, und ich bin mit meinem Vater alleine geblieben, als ich zehn Jahre alt war. Ich verstand mich sehr gut mit ihm ...«

»Wie ist dein Vater?«

»Nicht sehr groß, schlank, sportlich, elegant, und er paßt höllisch auf, daß man seine ersten weißen Haare nicht sieht. Moralisch gesehen ist er ein vollkommener Playboy. Wir lebten an der Côte d'Azur in einer wunderbaren Villa im Grünen, mit Swimmingpool und Tennisplatz, und obwohl ich in Nizza ins Gymnasium ging, hatte ich das Gefühl, das ganze Jahr in Urlaub zu sein. Mein Vater hatte seine Geschäftsräume in der Stadt, doch er richtete es so ein, daß er so oft es ging in seiner Villa bleiben konnte, wo er häufig Besuch empfing, insbesondere Damenbesuch. Die Villa war groß, und keiner störte den anderen. Das hinderte meinen Vater jedoch nicht daran, Vorsichtsmaßnahmen zu treffen, um mich nicht mit allzu intimen Schauspielen zu erschrecken. Eines Tages aber, als ich in seiner Bibliothek saß, wurde ich von wahren Schreien alarmiert. Von Neugier erfaßt, näherte ich mich – ein Buch in der Hand und ganz vorsichtig, damit das Hauspersonal mich nicht bemerkte – dem Zimmer meines Vaters, aus dem diese Schreie kamen. Glücklicherweise war die Tür nicht richtig geschlossen (was auch der Grund dafür war, daß ich die Schreie überhaupt hörte), und mit Hilfe des großen Spiegels, der am Kopfende des Bettes hing, begriff ich, was vor sich ging. Mein Vater kniete nackt auf dem Bett und nahm eine Frau, die auf allen vieren vor ihm hockte, von hinten. Und natürlich stieß die Frau diese Schreie aus, die die lüsternen Stöße meines Vaters rhythmisch untermalten. Ich war fünfzehn Jahre alt und noch Jungfrau, doch mein Vater hatte mir lange vorher den Mechanismus der körperlichen Vereinigung und der Befruchtung erklärt. Zunächst glaubte ich, daß mein Vater, wenn er diese Frau von hinten nahm, in ihre Spalte eindrang, wie es Hunde oder Pferde tun (das hatte ich schon einige Male gesehen). Aber nein, das war nicht möglich, und das Schauspiel, das ich mit den Augen verschlang, ließ nicht den geringsten Zweifel diesbezüglich: Es war das Poloch der Frau, in das mein Vater seinen Schwanz steckte, den ich teilweise für einen kurzen Augenblick erkennen konnte, jedoch ausreichend, um mich von seiner Größe und Härte zu überzeugen! Ich verstand nun besser die Schreie, als ich im Geiste die Ausmaße des väterlichen Geschlechtsteils mit der Enge meines eigenen Polochs verglich: Das mußte sehr weh tun. Dennoch lag genaugenommen mehr Wollust als Schmerz in den ausgestoßenen Schreien. Ich sah die Liebenden nach vorne taumeln in einem heftigeren und zweifellos endgültigen Stoß, während meinem Vater ein Lustschrei entwich, dem zufriedene und schwächer werdende Seufzer seiner Geliebten folgten. Als ich mich zurückzog, bemerkte ich, daß ich immer noch das Buch in der Hand hielt, das ich zufällig aus der Bibliothek meines Vaters gegriffen hatte: Der Titel lautete *Der weißhaarige Revolver*. Ich schlug es auf und stieß auf diesen Satz, den ich eilig mit Kreide auf die Tür des Zimmers meines Vaters schrieb: ›Hiermit wird einem jeden offiziell untersagt, unter Androhung sofortiger und endgültiger Ausschließung, unabhängig davon, welchen Provokationen er auch ausgesetzt sein mag, innerhalb des von der Parkmauer eingegrenzten Gebietes den Liebesakt zu vollziehen …‹ Du lachst, doch ich habe an das, was ich an jenem Tag getan, gesehen und gehört habe, eine unglaublich genaue Erinnerung behalten …«

»Wenn ich recht verstehe, hast du an jenem Tag die Geheimnisse der Liebe entdeckt.«

»Ja. Wie soll ich es dir erklären? Davor hatte ich schon einige Dinge begriffen, aber ich hatte nichts gefühlt. Die Bemerkungen der Jungen und die Blicke der Männer hatten mir gezeigt, daß ich schön war. Ich hatte bereits ein bißchen geflirtet, am Strand, auf Partys: Jungen hatten mich auf den Mund geküßt, meine Brüste berührt, manchmal auch meinen Slip. All das mißfiel mir nicht, aber ich hatte noch nicht die wahre Offenbarung erlebt und dachte, daß meine Klassenkameradinnen diesen Dingen viel zu viel Bedeutung beimaßen. Doch einmal war ein Junge, der mich ins Kino mitgenommen hatte, zu weit gegangen. Mitten in einem Western, daran erinnere ich mich noch, hatte er meine Hand genommen und mich gezwungen, seinen steifen Schwanz, der aus seiner Hose herausragte, anzufassen!«

»Logischerweise muß das die Offenbarung gewesen sein!«

»Ganz und gar nicht! Es war die Entdeckung der

Perversion, in diesem Fall Analsex, die mir die Augen geöffnet hat. Der Grund meines inneren Aufruhrs war, glaube ich, meine naive Erklärung für das, was ich gesehen hatte. Wenn mein Vater auf eine andere Art Liebe machte als die anderen, dann deshalb, weil er sich besser auf diesem Gebiet auskannte, weil er wußte, daß es in der Liebe noch andere Möglichkeiten gab als die, die jeder Dahergelaufene kannte. Plötzlich wurde die Liebe interessant für mich. Mit Liebe meine ich die sexuelle Beziehung zwischen Mann und Frau. Da ich noch ganz unschuldig war, stellte ich kleine Nachforschungen über Analsex an. Eine Freundin erklärte mir, daß Homosexuelle es so trieben, worüber ich mir nie Gedanken gemacht hatte. War mein Vater etwa schwul? Nein, denn ich wußte ja, daß er Frauen liebte. Also? Es fiel mir schwer zu begreifen, daß man so etwas manchmal auch mit Frauen tat. Aber hatte ich das nicht mit eigenen Augen gesehen? Sicher, doch mein Vater hätte schließlich auch der einzige sein können (meiner Bewunderung für ihn hätte das keinen Abbruch getan, ganz im Gegenteil). Ich hielt dennoch an der relativen Seltenheit dieser Sexualpraktik fest …«

»Was für eine Aristokratin du abgibst!«

»Schweig, dreckiger Bürger! … Und dann der gewalttätige Beigeschmack des Wortes ›arschficken‹ … Einige Monate später, während noch der Schock, den ich an jenem Tag erlitten hatte, seine sofortigen oder verspäteten Folgen zeigte, bahnte sich etwas an, was scheinbar nicht mit dem, was ich gerade erzählte, in Zusammenhang stand. Ich spielte von Zeit zu Zeit mit meinem Vater Tennis. An einem schwülen und gewittrigen Nachmittag lieferten wir uns eine so erbitterte Partie, daß Schweiß und Staub uns in Monster verwandelten. Da ich ziemlich knapp gewonnen hatte, war ich sehr aufgeregt (das Unwetter nahte). Ich schleuderte meinen Schläger zu Boden und forderte meinen Vater erneut heraus: ›Wer zuerst unter der Dusche ist!‹ Wir rannten – soweit unsere Erschöpfung es zuließ – in Richtung Duschen los, die sich neben dem Swimmingpool in einer sehr hübschen kleinen Kabine befanden. Ich setzte den Fuß auf die Holzplanken der Dusche, wenige Sekunden bevor mein Vater den Hahn öffnete, und einen Augenblick später war ich pitschnaß wie ein begossener Pudel. Er sprang seinerseits unter die Dusche und war sofort ebenso naß wie ich. Wir lachten wir die Verrückten. Und fast gleichzeitig rissen wir uns die Kleider vom Leib, die wenigen, die uns, durchnäßt wie sie waren, nunmehr mäßig bedeckten: T-Shirt und Shorts und zum Schluß der Slip. Schließlich standen wir splitternackt unter der Dusche, von Angesicht zu Angesicht, mein Vater und ich, zerzaust, durchnäßt, und lachend. Blitzschnell packte mein Vater einen schönen runden Naturschwamm und begann, mir den Rücken einzuseifen, die Brüste, den Po und den Bauch. Ich ließ ihn gewähren, es kitzelte zwar manchmal, aber es war sehr angenehm. Und es war rein zufällig, daß ich, als ich den Blick senkte, (durch meine Haare hindurch, die an meiner Stirn klebten) sah, wie das Glied meines Vaters steif wurde und sich in meine Richtung hob, ein faszinierendes Schauspiel, wie geschaffen dafür, meiner Eitelkeit zu schmeicheln. Mein Vater, der so viele schöne Frauen hatte und der ein so guter Liebhaber war, war durch meinen Anblick erregt! Sicher hatte er erraten, daß ich es bemerkt hatte. Er stellte die Dusche ab, zog eilig einen ultramarinblauen Bademantel an und wickelte mich in ein riesiges knalloranges Frotteehandtuch (ja, meine Erinnerungen sind manchmal in Technicolor). Dann nahm er mich auf den Arm und trug mich im Laufschritt (ein Mädchen von fünfzehn Jahren ist kein Baby mehr) an den Beckenrand des Swimmingpools, wo er mich auf einer breiten Luftmatratze ablegte. Ein Sichtschutz aus dicht nebeneinander stehenden Zypressen schützte den Pool vor Blicken und verhinderte, daß man uns von der Villa aus sehen konnte. Außerdem glaube ich, daß uns in dem Moment nichts mehr hätte aufhalten können, nicht einmal die Vorstellung, daß wir uns beobachtet fühlten. Mein Vater kniete sich neben mich und begann sanft, mich zu reiben, selbstverständlich unter dem Vorwand, mich abzutrocknen, doch wir wußten beide, daß es nur ein Vorwand war. Und in der Tat verwandelte sich das Reiben bald in Liebkosungen an meinem ganzen Körper. Wie eine Puppe ließ ich mir alles gefallen, ohne jedoch, mit halbgeschlossenen Lidern, meinen Wohltäter aus den Augen zu lassen. In einem bestimmten Moment wollte er mich küssen, doch ich drehte instinktiv den Kopf zur Seite, und er machte nicht weiter. Seltsamerweise sollte der Kuß noch bis zum Schluß unterdrückt bleiben oder zumindest ... aber ich will nicht vorgreifen. Er ließ sich Zeit zwischen meinen Schenkeln. Schließlich öffnete er das Handtuch und betrachtete meinen nackten Körper. Er hockte auf allen vieren über mir, und ich konnte an der Beule in seinem Bademantel genau erkennen, daß seine Erregung nicht nachgelassen hatte. Sein Blick kehrte zu dem meinen zurück, und er brachte sehr mühsam hervor: ›Geh. Geh schnell weg, sonst werde ich mit dir schlafen.‹ Ich rührte mich nicht. Gab keine Antwort. Also legte er seine Hände auf meine Brust und fing an, mich zu streicheln, sanfter und zärtlicher als alle meine bisherigen Flirts. Dann saugte er ausgiebig an meinen Brustwarzen und hielt inne, um mich zu fragen: ›Du bist doch noch Jungfrau, oder?‹ Ich war nicht in der Lage, den kleinsten Laut von mir zu geben. Um zu bejahen, begnügte ich mich damit, die Lider zu senken. Worauf er meine Schenkel spreizte, zunächst schnell meinen Kitzler streichelte und dann etwas langsamer die Schamlippen, bis diese sich öffneten. Von da an benutzte er nur noch seinen Mund und seine Zunge. Ich fühlte mich wie berauscht, stammelte unverständliche Worte und schloß dann schließlich die Augen. Wenig später öffnete ich sie wieder, weil ich den Eindruck hatte, daß er fortgegangen war, doch dem war nicht so. Mein Vater war nur für einen Moment zurückgewichen, um seinen ultramarinblauen Bademantel loszuwerden, dann kam er splitternackt und mit aufgerichtetem Glied auf mich zu. ›Fick mich! Fick mich!‹ dachte ich, wobei ich intuitiv ein Verb wählte, von dem ich wußte, daß es vulgär war. Und tief in meinem Innersten flüsterte eine andere geheimnisvolle Stimme die noch obszönere Variante: ›Fick mich in den Arsch! Fick mich in den Arsch!‹ Doch meine Lippen blieben verschlossen, abgesehen von leisen, unartikulierten Lauten, die durch sie hindurchdrangen. Er kniete zwischen meinen Schenkeln und hob meinen Po an, bis unsere Geschlechter auf gleicher Höhe waren, dann drang er so mühelos in mich ein, wie man eine Tür aufschiebt. Dabei beobachtete er beunruhigt die tragischen Anzeichen der Entjungferung in meinem Gesicht. So gut er mich auch vorbereitet hatte, litt ich in einem bestimmten Moment unter unerträglichen Schmerzen und versuchte mich zu befreien, indem ich mich instinktiv wand. Doch er ließ es nicht zu, sondern drang statt dessen, zwar nicht grob, doch unaufhaltsam weiter in mich ein. Ich schrie, mir stiegen Tränen in die Augen. Entsetzt, mir weh zu tun, doch zugleich fast auf dem Gipfel der Lust, ergoß er sich in mich und dachte nicht im Traum daran, sich zurückzuziehen, als hätte er beschlossen, mir nicht einen Tropfen vorzuenthalten. Im gleichen Augenblick brach das Unwetter über uns herein, und ein heftiger Platzregen stürzte auf uns herab ...«

Thérèse hielt inne. Sie war völlig aufgelöst. Sie stand auf, ging zum Fenster und starrte auf das Treiben in der Rue de Buci, ohne es wahrzunehmen, dann kam sie, wieder etwas beruhigt, zurück, legte sich auf das Bett und zündete sich abermals eine Zigarette an. Ich hatte (muß ich es überhaupt erwähnen?) nicht mehr die geringste Lust, Witze zu machen, und mit zugeschnürter Kehle wartete ich darauf, daß Thérèse ihre Erzählung fortsetzte.

»An jenem Tag, wie auch an den darauffolgenden, lehrte er mich alle erdenklichen und möglichen Vorsichtsmaßnahmen ... Er brachte mir bei, wie ich mich waschen mußte, und machte mich nach und nach, im geheimen Einverständnis mit einem befreundeten Arzt, mit der ganzen Bandbreite von Verhütungsmitteln vertraut, vom Präservativ übers Pessar zur Spirale. Seit dem Tag nach meiner Entjungferung hatte er mich so gut gepflegt, daß wir nunmehr miteinander schlafen konnten, ohne daß ich den geringsten Schmerz verspürte. Einen Monat lang waren wir ein unersättliches Liebespaar. Sobald wir alleine waren, fielen wir einander in die Arme. Nichts konnte uns zurückhalten, außer meiner Periode ... Darüber hinaus erlebte ich die Genugtuung, daß er fast völlig seine üblichen Liebhaberinnen vernachlässigte, was zu heftigen Auseinandersetzungen führte. Doch offenbar bekümmerte ihn das überhaupt nicht, und ich mußte ihm Vorwürfe machen, denn ich fürchtete, daß die Eifersucht jene Damen dazu trieb, dem geheimen Grund für seine Gefühlskälte nachzuspüren. Nun, ich legte wirklich gar keinen Wert darauf, daß Hinz und Kunz über meine inzestuöse Beziehung Bescheid wüßten, denn ich dachte, daß mir das noch viel mehr schaden würde als meinem Vater und daß es überdies nicht ewig so weitergehen könne. Ich war es, die ihn dazu trieb, wieder mit seinen alten Freundinnen anzubändeln, was natürlich dazu führte, daß er mir weniger Zeit und Leidenschaft widmen konnte …«

»War in der Zwischenzeit dein heimlicher Wunsch erhört worden?«

»Nein. Zumindest, wenn ich recht verstehe, was du meinst. Und das war das einzige, was mir zu meiner Information noch fehlte. Eines Nachmittags – wir hatten uns gerade geliebt und lagen nebeneinander in meinem Bett (er zog es vor, in mein Zimmer zu kommen, statt mich in seines mitzunehmen), ich spielte ein wenig mit seinem Schwanz und seinen Eiern, wie Frauen er gern nach dem Höhepunkt tun – erzählte er mir, was für eine Lust ein Mann empfindet, wenn er ihn seiner Geliebten in den Mund steckt. Das war eine völlig neue Vorstellung für mich, doch insofern interessant, als sie meinen Hang zur Perversion nährte. Dennoch war es nicht die Sache an sich, auf der für mich die Betonung lag, sondern das Wort ›Geliebte‹, das mein Vater benutzt hatte. ›Sag mal, bin ich deine Tochter oder deine Geliebte?‹ Nach einem Augenblick der Verlegenheit sagte er: ›Im Moment bist du meine Geliebte.‹ Ich nickte. ›Also steckst du ihn mir jetzt in den Mund.‹ Meine Dialektik verblüffte ihn. Aber schließlich hatte er die Aufforderung ausgesprochen, und außerdem war er zu sehr Lustmensch oder einfach zu begierig, oder beides zu gleich, um sich die Gelegenheit entgehen zu lassen. Außerdem hatte er wieder einen Riesenständer, und während ich ihn nach und nach um technische Anweisungen bat, wurde er immer erregter. Ich mußte also tun, was getan werden mußte …«

»Thérèse, du machst mir angst.«

»Aber nein, du Dummkopf, es ist doch nichts dabei. Das ist einfach meine Art, die Dinge zu nehmen, wie sie kommen. Und außerdem muß man seine Pflicht erfüllen, um nicht das Gesicht zu verlieren.«

»Puh, du hast vielleicht eine Art, das alles darzulegen …«

»Schockiere ich dich, mein Geliebter? Ich habe dich immer schockiert, aber ich liebe dich.«

»Ich hasse dich. Erzähl weiter, meine Geliebte …«

»Nun, ich glaube, daß Jungen sich nicht darüber im klaren sind, aber den Schwanz eines Mannes in den Mund zu nehmen erfordert einen gewissen Heldenmut von einem Mädchen. Es ist Wahnsinn. Es ist ein größerer Liebesbeweis, als sich vögeln zu lassen, denn es erfordert eine außergewöhnliche Entschlossenheit oder, was aufs gleiche rauskommt, ein unvorstellbares Maß an Leichtfertigkeit. Am meisten natürlich beim ersten Mal. Und am allermeisten, wenn es das Geschlechtsteil des eigenen Vaters ist, das das Mädchen in den Mund nimmt. Ich nahm also den dicken und harten Schwanz meines Vaters in den Mund, und mit seinem üblichen Feingefühl erklärte er mir alle notwendigen Raffinessen. Und dann hatte ich den Mund voll von seinem Saman. Das Teufelchen in mir flüsterte mir eine zusätzliche Perversion ein. Erinnerst du dich, daß ich mich immer geweigert habe, mich von meinem Vater auf den Mund küssen zu lassen? Da jedoch, kaum daß er gekommen war, richtete ich mich auf, preßte meine Lippen auf die seinen und gab ihm so einen guten Teil seines eigenen Samens zurück. Er schien nicht verärgert über meine Initiative, sondern nutzte sie sogar, um seine Zunge mit der meinen zu vereinen. Als ich wieder zu Atem gekommen war, mußte ich lachen. ›Warum lachst du?‹ fragte er, verblüfft, weil ich noch zynischer war als er. ›Ich denke an all meine kleinen Brüder und Schwestern, die wir gerade heruntergeschluckt haben!‹ Nach einem Augenblick der Überraschung fing auch er an zu lachen. Aber ich spürte vage, daß er in seinem tiefsten Inneren erschüttert war …«

Ich lachte so sehr, daß ich fast erstickt wäre, was sich auch auf Thérèse übertrug. Ich küßte ihr die Füße und sagte:

»Ach! Du bist das größte Monster, das die Welt je gesehen hat! Der Marquis de Sade ist ein Waisenknabe gegen dich …«

»Keine Blasphemie bitte! Mein Vater indessen befolgte meinen Wunsch und war zwischen fünf und sieben wieder zu seinen alten Gewohnheiten zurückgekehrt und opferte mich ein wenig seinen Liebhaberinnen oder flüchtigen Abenteuern, worüber ich mich keineswegs beklagte, aus den bereits erwähnten Gründen. Ich für meinen Teil dehnte die Untersuchung des Perversen auf andere Gebiete aus. Da mein Vater mir, was die Moral anging, nichts mehr verbieten konnte, lieh ich mir eine Reihe erotischer Werke aus seiner persönlichen

Bibliothek und fand darin alle nötigen Ermutigungen, meine sapphischen Vorlieben zu entwickeln, die ich schon lange an mir kannte, die nur noch keine Gelegenheit gehabt hatten, zum Vorschein zu kommen. *Die Memoiren einer deutschen Sängerin* oder *Gamiani* und andere wimmelten von genauen Angaben. Außerdem konnte ich immer meinen Vater fragen, wenn ich etwas nicht verstand, doch das kam kaum vor. Unter dem Vorwand, ihnen Schallplatten vorzuspielen, schwimmen zu gehen oder mit mir Tennis zu spielen, begann ich, die Schulkameradinnen einzuladen, die mir am besten gefielen. Dann nutzte ich jede erdenkliche Gelegenheit zu einem Kuß oder einer Liebkosung. Mit einem Mädchen tanzen, ihr helfen, den Bikini auszuziehen, oder sie nach dem Duschen abtrocknen (der ›Trick‹ meines Vaters, den ich schamlos einsetzte), all das erlaubte mir, den Grad eines möglichen Widerstandes zu ermessen. Meine Selbstsicherheit und der Einfluß, den ich von da an auf viele Mädchen ausübte, taten das übrige. Ich stieß auf weniger Widerstand, als ich erwartet hatte, obgleich die meisten aus Angst oder aus Unwissenheit trotz meiner Überzeugungsversuche nicht über Küsse und harmlose Liebkosungen hinausgehen wollten. Und es gelang mir, recht regelmäßig mit drei oder vier meiner Mitschülerinnen zu schlafen, so daß ich in kurzer Zeit zu einer perfekten Lesbierin wurde. Die größte Schwierigkeit bestand natürlich darin, die heftige Eifersucht dieser jungen Dame in Griff zu bekommen, was um so schwieriger war, da es sich um Mädchen handelte, die die gleichen Kurse besuchten wie ich.

Doch auch was das angeht, zog ich mich nicht schlecht aus der Affäre ...«

»Vermeidet Zwietracht unter den weißen Schäfchen!«

»Mein Vater brauchte nicht lange, bis er Verdacht schöpfte, und wie du dir vorstellen kannst, lief ihm das Wasser im Mund zusammen. Um so mehr, da ich nur die bezauberndsten Mädchen auswählte (ich hatte immer Horror vor diesen stämmigen militanten Lesben mit Krawatte und kurzen Haaren, die aussehen wie Pfadfinder)! Mein Vater eiferte mit mir in Sachen Liebenswürdigkeit um die Wette und vertraute auf sein Glück. Was nicht lange auf sich warten ließ. Eines Nachmittages trat er wie durch Zufall in mein Zimmer, als ich gerade Zärtlichkeiten mit einem blonden Mädchen austauschte, das Florence ein wenig ähnelte. Er entschuldigte sich, doch dann setzte er sich auf die Bettkante, nutzte die Verwirrung des Mädchens aus, das vor Schreck noch wie gelähmt war, und mischte sich sofort in unser Spiel ein, bis es kein Zurück mehr gab. Ich war wütend, doch ich beschloß, das Beste daraus zu machen, und half meinem Vater sogar, mit dem schwachen Widerstand meiner kleinen Liebhaberin fertig zu werden, die er regelrecht vor meinen Augen entjungferte. Diese gehorchte einer sehr weiblichen Logik, warf mir später aber übrigens vor, die Komplizin meines Vaters gewesen zu sein, zweifellos, um ihn von Schuld freizusprechen! Da ich nicht wünschte, daß mein Vater mir noch einmal ins Gehege kam, mußte ich meine gesamte List aufbieten, um weitere Vorfälle dieser Art zu verhindern. Darüber hinaus beendete ich kurz darauf meine sexuelle Beziehung mit ihm, zunächst, um ihm meinen Groll zu spüren zu geben, und schließlich, weil ich mir nichts mehr davon versprach …«

»Hat er sich in bezug auf deine stumme Aufforderung weiterhin taub gestellt?«

»Ja. Das hat übrigens auch das Ende herbeigeführt …«

»Aha!«

»Wenn du dich über mich lustig machst, erzähle ich dir gar nichts mehr.«

»Verzeih mir, mein Liebling. Ich mache das nicht noch mal …«

Thérèse zuckte die Achseln und fuhr fort:

»Ende September wurde ich sechzehn. Rate mal, was mein Vater mir zum Geburtstag geschenkt hat!«

»Einen Dildo?«

»Idiot! Eine Gesamtausgabe des Werkes vom Marquis de Sade, in Leder eingebunden, eine wundervolle Ausgabe. Komisches Geschenk eines Vaters für seine sechzehnjährige Tochter, oder? Ein gefährliches Geschenk, das sich gegen den Spender wenden mußte. Wenige Tage nach meinem Geburtstag teilte mein Vater mir mit, daß wir Besuch von einem jungen Mann und einer ›Freundin‹ bekommen sollten. Mein Vater schien schwer beeindruckt von diesem jungen Mann. Er beschrieb ihn als einen erstklassigen Dandy, der an jedem Finger zehn Frauen hatte, und gab mir zu verstehen, daß die ›Freundin‹ zwangsläufig nur vorübergehend diesen Titel trug. Das Paar sollte zwei oder drei Tage in unserer Villa verbringen, und mein Vater wünschte, daß ich einen guten Eindruck machte. ›Soll er um meine Hand anhalten?‹ fragte ich. Er streckte flehend die Arme gen Himmel: ›Oh! Das ist keiner, der heiratet ...‹ Hast du erraten, um wen es geht?«

»Ja, jetzt schon. War das Richard?«

»Es war Richard. Mit seiner Begabung, sich erst einmal von seiner unsympathischen Seite zu zeigen, eine Begabung, die er eifersüchtig hütet. Vom ersten Augenblick an, als er mir vorgestellt wurde, haßte ich ihn, und er bemerkte es und quittierte es mit einem entwaffnenden Lächeln. Doch gleichzeitig geschah noch etwas anderes: Mein Vater, der sonst stets seine Haltung bewahrte, war wie vom Blitz getroffen, als er Richards Freundin sah, ein hübsches, aber ziemlich eingebildetes Filmsternchen. Sie verlor ihrerseits sogleich die Kontrolle über ihre einstudierten Posen und ihre zur Schau gestellte Verachtung und erlag dem Charme dieses ergrauenden Don Juan ...«

»Wie du über deinen Vater sprichst!«

»Du fängst dir gleich eine ... Diese absurde Situation amüsierte mich wahnsinnig. Richard hingegen, der zunächst versucht hatte, das Ganze mit Humor zu nehmen, wurde wütend. Schließlich mußte er mit ansehen, wie ihm, dem großen Playboy, der Erstbeste die Dame ausspannt. Das entbehrte auch für mich nicht der Komik! Und dennoch erschien mir dadurch Richard weniger hassenswert. Ich erriet, daß er im Grunde weniger in seiner männlichen Eitelkeit gekränkt war als erschüttert über so viel Geschmacklosigkeit. Und als wir nach dem Abendessen in den Park gingen, um ein wenig frische Luft zu schnappen, entschloß ich mich, ihm näherzukommen. Ein wenig vielleicht auch, muß ich zugeben, um mich an meinem Vater zu rächen. Dieser ging mit Richards Freundin vor, und es bestand nicht der geringste Zweifel, daß sie einander hinter der erstbesten Palme in die Arme fallen würden. Ich bat Richard um Feuer. Er zündete meine und seine Zigarette an, betrachtete mich und sagte: ›Fühlen Sie sich nicht verpflichtet, mir Gesellschaft zu leisten. Ich werde mich schon nicht verlaufen. Und ich brauche auch niemanden, der mir die Tränen abwischt.‹ Ich hatte mit einer derartigen Reaktion gerechnet. Ich entschied mich ebenfalls für den Zynismus: ›Nach dem, was ich über Sie gehört habe, dachte ich nur, daß Sie nicht gern alleine schlafen.‹ Ich hatte ins Schwarze getroffen, und er blieb stehen, um mich anzusehen: ›Wären Sie bereit, sich im Namen der Gastfreundschaft zu opfern?‹ Ich antwortete im gleichen Tonfall: ›Vor allem weiß ich trotz meiner Jugend, welche grausamen Bedürfnisse die Gewohnheit hervorbringt.‹ ›Sie reden wie Corneille.‹ ›Und Sie wie Valmont.‹ Entwaffnet begann er zu lachen. ›Sie sind eine charmante kleine Hure.‹ ›Warum Hure?‹ ›Bieten Sie mir nicht an, mit Ihnen zu schlafen?‹ ›Ja, aber aus reiner Herzensgüte.‹ ›Die gute Tat?‹ ›Die gute Tat.‹ ›Puh!‹ ›Ach, ich hätte Ihnen auch lieber gesagt, daß ich Sie unwiderstehlich finde …‹ ›Aber leider fanden Sie mich gleich unsympathisch.‹ ›Absolut.‹ ›Alle Frauen, mit denen ich geschlafen habe, fanden mich zuerst unsympathisch.‹ ›Also bin ich dazu bestimmt, diesen Unglückseligen Gesellschaft zu leisten.‹ ›Glauben Sie immer noch, daß wir miteinander schlafen werden?‹ ›Was spricht dagegen? Sie werden es aus Gewohnheit tun und ich aus christlicher Nächstenliebe.‹ ›Genug der Späße. Sie langweilen mich.‹ ›Wollen Sie mich der Gelegenheit berauben, meinem Nächsten zu helfen?‹ ›Wenn Sie weiter in diesem Ton mit mir sprechen, gebe ich Ihnen eine Ohrfeige.‹ ›Na gut, ich werde schweigen. Aber Sie verstehen keinen Spaß.‹ Für einen Augenblick herrschte Schweigen, in dem man nur das Geräusch unserer Schritte im Kies der Allee hören konnte. Dann fing ich wieder an: ›Ich weiß, was Sie zurückhält. Verführer wollen verführen. Es widert Sie an, wenn man sich Ihnen an den Hals wirft, noch bevor Sie auf die Idee gekommen sind, zu verführen.‹ ›Das ist ein Klischee. Was mich stört, ist die Tatsache, daß Sie nicht hingerissen sind. Wozu also wollen Sie sich mir an den Hals werfen?‹ ›Vielleicht ist das mein Geheimnis?‹ ›Nun gut, nehmen wir einmal an, Sie haben ein Geheimnis. Aber wo sehen Sie für mich einen Grund, mit einem Mädchen zu schlafen, das mich nicht begehrt?‹ ›Ich sehe ihn zunächst einmal in der Tatsache, daß es weniger banal ist als andersrum.‹ ›Stimmt.‹ ›Außerdem bin ich schön.‹ ›Stimmt.‹ ›Ich bin sechzehn Jahre alt.‹ ›Das ist nicht zu verachten.‹ ›Ich bin keine Jungfrau mehr.‹ ›Um so besser.‹ ›Und schließlich biete ich es Ihnen an.‹ Er schwieg einen

Augenblick, dann fügte er hinzu: ›All diese Argumente sind stichhaltig. Zumindest für mich. Der Beweis ist, daß sie mich erregen, wenn Sie sehen, was ich meine.‹ ›Ich sehe‹, sagte ich und strich über seinen Hosenschlitz. ›Dennoch …‹ ›Dennoch?‹ ›Dennoch muß ich Ihnen sagen, worauf Sie sich einlassen.‹ ›Sagen Sie es.‹ ›Wenn ich mit Ihnen schlafe, nehme ich Sie anal.‹ ›Endlich!‹ ›Endlich was?‹ ›Endlich.‹ ›Sie sind einverstanden?‹ ›Ich bitte Sie darum.‹«

Thérèse lief nun wieder im Zimmer auf und ab. Sie wirkte unendlich viel entspannter. Sie lehnte sich an das Fenster und beendete ihre Geschichte:

»Ich ging in das Zimmer, das für ihn und seine Freundin vorbereitet war, und alles lief wie angekündigt. Er tat mir sehr weh, doch er zeigte sich sehr zuvorkommend und pflegte mich danach, so gut es ging. Wir schliefen eine Weile, und als wir erwachten, fragte ich ihn: ›Glauben Sie, Sie könnten mich ein Jahr lang ertragen?‹ ›Möchten Sie, daß ich Sie mitnehme und wir zusammen wohnen?‹ ›Ja. Ein Jahr. Keinen Tag mehr oder weniger.‹ ›Als würden wir eine Art Vertrag schließen?‹ ›Ja.‹ ›Ich habe noch nie so lange mit der gleichen Frau zusammengelebt.‹ ›Man muß eben ein Risiko eingehen.‹ ›Und Ihr Vater?‹ ›Sie sorgen dafür, daß ich mein Studium fortsetze und passen auf mich auf und so weiter …‹ ›Sie wechseln also schlichtweg den Vater.‹ ›Nein, ich wechsle den Liebhaber.‹ ›Ah!‹ ›Eine Sache noch.‹ ›Was?‹ ›Ich bin lesbisch.‹ ›Interessant. Ich bin schwul.‹ ›Hätte ich mir denken können!‹ Und wir mußten lachen. Während ich meine

Sachen packte – natürlich vergaß ich auch mein Geburtstagsgeschenk nicht –, setzte er einen Brief an meinen Vater auf, in dem er ihn bat, keine Anzeige zu erstatten, und in dem er sich nicht nur verpflichtete, für mich zu sorgen, sondern auch, ihn regelmäßig über meine Gesundheit und über den Stand meiner Studien zu unterrichten. Auf der Rückseite des Briefes schrieb ich mit einem roten Stift in Großbuchstaben: ›MEIN ARSCHLOCH WAR NOCH ZU NEHMEN. DAS IST NUN VOLLBRACHT. THÉRÈSE.‹ Nachdem er das gelesen hatte, betrachtete mich Richard mit einem kleinen Lächeln, als wolle er sagen: ›He, da habe ich mich ja auf einen komischen Vogel eingelassen!‹ ›Bedauerst du es?‹ fragte ich. ›Nein, ganz im Gegenteil: Langsam wird es interessant.‹ ›Weißt du was?‹ ›Nein.‹ ›Du hast mich in den Arsch gefickt und hast mich noch nicht einmal geküßt.‹ Und wir tauschten unseren ersten Kuß aus ...«

Ich befand nun, daß Thérèse genug aus ihrer Vergangenheit erzählt hatte. Und da ihr Bericht sie ein wenig von ihrer Sorge abgelenkt hatte, gab ich zu bedenken, daß es doch wohl absurd sei, ein Hotelzimmer lediglich dazu zu mieten, eine Besprechung abzuhalten. Sie stimmte mir zu, und ich war ihr dabei behilflich, ihre Kleidung auszuziehen, sie erwies mir den gleichen Dienst. Es war das erste Mal seit unserer letzten Nacht in V...-le-Château, daß wir uns alleine in einem Zimmer befanden. Als wir nackt voreinander standen, wurden wir von einer großen Zärtlichkeit erfaßt. Unser Kuß wollte kein Ende mehr nehmen. Dann trug ich sie zum Bett, um zunächst mit einer Neunundsechziger-Stellung zu beginnen, wobei ich versuchte, die Feuchtigkeit aufzusaugen, die sich im Laufe des Berichtes über ihre vergangenen Heldentaten in ihrer Spalte angesammelt hatte, während sie an meinen Eiern und meinem Schwanz knabberte, um mich in den gleichen Erregungszustand zu versetzen, in dem sie sich befand. Doch mir schien, es gab keine liebevollere Art, auf ihr Geständnis zu antworten, als (wenn auch nachträglich) den Wunsch zu erfüllen, den es beinhaltete. Ich mußte in Ermangelung von etwas Besserem ein wenig von der erwähnten Feuchtigkeit leihen, um Thérèses Rosette leicht zu benetzen, in dessen enge Öffnung ich nacheinander alle Finger meiner rechten Hand, vom kleinen Finger bis zum Daumen, hineinschob. Bald befand ich, daß der Weg begehbar war, vor allem aber fühlte sich mein Schwanz an wie ein Betonpfeiler (zweifellos die Nachwirkung des Berichtes über Thérèses erste Liebesabenteuer). Und als ich in Thérèses Poloch eindrang, konnte man, glaube ich, ihre Schreie in der ganzen Rue de Buci hören ...

Als wir aus unseren Träumereien erwachten, kamen wir überein, daß es das beste sei, uns wegen Florences und Philippes Liebesabenteuer (schon diese Formulierung kam mir nur schwer über die Lippen) nichts anmerken zu lassen. Außerdem hatten wir es gerade selbst getrieben, und es hätte schon eine gute Portion Heuchelei gebraucht, die Moralprediger zu spielen! Offen gestanden, gab es nur zwei Möglichkeiten. Entweder mußte man die beiden Originalpaare, die sich einander am Hochzeitsabend von Philippe und Thérèse versprochen hatten, durch zwei neuen Paare ersetzen (Thérèse und ich; Florence und Philippe), zwischen denen sich jedoch unter den gegebenen Umständen ein Abgrund auftäte, der mit jedem Tag größer würde. Oder man mußte sich einfach damit abfinden, daß sich der Sittenverfall in unserem Leben zu viert allmählich zuspitzte, wie die letzten Ereignisse bereits angekündigt hatten. Natürlich war es die zweite Lösung, die uns logischer und weniger unangenehm erschien und die zugleich am wenigsten das Risiko barg, zweifelhafte Auseinandersetzungen insbesondere zwischen den jungen Eheleuten hervorzurufen. Man konnte diese Lösung als das fatale Ergebnis der »thérèsianischen« Politik betrachten.

Als nun die Sittenlosigkeit, die Thérèse eingeführt hatte, unter uns die Oberhand zu gewinnen schien, empfand diese, wie man sehen konnte, die Sache gleichwohl als eine große Niederlage. Es gab nichts, was sie mehr in Angst und Schrecken versetzte, als wenn sie die Kontrolle über die Ereignisse verlor. Schließlich brachte sie die gesamte Klugheit des Herzens und des Körpers auf, um die Begierde zu regulieren, sie vor den Schwankungen des Schicksals und den drohenden Gefahren des Zufalls zu beschützen, wobei sie jedoch stark die Laune und die Phantasie in Betracht zog. War Thérèse auf ihrem eigenen Gebiet geschlagen worden? Man mußte ihr jedoch die ihr eigene Heldenhaftigkeit zugute halten und diese unnachahmlich

Art, nicht aufzugeben, wo andere längst den Rückzug angetreten hätten …

Und so kam sie mit dem Entschluß nach Hause, die Verantwortung für den Schiffbruch zu übernehmen, statt das Boot auflaufen zu lassen! Hatte der Wind der Leidenschaft kräftiger geweht, als sie es vorausgeahnt hatte? Nun, sie mußte nur die Fenster weit öffnen, damit dieser Wind sich in der Wohnung verfing. Und noch am selben Abend dieses stürmischen Tages verdammte sie mich dazu, ganz allein zu schlafen, und zwar mit der faulen Ausrede, ich hätte den Krisenherd verlassen, um zu einem Jungen zu gehen (fehlte nur noch, daß sie mich der Homosexualität bezichtigte!), während sie und Florence mit Philippe ins Bett gingen. Ich konnte kaum ein Auge zutun, denn ich war es nicht mehr gewöhnt, allein zu schlafen. Am frühen Morgen kam Florence zu mir, nackt und beschämt, und schluchzend schliefen wir miteinander. Wir liebten uns immer noch, doch Eros Wagen rollte über uns hinweg und zerquetschte unsere Herzen und unsere Glieder!

Nachdem ich in Thérèses Fall die Auswirkungen der autobiographischen Geheimnisse überprüft hatte, forderte ich Florence auf, mir die Umstände ihrer Einführung in die Liebe zu berichten. Diese waren, was mich nicht überraschte, weit banaler als die, die Thérèse zuteil geworden waren:

»Mein Eltern sind einfache Leute. Mein Vater ist Werkmeister bei Renault, meine Mutter Hausfrau. Ich bin ihr einziges Kind. Wir bewohnen die gesamte sechste Etage eines alten Hauses, die Zimmer unserer Wohnung sind um einen langen Korridor gruppiert, was mehr einem Hotel ähnelt als einer Wohnung. Ich habe auf dem Land ein paar großbürgerliche Onkel, Tanten, Cousins und Cousinen mütterlicherseits, die uns von oben herab ansehen, weil mein Vater bei Renault ist. Trotzdem kommen sie, wenn sie in Paris sind, lieber zu uns, als ins Hotel zu gehen, weil sie wissen, daß wir Platz haben. Meinen Vater macht das wütend, doch meine Mutter traut sich nicht, nein zu sagen. Vor ungefähr einem Jahr, in der Examenszeit, fragte ein Cousin, ob wir ihn eine Woche beherbergen könnten, weil er an den Aufnahmeprüfungen für Wirtschaftsprüfer (ich erinnere mich so genau daran, weil ich vorher noch nie davon gehört hatte) an der technischen Hochschule teilnehmen wollte. Meine Eltern willigten ein, und der Cousin traf Anfang Juni bei uns ein. Es war ein Junge von etwa zweiundzwanzig oder dreiundzwanzig Jahren, der recht eingebildet war (er erzählte zum Beispiel unaufhörlich, was für Riesensummen ein Wirtschaftsprüfer verdient, und mein Vater knirschte mit den Zähnen), aber dennoch nicht auf den Kopf gefallen. Er gewann die Gunst meiner Eltern, indem er ihnen einen guten Tropfen oder Kuchen mitbrachte und sie sogar ins Theater mitnahm, ins Châtelet, glaube ich. Ich brauche wohl nicht zu sagen, daß er mich sofort in Augenschein genommen hat (er hatte mich drei Jahre nicht gesehen, und statt der uninteressanten kleinen Göre stand plötzlich ein junges Mädchen vor ihm, das … na ja, ich war eben so wie jetzt, vor einem Jahr, außer daß ich Jungfrau war!). Zwar nicht am Abend seiner Ankunft, doch am Abend darauf – ich lag im Bett, las und rauchte eine Zigarette – klopfte es leise an die Tür. Ich sagte zu mir: ›Sieh an! Mein Cousin ...‹ Laut sagte ich: ›Herein!‹, und er trat ein. Er trug einen geschmacklosen, doch gut geschnittenen und offensichtlich teuren Hausrock (im englischen Stil, einfach grauenhaft). Er sagte: ›Entschuldige, ich konnte nicht schlafen und habe durch den Türspalt gesehen, daß bei dir noch Licht brennt (sein Zimmer lag gegenüber von meinem). Ich wollte dich fragen, ob du mir ein Buch leihen kannst.‹ ›Ein Buch? Was für eins?‹ fragte ich und zeigte auf meine Bücher im Bücherregal. ›Was liest du denn gerade?‹ fragte er und warf einen Blick über meine Schulter. Ich vergaß zu sagen, daß ich, obgleich ich wirklich nicht auf diesen Besuch vorbereitet war (oder hatte ich es mir vielleicht gewünscht, daß er kam, ohne es mir selbst einzugestehen?), mein Haar so frisiert hatte, daß es hübsch über meine Schultern fiel und meine Pyjamajacke zwischen den Brüsten lediglich von einem einzigen Knopf zusammengehalten wurde. (Und ich rauchte eine Zigarette, weil mein Vater nicht wollte, daß ich am Tisch rauchte.) Das nur am Rande, damit du siehst, daß mein Cousin mir weniger aus literarischer Neugier über die Schulter schielte, als um einen Blick auf mein Dekolleté zu erhaschen! Doch er bekam fast einen kleinen Herzinfarkt, als er ein paar Zeilen entziffert hatte: Ich las nämlich gerade *Emanuelle*, das eine Schulkameradin mir geliehen hatte. ›Oh, die kleine Cousine hat ja eine merkwürdige Lektüre!‹ sagte er und setzte sich neben mich auf das Bett. ›Ach, weißt du, das ist auch nicht schlechter als andere Bücher.‹ ›Bringt dich das nicht auf Gedanken?‹ ›Gedanken? Was für Gedanken?‹ ›Das nachzumachen.‹ ›Ach, weißt du, ich bin doch noch ein Kind.‹ ›Ein Kind, wirklich?‹ Er hatte eine Hand auf meine rechte Brust gelegt, und als er sah, daß ich keinen Widerstand leistete, begann er, mich durch den Stoff des Pyjamas zu streicheln. ›Was magst du lieber, solche Sachen lesen oder gestreichelt werden?‹ ›Ich mag beides gern.‹ Er rückte näher, und bei dieser Bewegung konnte ich unter seinem Hausrock für den Bruchteil einer Sekunde seinen rosigen und steilen Schwanz sehen. Was mir in bezug auf die Wahl, vor die ich, wie ich spürte, sehr bald gestellt werden sollte, Klarheit verschaffte. Das mag dich vielleicht überraschen, aber jedes Mädchen weiß, wie selten es vorkommt, daß man die körperliche Liebe mit jemandem entdeckt, den man liebt. Wenn sich dann, unter nicht allzu jämmerlichen Bedingungen, die Gelegenheit bietet, zu einem Entschluß zu kommen ... Nun, der Cousin gefiel mir nicht besonders, aber ich wußte, daß ich ihn erregte (den Beweis hatte ich gesehen). Wenn er in den folgenden Minuten nicht zu grob war und sich verpflichtete, Vorsichtsmaßnahmen zu ergreifen, konnten wir ins Geschäft kommen. Ansonsten hätte ich nur um Hilfe zu rufen brauchen, und mein Cousin hätte von meinem Vater – der über diese Gelegenheit sicher entzückt gewesen wäre, um sich an seiner angeheirateten Verwandtschaft zu rächen – einen Tritt in den Hintern bekommen. Der Cousin wollte mich küssen, doch ich führte sofort meine Zigarette an den Mund und verhinderte so das Manöver. So schob er seine zweite Hand über meine Schulter und streichelte nun auch die linke Brust. ›Du bist hübsch, weißt du das?‹ ›Ich weiß.‹ ›Hat dir das schon jemand gesagt?‹ ›Das hat mir schon jemand gesagt.‹ ›Und wie ist das für dich?‹ ›Es gefällt mir.‹ ›Und was ich tue, gefällt dir auch?‹ ›Ja.‹ Dann öffnete er den einzigen Knopf, der meine Pyjamajacke zuhielt, und berührte meine nackte Brust. Ich wehrte mich immer noch nicht. Ganz im Gegenteil, ich legte die Zigarette im Aschenbecher ab und ließ mich küssen, wobei ich zunächst noch Lippen und Zähne zusammenpreßte und sie erst allmählich öffnete, ohne jedoch seinen Zungenkuß zu erwidern. Meine Passivität schockierte ihn. ›Warum läßt du einfach alles über dich ergehen?‹ ›Weil es angenehm ist, und weil ich wissen möchte, worauf du hinauswillst.‹ ›Kannst du das nicht erraten?‹ ›Nein.‹ ›Hast du schon mit einem Mann geschlafen?‹ ›Nein.‹ ›Warum nicht?‹ ›Was stellst du mir für Fragen? Ich komme mir vor wie auf dem Kommissariat.‹ Er lachte. ›Willst du mir nicht antworten?‹ ›Doch. Erstens weil ich Angst habe, daß es weh tut. Zweitens weil ich kein Kind kriegen möchte.‹ ›Und wenn ich dir nicht nur verspreche, dir kein Kind zu machen, sondern auch, daß ich versuchen werde, dir so wenig wie möglich weh zu tun?‹ ›Was dann?‹ ›Wenn ich dir das verspreche, schläfst du dann mit mir?‹ ›Wie wirst du das machen?‹ ›Ich kann ein Präservativ überziehen.‹ ›Ich möchte lieber, daß du vorher rausgehst.‹ ›Wie du willst.‹ ›Und der Schmerz?‹ ›Ich werde dich erst ganz lange streicheln. Und dann können wir auch eine milde Creme nehmen. Aber ich kann nicht versprechen, daß es überhaupt nicht weh tut.‹ ›Wenn es weh tut, schreie ich.‹ ›Um Gottes willen, wenn du das machst ...‹ Er wurde grün im Gesicht. Ich fing an zu lachen. ›Es hängt von dir ab, nicht von mir‹, und ich machte ihm Platz in meinem Bett. So habe ich meine Unschuld verloren ...«

»Hattest du Schmerzen?«

»Ein bißchen. Er hat wirklich getan, was er konnte, und als ich Schmerzen hatte, hat er mir seine Hand hingehalten, zum Reinbeißen. Ich habe ganz schön fest zugebissen. Fast hätte er geschrien!«

»Kleines Ungeheuer!«

»Wir zwingen niemanden, uns zu entjungfern. Aber derjenige, dem ein sechzehnjähriges Mädchen sich anbietet, muß in irgendeiner Weise spüren, daß man ihm einen Gefallen tut!«

»Also muß er dafür bezahlen?«

»Jedenfalls war er am nächsten Abend wieder da: klopf klopf. Nein, aber überleg mal: Wenn er andere Mädchen gewollt hätte, hätte er sich anstrengen, Geld ausgeben müssen, was weiß ich. So brauchte er nur einmal über den Korridor zu gehen. Er nahm seinen kleinen rosigen Schwanz in die Hand und klopfte an die Tür! Ich mache ihm keine Vorwürfe, schließlich habe ich mich ja drauf eingelassen, aber gib doch zu, daß es kinderleicht für ihn war! Versetz dich mal in seine Lage ...«

»Lecker, lecker!«

»Hör auf, hör auf, dich über mich lustig zu machen, oder ich erzähle gar nichts mehr ...«

»Geht es noch weiter?«

»Natürlich, der besagte Cousin war nämlich ein Stratege. Er wollte in der kurzen Zeit, die er in Paris war, meine erotische Erziehung abrunden. In der Nacht nach meiner Entjungferung gelang es ihm, dank seiner Überzeugungskraft und mit Hilfe von Vaseline, mich nach allen Regeln der Kunst in den Arsch zu ficken. Im Ernst: nicht nur, daß ich praktisch nicht gelitten habe, aber das Gefühl war derart unerwartet, derart außergewöhnlich, daß ich behaupten kann, daß jene Nacht für mich wichtiger war als die erste (wohingegen der Beischlaf trotz allem, was er an Neuem bringt, für ein Mädchen etwas Erwartetes, Gewöhnliches ist, von dem sie eine gewisse Vorstellung hat, auch weil sie sich selbst befriedigt und bestimmte Gegenstände in ihre Scheide eingeführt hat). Sicher ist das auch eine Frage des Körperbaus. Denn du weißt, daß Thérèse, obwohl Richard sie ein Jahr lang jede Nacht von hinten genommen hat, jedesmal einen gewissen Schmerz verspürt, wenn sie auf diese Weise einen Mann empfängt ...«

»Obwohl sie es so liebt!«

»Obwohl sie es so liebt, in der Tat. Wenn das nicht psychologisch ist ...«

»Das würde mich nicht wundern. In der Liebe sind wir alle etwas merkwürdig.«

»Etwas merkwürdig, ja. Um die Geschichte mit meinem großen Entjungferer zu Ende zu bringen, in der dritten Nacht ...«

»Hat er deinen Mund entjungfert!«

»Wer hat dir das gesagt?«

»Ein Mädchen von sechzehn Jahren, das in einer Nacht dreimal entjungfert wurde, in V...-le-Château.«

»Ach, V...-le-Château ... Alle haben sich gut rangehalten, außer mir.«

»Bereust du es, daß du dort keine andere Liebhaber hattest als Thérèse und mich?«

»Bereuen, wozu sollte das gut sein? Ich bin dort hingefahren, um mit dir zu schlafen. Und ich habe mit dir geschlafen. Aber wir waren nicht allein ...«

»Und du hättest dir gewünscht, daß wir zwei dort allein gewesen wären?«

Florence war leichenblaß geworden. Sie konnte nicht mehr sprechen. Sie senkte nur die Lider, um ja zu sagen, und zwei dicke Tränen rannen ihre Wangen herab.

»Florence, Liebste, möchtest du, daß wir zwei heute nacht ganz allein sind? Ich habe das Gefühl, daß Thérèse vorhat, irgendwann mit uns eine Orgie zu veranstalten. Willst du, heute nacht?«

»Ja, Francis. Ja, Liebster. Ich denke ebenso wie du, daß es später sicher zu spät sein wird ...«

Man mag sich vielleicht darüber wundern: Weder ich noch Florence konnten je darüber sprechen, was wirklich zwischen ihr und Philippe vorgefallen war (und diesmal meine ich damit echte Gefühle). Wir konnten einfach nicht, das ist alles, auch wenn es verwunderlich klingt.

Es kostete mich einige Überwindung, Thérèse unseren Entschluß, in der kommenden Nacht zusammen zu schlafen, mitzuteilen. Doch sie sah, daß ich fest entschlossen war, sogar bereit, das Haus zu verlassen, wenn es sein mußte (wo zum Teufel hätte ich hingehen sollen, mit meinem Gymnasiasten-Taschengeld?), und so gab sie nach. Vielleicht war sie auch begeistert von meiner festen Entschlossenheit, denn es erlaubte ihr, eine Nacht mit ihrem Ehemann (komisch, daß das Wort in diesem Bericht so selten auftaucht) zu verbringen, ohne Anspruch darauf erhoben zu haben. In der Tat war die Lage schon für Florence und mich nicht gerade entspannt, und ich gebe gerne zu, daß die Probleme, die sich dem jungen Ehepaar stellten, weit besorgniserregender waren! In der kurzen Zeit, die ihnen noch blieb, ehe sie Frankreich verließen, mußten sie herausfinden, ob sie nach der Erfahrung mit unserer Viereckbeziehung zusammenleben konnten, und, wenn ja, in welcher Weise. Denn Florence und ich blieben selbstverständlich in Paris …

Die Nacht, die auf die folgte, von der ich gerade sprach, war für mich voller Süße, trotz des Gewitters, das sich über uns zusammenbraute, denn Florence und Thérèse kamen beide in mein Zimmer und, im Gegensatz zu dem, was in V...-le-Château geschehen war, schliefen wir nun wirklich alle drei miteinander. Im Grunde war es mir relativ egal, daß sie zwei Nächte zuvor mit meinem Bruder geschlafen hatten. Waren sie nicht alles für mich? Sie zogen sich schweigend aus, drehten sich zu mir um, dann zog Florence mein Hemd aus und Thérèse meine Hose. Darauf legten sie sich ins Bett, umarmten, küßten und streichelten sich. Aber dieses Mal stießen sie mich nicht weg, als ich ebenfalls begann, sie zu küssen und zu streicheln. Es kam der Augenblick, in dem sie eine Stellung einnahmen, in der sie einander lecken konnten, jedoch nicht übereinander, wie in V...-le-Château, sondern diesmal lagen sie auf der Seite, damit auch ich mitmachen konnte, wenn ich wollte. Und ich wollte unbedingt. Da ich ihnen ihre gegenseitige Liebkosung nicht vorenthalten wollte, blieb nur die Möglichkeit, sie nacheinander rückwärtig zu nehmen. Was ich auch tat, wobei ich zunächst in Thérèse eindrang, jedoch rausging, noch bevor ich gekommen war, um mich auf die andere Seite des Paares zu begeben. Dann nahm ich Florence, diesmal jedoch entschlossen, bis zum letzten zu gehen. Thérèse half mir dabei, hüllte meinen Po in ihr langes schwarzes Haar und, als sie spürte, daß ich kurz vor dem Höhepunkt war, liebkoste sie mit Lippen, Zunge und Zähnen Florences Öffnung, die ich bezwang, und zugleich den Ansatz meines Schwanzes, meine Eier und mein eigenes Poloch. Dann drang Thérèses Zunge in meinen Arsch ein, und zwar genau in dem Moment, in dem mein Samen in den von Florence spritzte.

Ich brauche wohl nicht zu sagen, daß es ein ganz besonderer Augenblick war. Wenig später liebte ich Thérèse, wobei ich Florence leckte, während die beiden Mädchen sich auf den Mund küßten und die Brüste streichelten. Natürlich mißfiel mir das keineswegs, doch ich muß zugeben, daß die vorausgehende Figur für mich eine noch größere Anziehungskraft barg, und wenn wir noch einmal von vorne begonnen hätten, so hätte man die Reihenfolge der Episoden umkehren müssen. Die dritte Episode (die für mich zweifellos die letzte war) war recht kurios. Thérèse und Florence hatten sich ausgedacht, sich auf allen vieren vor mich zu knien, während ich mich ebenfalls aufs Bett kniete, den Oberkörper jedoch aufgerichtet. Wange an Wange empfingen ihre weit geöffneten Münder abwechselnd mein steifes Glied, das nur jeweils einen kurzen Augenblick verharren durfte. Eine ziemlich frustrierende Erfahrung, denn sie beraubte mich der Geborgenheit, die ein einziger Mund bietet, in dem das Glied sich behaglich fühlt. Kurz bevor ich mich entlud, stritten sie fröhlich und gierig darum, wer den Samen in Empfang nehmen durfte, und schließlich teilten sie sich ihn in einem langen Kuß, während ihre Zähne und Zungen endlos Speichel und Samen vermischten.

Am nächsten oder übernächsten Tag beauftragte Thérèse mich mit einer geheimen Mission. Ich mußte ein geheimnisvolles Paket bei Berthe abholen, die nun in Thérèses altem Zimmer wohnte, das seit der Hochzeit leerstand. Ich wurde etwas sentimental, als ich diese Treppe hinaufstieg, die eine so entscheidende Rolle bei meiner »Gefühlsausbildung« gespielt hatte! Und ich wurde wieder von der gleichen Aufregung erfaßt, als ich an die Tür klopfte, wie an dem Tag, an dem ich Thérèse zum ersten Mal besuchte. Berthe, die über mein Kommen unterrichtet worden war, öffnete, die übliche Zigarette zwischen den Lippen, die sie höflicherweise einen Moment entfernte, um mir einen Begrüßungskuß zu geben. Ich hatte sie lange nicht gesehen, fast zwei Monate. Ihre statuenhafte Schönheit beeindruckte mich, als würde ich sie jetzt erst entdecken, und ich konnte nicht umhin, ihr zu sagen:

»Wie schön du bist!«

Sie lächelte, und ich konnte an ihren Augen sehen, daß sie mich in guter Erinnerung behalten hatte. Ich setzte mich neben sie aufs Bett und betrachtete das Zimmer. Sie folgte meinem Blick:

»Ja, ich habe alles etwas verändert. Findest du das schlimm?«

»Aber Berthe, du wohnst doch jetzt hier, es gibt keinen Grund, Thérèses Einrichtung zu lassen …«

»Nein, es gab wirklich keinen Grund … Aber trotzdem, du weißt, daß es diese Einrichtung war, in der ich zum ersten Mal mit Thérèse geschlafen habe … Und auch du, denke ich …«

Ich dachte: »Noch eine, die wie Richard sagen könnte, daß man von Thérèse nie geheilt wird!«

Laut sagte ich: »Ja, Berthe. Aber das ist immer noch kein Grund. Das Leben geht weiter und Erinnerungen sind nicht gut für uns, sie ersticken uns und hindern uns daran, weiterzuleben …«

»Francis, was für eine Lebenserfahrung du hast! Ich habe den Eindruck, einen alten Mann von fünfundvierzig Jahren vor mir zu haben!«

Es war das erste Mal, daß ich sie lachen sah. Nicht gerade laut, aber immerhin. Ich sagte es ihr. Sie wurde wieder ernst:

»Vielleicht bin ich nicht dazu geschaffen, glücklich zu sein ...«

»Warum nicht, Berthe? Du bist schön, du bist intelligent, du liebst die Liebe ...«

»Was weißt du schon davon? Ach was, laß uns lieber von deiner Liebe reden ...«

Natürlich wußte sie, daß Florence bei mir wohnte, unter einem Dach mit Thérèse und Philippe. (Das war übrigens, nehme ich an, auch der Grund, aus dem Thérèse nicht selbst zu Berthe gekommen war. Sie fürchtete wahrscheinlich eine Eifersuchtsszene.) Doch sie wußte nichts von der vielfältigen Entwicklung unserer erotischen Beziehungen und schien ziemlich erschrocken, als ich ihr von unserer alltäglichen Sittenlosigkeit erzählte. Ich konnte ihr kein besseres Beispiel nennen als die Nacht, die ich gerade erst mit Florence und Thérèse verbracht hatte und die ich ihr in allen Einzelheiten erzählte. Es war sehr warm, und Berthe trug nur ein leichtes, hautenges Kleid aus bedrucktem Kattun: Ihre Brustwarzen zeichneten sich darunter ab, was ich gleich bei meiner Ankunft bemerkt hatte (daher auch mein Ausruf: »Wie schön du bist!«), ich versuchte jedoch, meine Aufmerksamkeit nicht zu sehr darauf zu richten, denn ich wußte, daß Berthe für mich tabu war. Nun, ich bemerkte, daß mein Bericht über mein Herumtollen mit Florence und Thérèse sie sehr aufwühlte. Erregt von ihrer Erregung, konnte ich der Versuchung nicht widerstehen, ihre Brüste zu berühren. Zu meiner großen Überraschung ließ sie mich gewähren. Ich setzte meinen Bericht fort und streichelte sie und küßte ihren Hals (sie rauchte weiter, wie sie es immer tat, daß heißt, praktisch ohne je die Zigarette aus dem Mund zu nehmen, außer wenn sie sprach). Doch da ich spürte, daß ihre Erregung wuchs, unterbrach ich meinen Bericht und sagte:

»Berthe, weißt du, daß Thérèse aus mir eine wenn auch nicht perfekte, aber zumindest annehmbare Lesbe gemacht hat, und zwar genau hier? Willst du, daß ich dich streichle? Ich verspreche dir, nicht weiterzugehen.«

Sie antwortete nicht. Also nahm ich die Zigarette aus ihrem Mund, nahm sie in den Arm, zog sie sie hoch und streifte ihr das Kleid über den Kopf. Sie war nackt, bis auf einen winzigen, schwarzen Spitzenslip, den sie sich ohne Protest ausziehen ließ. Sie drehte den Kopf weg, als ich sie zu küssen versuchte, doch sie erwartete, daß ich sie streichelte. Als ich sie so nackt vor mir sah, mußte ich einfach immer wieder mit wachsender Begeisterung sagen:

»Wie schön du bist!«

In der Tat, ich hatte noch nie einen wundervolleren Körper gesehen. Thérèse war zweifellos erregender, Florence rührender, Claire eleganter. Doch Berthe war unbestreitbar die Schönste. Und nahezu andächtig (auch wenn man vielleicht über den Ausdruck lachen muß), begann ich sie zu streicheln. Gleichzeitig, da ich mich erinnerte, es mit einer Spezialistin zu tun zu haben, was weibliche Zärtlichkeit betraf, hatte ich ein wenig das beklemmende Gefühl, eine Prüfung bestehen zu müssen, und ich gab mir große Mühe! Sie hatte keine Hemmungen, meine Arbeit zu ergänzen und begann beispielsweise, wie verrückt ihren Kitzler zu reiben (in einem mir fremden Rhythmus), während ich meine Zunge in ihre Vulva tauchte. Ich leckte sie eine ganze Weile, als sie sich plötzlich ohne Vorwarnung zurückzog. Ich glaubte, daß sie nun genug hatte. Als ich den Kopf hob, sah ich ihren sanften, geheimnisvollen Blick. Nachdem sie mich einen Augenblick schweigend angesehen hatte, sagte sie:

»Zieh dich aus und mach's mit mir.«

Ich fiel aus allen Wolken: Berthe, die man mir als eine Frau vorgestellt hatte, die endgültig mit dem männlichen Geschlecht abgeschlossen hatte, bat mich, mit ihr zu schlafen! Ich muß hinzufügen, daß das, was auf dem Papier zu einer Aneinanderreihung zweier Imperative wurde, in Wirklichkeit nichts anderes war als eine einzige, sehr rührende Bitte. Der ich eilig nachkam. Und ich bereute es nicht. Berthe wußte mit Männern ebenso gut Liebe zu machen wie mit Frauen, und unsere Vereinigung war für mich besonders angenehm. Sie erlaubte mir, tief in ihrem Innersten zu spritzen, während sie mir zudem einen sehr innigen und tiefen Kuß zugestand.

»Was für eine merkwürdige Lesbierin du bist!«

Sie lächelte, als sie sich von mir löste, um sich zu waschen. Während sie weg war, betrachtete ich etwas genauer die Veränderungen, die sie in dem Zimmer vorgenommen hatte, in dem nun indische Tücher gespannt und Poster von nackten Mädchen aufgehängt waren, die eine Art Altar für die angebetete Weiblichkeit darstellten. Ich war sehr befriedigt, den Kult auf meine Weise betrieben zu haben!

Soweit meine Überlegungen, als es zaghaft an die Tür klopfte. Immer noch nackt kam Berthe aus dem Waschraum gestürzt, um zu öffnen. In der Tür erschien ein bezauberndes, sehr junges Mädchen mit grünen Augen und langen roten Zöpfen, das mit offenem Mund staunte, erstens weil Berthe sie splitternackt empfing, und zweitens weil ein ebenfalls nackter Junge sie betrachtete. Berthe nahm die Neue in ihren Arm und küßte sie auf den Mund, doch es gelang ihr nicht, das Mädchen zu beruhigen. Also wich Berthe ein Stück zurück, drehte sich zu mir um und sagte:

»Francis, das ist Sarah! Sarah, das ist Francis!«

Doch der Blick des Mädchens hatte etwas Seltsames, und erst jetzt bemerkte ich, daß Sarahs Ankunft bei mir eine unleugbare Erektion bewirkt hatte!

»Aber Berthe!« sagte Sarah in einem vorwurfsvollen Ton.

»Sarah wirft mir vor, meinen Schwur, das gesamte männliche Geschlecht zu hassen, gebrochen zu haben. Ich war schwach, Sarah, du mußt mir verzeihen!«

Ich näherte mich den beiden eng umschlungenen Mädchen und sagte, als ich alle Skrupel abgeschüttelt hatte:

»Du verdienst es nicht, daß man dir verzeiht, Berthe! Sarah ist ein so wunderbares Geschöpf, daß es unverzeihlich ist, sie mit einem unwürdigen

Individuum meines unwürdigen Geschlechts betrogen zu haben!«

Und dann, von der Verwirrung der Neuen profitierend, küßte ich ihre Lippen, während ich die beiden Freundinnen umarmte.

»Sie ist hübsch, nicht wahr?« flüsterte Berthe liebevoll.

»Bezaubernd, aber sie hat viel zuviel an!«

Berthe und ich waren sogleich zu Komplizen geworden und zogen die hübsche Rothaarige aus, die sich mit aller Kraft wehrte, entsetzt und entzückt zugleich ob so viel Lüsternheit. Wir kamen schnell zur Sache. Was für ein hübsches Ding sie war! Ihr ansonsten milchweißer Körper leuchtete hier und dort rosig, und an manchen Stellen funkelten kleine rote, fast kastanienfarbene Härchen. Ich streichelte eine Brust, Berthe die andere. Was jetzt? fragte ich Berthe mit dem Blick.

»Willst du sie?« fragte sie halblaut.

Ich nickte eifrig. Sarah lauschte unserem Dialog verwirrt und auf das Schlimmste gefaßt. Berthe flüsterte ihr ins Ohr:

»Francis hat Lust, mit dir zu schlafen. Er wird dir nicht weh tun. Er ist sehr nett. Aber zuerst werde ich dich streicheln ...«

Ich wohnte nun einer Darbietung bei, die sich sehr von denen unterschied, zu deren Zeuge mich Thérèse und Florence gemacht hatten. Berthe ließ sich sehr viel mehr Zeit und ging methodischer ans Werk, war zudem weit mehr darauf bedacht, Lust zu schenken, als selbst zu gewinnen und gleichzeitig versuchte sie, ihrer jungen Liebhaberin die Angst vor dem zu nehmen, was sie erwartete. Sarah war, wie ich später erfuhr, erst vierzehn Jahre alt! Abgesehen von der pädagogischen Strenge der Vorführung, beeindruckte mich das Schauspiel vor allem durch die sehr gegensätzliche Schönheit (auf der einen Seite zweifellos die von Gombrowicz so gefeierte »Unreife«, auf der anderen Seite die Vollfrau in ihrer ganzen Pracht). Als ich ins Spiel kommen sollte, sagte Berthe mir halblaut:

»Sie ist keine Jungfrau mehr: Ich habe sie entjungfert ...«

Diese Information erleichterte mich und nahm mir die Angst, das junge Mädchen zu verletzen. Dennoch verdoppelte ich meine Vorsicht, aber ich drang mühelos ein und hatte das Glück, daß Sarah schon nach kurzer Zeit großes Interesse an meiner Aktivität zeigte. Berthe, die uns zunächst allein gelassen hatte, konnte nicht anders, sie mußte uns – vor allem ihrem jungen Schützling – mit ihren Küssen und Liebkosungen behilflich sein, und ich erreichte schnell den Gipfel, gefolgt von Sarah – zumindest bilde ich es mir ein –, die ihre Augen zum Schluß geschlossen hielt. Schließlich übergab Berthe mir zwei Pakete für Thérèse, und ich verließ die beiden Freundinnen, als sie sich zärtlich küßten. Ich nahm die Erinnerung an zarte Umarmungen und an ein unendlich süßes Lächeln, das sie mir zum Abschied schenkten, mit auf den Weg. Was kann ich dafür, wenn ich eigentlich nur mit Lesbierinnen wahres Glück kennengelernt habe?

Erst als ich nach Hause zurückkehrte, erfuhr ich, mit welcher Mission ich betraut worden war. Eines der Pakete enthielt Verhütungsmittel, und nun erzählte mir Thérèse, daß Berthe, deren Mutter Apothekerin in Versailles war, die Quelle für Antibabypillen war (die zu der Zeit noch selten waren), die Thérèse und Florence ungestraften Verkehr gestatteten und meinem Bruder und mir, keine Vorsichtsmaßnahmen ergreifen zu müssen, wenn wir sie vögelten. Was mich jedoch überraschte, war, daß Berthe Thérèse weiterhin auf diese Weise versorgte, die sie sozusagen doppelt »betrogen« hatte, indem sie geheiratet und ihr außerdem noch Florence vorgezogen hatte. Aber vielleicht traf Thérèse sich immer noch heimlich mit Berthe. Ich habe in der Tat keinerlei wahre Verbitterung bei ihr feststellen können, und auch ihre Zärtlichkeit mir gegenüber wäre unverständlich gewesen, hätte Eifersucht von ihrem Herz Besitz genommen. Mir schien, daß sie in mir gewissermaßen nur einen Komplizen von Thérèse gesehen hatte und daß sie ihren Groll an mir ausgelassen hatte.

Um das andere Paket machte Thérèse ein großes Geheimnis. Es gelang ihr – was offensichtlich ihr Ziel war –, unsere Neugier derart zu steigern, daß wir sie förmlich auf Knien anflehten, das Paket auszupacken. Scheinbar fügsam erfüllte sie unseren Wunsch, entzückt, daß wir sie zu etwas zwangen, worauf sie ohnehin brannte. Der Inhalt des Paketes war ein obszönes schwarzes Ding, ein Dildo aus dunklem Kautschuk. So sehr wir unsere Moral auch hatten verkommen lassen, dieses Ding machte uns merkwürdigerweise verlegen. Lag das daran, daß es Philippe und mich der männlichen Unzulänglichkeit anzuklagen schien? Oder weil es im Gegenteil symbolisch eine Beziehung verdeutlichte, die nur Thérèse und Florence betraf? Wie dem auch sei, es stiftete Unruhe.

Thérèse wollte es jedenfalls sofort ausprobieren. Mühsam gelang es uns unter verschiedensten Vorwänden, sie auf den Abend zu vertrösten. Schließlich erschien sie im Wohnzimmer, mir zerzaustem Haar und splitternackt, abgesehen von dem falschen schwarzen Phallus. Die Erregung, die sie beherrschte, ließ uns die Lust am Lachen vergehen. Sie erinnerte mich kurioserweise an ein Fabeltier, so etwas wie das Gegenstück zum Einhorn! Wie ein Drache im Märchen oder ein perverser Erotomane verlangte sie, daß Philippe und ich ihr Florence nackt auslieferten, ja sogar, daß wir sie festhielten, während sie sich wie ein Mann an ihr befriedigen würde! Wir versuchten, sie vor der Gewalt und ihrer Geilheit zu warnen, hielten ihr vor Augen, daß sie riskiere, unserer blonden Freundin großen Schaden zuzufügen, wenn sie zu brutal vorging. Und es kostete uns einige Mühe, sie zur Vernunft zu bringen.

Florence jedoch, nackt und zerbrechlich unter ihren langen blonden Haaren, schien dieses übermächtige Verlangen, dessen Objekt sie war, eher zu erregen. Ein Verlangen, das für sie nicht neu war, doch dessen Bedeutung durch ein Trugbild verwandelt wurde. Die phallische Thérèse, die mit Florence Unzucht treiben wollte, war weder ganz Frau noch war sie ein richtiger Mann, und ebensowenig ein Hermaphrodit. Eher ein seltsamer Kompromiß zwischen Echtheit des Fleisches und dem Kunstgriff der Prothese! Es war in der Tat unmöglich, das schwarze Instrument als eine simple, metaphorische Weiterentwicklung von Thérèses Finger oder Zunge zu betrachten. Es war ein Phallus und war doch keiner, und die so ausstaffierte Thérèse war Thérèse und war es doch wieder nicht …

Wir bestrichen Florences zarte Haut mit schützenden Cremes, und in meiner Eigenschaft als »Ehemann« (da ich sah, daß Thérèse sich nicht zu einem Vorspiel bequemen wollte) streichelte ich sie ausgiebig, damit das Eindringen sie so wenig wie möglich schmerzte. Dann endlich wurde die personifizierte, wildgewordene Wollust auf ihr zitterndes Opfer losgelassen! Um die Wahrheit zu sagen, es war ein seltsames Schauspiel, dem wir beiwohnten. Die außergewöhnliche Geschmeidigkeit von Thérèses Hüften, die ich bereits mehrfach bewundert hatte, wurden nun zu etwas herangezogen, das mir vorkam wie die Vergewaltigung von Florence. Ich hätte einen derart frenetischen Rhythmus nicht durchhalten können! Und im gleichen Augenblick mußte ich daran denken, daß Berthe ihre Freundin Sarah wahrscheinlich auf die gleiche Art und mit dem gleichen Instrument entjungfert hatte …

Als Thérèse müde wurde, Florences Möse zu bearbeiten, wollte sie sie anschließend von hinten nehmen. Sie war nicht aufzuhalten, und ich konnte nur die Vorsichtsmaßnahmen vervielfachen, damit sie Florence nicht zerriß: Nicht nur, daß ich den Gang einfettete, ich beobachtete auch aus nächster Nähe die Penetration, damit ich Thérèse – notfalls mit Gewalt – sofort unterbrechen konnte, wenn diese ihrer geilen Raserei nachgab. Und in der Tat, Thérèse hatte kaum begonnen, die Spitze des Blendwerks im Poloch ihrer Freundin zu versenken, als sie in eine wahre Trance verfiel. Sie kratzte Florences Arme und Schenkel blutig, rammte ihren Dildo in sie hinein, biß sie in Hals und Schultern, wimmerte und fluchte, ja schäumte buchstäblich. Und Florence sang selbstverständlich ihre großartige Analsex-Arie, was dazu beitrug, aus all dem eine Mischung aus obszöner Oper und Happening zu machen, das meinen Bruder und mich sicher entsetzt hätte, wären wir nicht so eng mit den Darstellerinnen liiert gewesen!

Als ich bemerkte, daß Florence ihren Gesang unterbrach und vor Schmerzen das Gesicht verzog, befand ich, daß es Zeit sei, das Schauspiel abzubrechen. So sehr sich Thérèse auch an ihr Opfer klammerte und trotz der unglaublichen Kraft, mit der sie sich gegen mich wehrte, gelang es mir, sie an den Armen zu packen und herauszuziehen. Ich war bereit, der Verführerin ein paar kräftige Ohrfeigen zu verpassen, wenn es sein mußte. Sie merkte das zweifellos und rächte sich mit einer Reihe wütender Beschimpfungen, die ordinärsten, die ihr einfielen, wagte jedoch keinen neuen Sturmangriff. Ich half Florence wieder auf und nahm sie in den Arm. Nach dieser harten Probe fand sie dennoch den Mut, mir zuzulächeln, und ich brachte sie ins Badezimmer, wo ich ihr half, ein Bad zu nehmen, das sie wieder ein wenig auf die Beine brachte.

»Liebste«, sagte ich zu ihr, »ich dachte schon, sie reißt dich in Stücke. Ich hatte Angst um dich ...«

»Francis, mein Liebster, das habe ich gesehen. Das war das erste Mal, daß du dich Thérèses Willen widersetzt hast!«

Ich brachte Florence in unser Zimmer. Sie legte sich ins Bett, und ich leckte ihr schmerzendes Fleisch. Das brannte zunächst, bis sich schließlich ein wohliges Gefühl bei ihr einstellte. Dann sah sie mich mit ihrem anbetungswürdigen Kleinmädchenlächeln an und sagte:

»Francis, mach's mir ...«

Die rasende Triebhaftigkeit hatte nicht von Thérèse abgelassen. Am nächsten Morgen erklärte sie, daß sie Philippe und mich anal nehmen wolle. Dieser Vorschlag beunruhigte mich ein wenig, denn ich spürte in mir eine gewisse Tendenz, mich mit Thérèse zu identifizieren, die zwar nicht durchgängig vorhanden war (wie mein Widerstand am Abend zuvor bewies), aber eben doch immer wieder zutage trat. Und wenn sich die männliche Phantasie, in der Thérèse im Augenblick lebte (und die im übrigen eine unleugbare männliche Neigung enthüllte, die man – wenn auch in anderer Form – gleichfalls bei Berthe und Claire erkennen konnte), sich bewahrheitet hatte, so hätte ich gern das Prinzip einer Wechselbeziehung der Zärtlichkeiten zugelassen. (Ich verhehle nicht, daß ich hiermit eine sehr starke weibliche Komponente zugebe!) Doch zu meinem großen Glück setzte mein Bruder, der männliches Selbstvertrauen in seiner ganzen Stärke verkörperte, Thérèse in unser beider Namen ein kategorisches Nein entgegen. Da auch Florence sich weigerte, noch einmal einen vermännlichten Angriff von Thérèse über sich ergehen zu lassen oder gar diese Aufmerksamkeit zu erwidern, fand der Dildo bei uns keine Verwendung mehr. Ich glaube, Thérèse gab ihn Berthe zurück, wo er vielleicht noch einmal zum Einsatz kam.

Einige Zeit später wurden die Prüfungsergebnisse bekanntgegeben. Wie erwartet, schnitt Philippe sehr gut ab, und er konnte endlich die schon seit langer Zeit geführten Verhandlungen mit einer Gesellschaft zu Ende bringen, die ihn in ihren Dienst nehmen wollte. Doch da diese Gesellschaft fest mit Philippe rechnete, um grundlegende Änderungen in der Organisation und den Arbeitsmethoden vorzunehmen (es handelte sich um Ausgrabungen in Kambodscha), verlangte sie, daß er die Stelle so schnell wie möglich antrat. Philippe hatte gedacht, daß er nicht vor Mitte August fortmußte, doch nun wurde das Datum auf Ende Juli vorverlegt und galt als verbindlich. Thérèse und Philippe blieben also nur noch vier oder fünf Tage, gerade noch genug Zeit, ein paar Dinge zu erledigen und Koffer zu packen. Wir schickten unseren Eltern ein Telegramm, daß sie früher von den Kanaren zurückkehren mußten, wenn sie das junge Paar noch einmal vor seiner Abreise sehen wollten.

Als Philippe die gute Nachricht erhielt, begleitet

von einem fürstlichen Vorschuß auf sein Gehalt, feierten wir das noch am selben Abend. Und zwar um so ausgelassener, als das Glück auch uns anderen hold war (ich hatte ganz vergessen, es zu erwähnen, schließlich war es nicht ganz so wichtig wie Philippes Prüfung): Florence und ich hatten das Abitur bestanden, und Thérèse hatte zwei Scheine in Philosophie (oder Psychologie) gemacht. Thérèse zog daraus folgenden Schluß:

»Ich habe es euch doch gesagt, es gibt keine bessere Schule als die Liebe!«

Nachdem wir in einem erstklassigen Restaurant zu Abend gegessen hatten, zogen wir durch mehrere Diskotheken, tanzten und tranken mehr, als gut für uns war. Thérèse sprach sogar davon, ein paar schöne Animierdamen zu kaufen und in die Wohnung mitzunehmen! Doch in unserem Zustand hätten wir wohl keinen großen Schaden mehr angerichtet! Am nächsten Morgen erst bemerkten wir, vielleicht als Nachwirkung des bombastischen Abends, wie die Wohnung nach fast einem Monat unseres Lebens zu viert aussah. Schon vor geraumer Zeit war die portugiesische Putzfrau, die früher dreimal die Woche gekommen war, geflohen, da unsere Unordnung sie entsetzt hatte und sie zu allem Überfluß eines Tages von meinem nackten Bruder verfolgt worden war, der hinter ihr herbrüllte, daß er sie vergewaltigen wolle! Einige Tage hatten wir ehrenhaft versucht, alles einigermaßen in Schuß zu halten, doch im Grunde war uns das egal, und deshalb wurde uns das Ausmaß der Katastrophe erst so spät bewußt, zu spät. Eine ungeheurer Berg von schmutzigem Geschirr hielt die Küche besetzt. Die zum Teil zerrissenen Bettlaken starrten vor Dreck: Sperma, Kotspuren, Blutflecken (da beide Mädchen ihre Tage hatten, und das sogar genau zur gleichen Zeit, doch das hatte uns nicht aufhalten können). Und der mit Blutflecken, Samenspritzern und Brandlöchern von Zigaretten verunzierte Wohnzimmerteppich war nicht mehr zu retten!

Wie das Bildnis des Dorian Gray zeigte uns dieses häusliche Szenerie ein getreues Spiegelbild unserer eigenen Verkommenheit, in der wir versumpft waren. Doch wir bereuten nichts. Dennoch reservierte mein Bruder für die Nacht vor der Abreise zwei Zimmer im Hilton Orly, und wir wußten alle seinen Entschluß zu würdigen. In der Tat kamen unsere Eltern an jenem Tag in Orly an, wo wir sie in Empfang nahmen, mit ihnen gemeinsam zu Mittag aßen und sie dann nach Paris zurückfahren ließen, wo sie entdecken würden, was wir aus ihrer Wohnung gemacht hatten! Wir würden im Hilton bleiben, dort zu viert zu Abend essen und dann die Nacht so verbringen, wie wir es uns vorstellten und wie es in Paris nicht möglich gewesen wäre, allein schon wegen Florence …

Alles lief nach Plan. Um darüber hinaus sicherzugehen, nicht von entwürdigenden Anrufen unserer Eltern gestört zu werden, hatten wir dem Personal des Hilton zweckmäßige Anweisungen erteilt. Da wir uns als zwei frisch vermählte Ehepaare vorstellten, Monsieur und Madame Philippe Fleur und Monsieur und Madame Francis Fleur

(Florence und ich taten unser bestes, um älter auszusehen), hatten wir schnell die Sympathie des Personals auf unserer Seite, wozu auch Philippes Großzügigkeit beitrug. Und so waren wir alle bester Laune, als wir bei einem vorzüglichen, von erlesenen Weinen begleiteten Abendessen saßen.

Dann gingen wir schlafen, und ohne daß wir es vorher besprochen hätten, fand ich mich mit Thérèse alleine wieder. Es war nicht nötig, darüber zu reden, wir wußten, daß wir nie wieder miteinander schlafen würden. Ich für meinen Teil dachte sogar, daß ich Thérèse in meinem Leben nie wieder sehen würde, obgleich es dafür natürlich nicht den geringsten Anhaltspunkt gab. Wir redeten lange, bevor wir uns liebten, und auch danach, als hätten wir Angst, uns nicht alles zu sagen, was es zu sagen gab! Es war sehr zärtlich, sehr sanft und ein wenig melancholisch. Unsere Liebkosungen ähnelten unseren Worten und unsere Worte unseren Liebkosungen.

Das Telefon weckte uns. Wir hatten darum gebeten, frühzeitig geweckt zu werden. Die Sonne flutete in das Zimmer. Ich betrachtete Thérèse, und Thérèse betrachtete mich. Uns blieben nur noch zwei oder drei Stunden, bis das Flugzeug abhob. Wir wußten nicht mehr, was wir sagen sollten, konnten uns nur noch ansehen, reglos, wie gelähmt, jeder von uns versank vollständig im Blick des anderen. Thérèse brach den Zauber. Sie schlug das Laken zurück, das mich zudeckte, versenkte ihren Kopf zwischen meine Beine und nahm meinen Schwanz in den Mund. Sie blies mir einen, wie sie es noch nie getan hatte, mit einer engelhaften Zärtlichkeit, Sanftheit und Geduld. Ich hatte meine Hände auf ihr langes schwarzes Haar gelegt, das meinen Bauch liebkoste, und ließ mich in ihrem Rhythmus wiegen. Und dann spürte ich etwas Feuchtes auf Höhe meines Bauchnabels: Es war Thérèse, die leise weinte.

Als ich mich in ihren Mund entlud, dachte ich an alle Liebesbezeugungen, die ich ihr noch hätte geben wollen und die ich ihr nicht geben konnte. Ich hätte ihr bei diesem einen Mal all den Samen unserer nicht realisierbaren Umarmungen schenken wollen. Und ich überwand einen Widerwillen, aus dem ich nie ein Geheimnis gemacht hatte, und küßte ihre Lippen, auf denen sich dicke Tränen, die ihre Wangen herabgeglitten waren, mit meinem eigenen Samen vermischten, und stürzte mich mit meiner Zunge, meinen Zähnen auf ihre Zunge und ihre Zähne.

Dann überwand ich einen weiteren Widerwillen und steckte meine Zunge in ihr Poloch, nachdem ich begonnen hatte, ihre Möse zu streicheln. Ich zwang mich, dieses winzige Loch zu lecken, das eine so wichtige Rolle in Thérèses Liebesleben spielte. Und der Widerwillen war vergessen. Denn Thérèse selbst war von Kopf bis Fuß Liebe, und es gab keinen Grund, einem so wesentlichen Teil ihrer selbst meine Küsse vorzuenthalten! Nach einer dieser Abtauchbewegungen, die ihr Geheimnis waren, erwiderte Thérèse schon bald meine Zärtlichkeit (man erinnert sich, ich hatte sie bereits von ihr empfangen, in der Nacht, in der ich mit beiden Mädchen geschlafen hatte, und zwar genau in dem Moment, als ich mit Florence Analsex hatte).

Der Kuß, der uns schließlich vereinte, während wir in Schluchzen ausbrachen, mischte unaufhörlich unseren Speichel, Überreste meines Samens und eine Spur Scheiße. Wir konnten nicht aufhören. Aber wir mußten aufhören, leider!

Eine Stunde später fand ich mich mit Florence im Taxi wieder, das uns nach Paris zurückbrachte, während Thérèse und Philippe sich beeilen mußten, um das Flugzeug nach Phnom-Penh zu erwischen. Florence sagte nichts, doch ihr Kleinmädchengesicht sprach für sich. Es sprach von Müdigkeit und Trauer. Doch wie sie wußte, erwartete ich von ihr, daß sie mir ihre tiefsten Gedanken mitteilte. Damit der Fahrer uns nicht hörte, rückte sie nah an mich heran und sagte halblaut:

»Francis, ich möchte dir Lebewohl sagen. Nicht auf Wiedersehen, sondern Lebewohl. Bitte protestiere nicht, diskutiere nicht. Ich bin am Ende meiner Kräfte. Laß mich ausreden. Ich liebe dich sehr, Francis. Ich glaube, ich werde nie wieder jemanden so lieben, wie ich dich liebe. Und doch ist es nicht möglich, so weiterzumachen. Was auch immer wir wollen, was auch immer wir tun, Thérèse wird immer zwischen uns stehen. Wenn wir uns lieben, werden wir an Thérèse denken müssen, du und ich, jetzt, wo wir sie verloren haben. Du wirst es vielleicht ertragen können. Ich nicht. Ich kann nicht in dieser ständigen Zerrissenheit leben. Du darfst mir deswegen nicht böse sein. Ich verlasse dich, weil ich dich liebe. Ich werde dich niemals vergessen. Sag mir Lebewohl.«

»Lebewohl, Florence. Auch ich werde dich niemals vergessen.«

»Lebewohl, Francis. Du mußt nicht weinen. Wir sind jetzt erwachsen, seit heute.«

All das geschah in dem Jahr vor den Barrikaden im Quartier Latin. Ich erlebte diese Ereignisse voller Sentimentalität und Zurückhaltung und zugleich mit Vehemenz und Verwirrung. Die aufgebrachten Versammlungen in den Hörsälen der Sorbonne widerten mich schnell an, und die Bestätigung der neuen Doktrinäre, die auf die anarchistische Euphorie der ersten Tage folgte, trug dazu bei, daß ich mich von allem distanzierte! Doch paradoxerweise stürzte ich mich an dem Tag, an dem ich erfuhr, daß die Polizei die Sorbonne zurückerobert hatte, mit unbegreiflicher Gewaltbereitschaft ins Quartier Latin. Unter ein paar junge Unbekannte gemischt, floh ich vor den Ausschreitungen vom Boulevard Saint-Michel bis zur Rue de Rennes, wo ich mich ungeschickterweise von hinten überwältigen, niederschlagen und verhaften ließ. Sie brachten mich natürlich nach Beaujon.

Es war in Beaujon, mitten in der Nacht, als ich erfuhr (wie, das weiß ich nicht, ich kannte niemanden und niemand kannte mich; oder ich habe einfach alles vergessen), daß Florence ebenfalls dort war und daß sie vermutlich gegen vier oder fünf Uhr morgens freigelassen werden sollte. Florence? Sie hatten es gewagt, Florence anzufassen? Trotz meiner Übelkeit, die die Schläge, die ich hatte einstecken müssen, ausgelöst hatte, und trotz des Höllenlärms, den meine Miteinsassen ungeachtet der Drohungen veranstalteten, nahm diese Gewaltbereitschaft erneut von mir Besitz. Das nützte mir natürlich viel! Ich armes wehrloses Arschloch mit meinen blauen Flecken und meinem unendlichen Haß ... Und außerdem, nun, da die Sorbonne wieder zurückerobert worden war, stellten wir keine Gefahr mehr dar. Und man entließ uns grüppchenweise in die Nacht, hier und da von wohlwollenden Knüppelschlägen begleitet.

Als ich draußen war, drückte ich mich in ein Haustor, um Florence abzupassen. Ich wartete fast eine Stunde, dann glaubte ich, in einer kleinen Gruppe, die vorüberging, ihre Stimme zu erkennen. Ich rief ihren Namen:

»Florence!«

Eine Silhouette löste sich im ersten graublauen Licht der Morgendämmerung und kam auf das Haustor zu, in dem ich mich verborgen hielt. Ich machte einen Schritt vorwärts, und noch bevor wir uns richtig sehen konnten, fielen wir einander in die Arme.

»Francis!« flüsterte sie.

Sie hatte ihr schönes blondes Haar ganz kurz geschnitten und war dünner geworden. Zum Glück hatte sie keine Kopfverletzung. Ich erzählte ihr, erfahren zu haben (wie bloß?), daß sie dort war und da ich vor ihr entlassen worden war, auf sie gewartet zu haben.

»Laß uns nicht hierbleiben, sonst verhaften sie uns noch einmal«, sagte sie.

Und wir liefen durch kleine Straßen, in denen weniger Polizeiwagen fuhren. Außer mir vor Freude, daß ich Florence wiedergefunden hatte, kümmerte mich der Weg, den wir einschlugen, überhaupt nicht, und erst nach einer ganzen Weile bemerkte ich, daß wir uns ihrer Wohnung näherten. Ich war nie dort gewesen, aber ich wußte, daß sie in einem alten Haus in der Nähe des Square de Batignolles wohnte. Als wir unser Ziel erreichten, sagte sie:

»Ich bin völlig fertig, ich gehe schlafen. Wenn du willst, kannst du mit raufkommen, du mußt auch müde sein ...«

In der Tat, um zu meinen Eltern zu gehen, wo ich immer noch wohnte, hätte ich ganz Paris durchqueren müssen. Ich nahm also die Einladung an, und wir stiegen die Holztreppe bis zum sechsten Stockwerk hinauf, wo ich die Anordnung der Zimmer um einen Korridor wiedererkannte, die Florence beschrieben hatte, als sie von den Anfängen ihres Liebeslebens erzählt hatte. Wir zogen die Schuhe aus, um so wenig Lärm wie möglich zu machen. Als wir die Tür von Florences Zimmer hinter uns geschlossen hatten, zogen wir uns ganz aus und kuschelten uns in die Laken. Ich konnte gerade noch Florences Brüste berühren, als sie schon einschlief. Es dauerte nicht lange, bis auch ich einschlief, nachdem ich einen Blick auf die Einrichtung geworfen hatte (es war fast sechs Uhr morgens und da wir vergessen hatten, die Jalousien herunterzulassen, konnte man gut sehen).

Ich öffnete die Augen, als Florence aufstand. Ich sah, wie sie einen hübschen weißen Nachttopf unter dem Nachttisch hervorzog, sich mit dem Geräusch eines kleinen Baches daraufhockte und eine Zigarette anzündete. Erst einen Moment später bemerkte sie, daß ich sie beobachtete, und fing an zu lachen, mit genau der gleichen Frische wie damals. Sie erklärte mir, daß sich die Toilette am anderen Ende des Korridors befinde und sie sich angewöhnt habe, diese Gerätschaft zu benutzen, um niemanden zu stören. Dann lud sie mich ein, es ebenfalls zu benutzen. Aber ich machte ihr ein Zeichen, daß sie wieder ins Bett kommen solle, was sie sogleich tat. Ich nahm sie in meine Arme und küßte sie. Unsere Wunden von den Schlagstöcken brannten wie Feuer, und wir stöhnten vor Schmerzen, als wir uns liebten.

Danach fragte ich Florence, was aus ihr geworden sei. Sie erzählte mir, daß sie einer Gruppe von Anarchisten beigetreten sei, die systematisch Sittenfreiheit praktiziere und sich damit sogar schmücke. Außerdem mußte man, um von der Gruppe aufgenommen zu werden, mit einem Mitglied schlafen! Florence behauptete, daß sie mit allen Jungen und einem Großteil der Mädchen geschlafen habe. Doch mir schien, daß sie keine große Hoffnung in die Zukunft der Gruppe setzte. Man mußte einfach eine Zeitlang so leben, was auch immer die Zukunft brachte. In der Tat gab sie zum Schluß sogar zu, daß keine der Aktivitäten der Gruppe vor ihren Augen Gnade fand, mit Ausnahme der ebenfalls recht hoffnungslosen, »überall

Scheiße zu bauen«. Also das, was sie ohnehin schon tat ...

Sie war immer noch sehr hübsch, auch wenn sie dieses jugendliche Strahlen verloren hatte, das sie in meinen Augen immer wie ein Heiligenschein umgeben hatte. Etwas in ihr war zerbrochen. Sie hatte das Vertrauen verloren. Würde sie es eines Tages wiederfinden? Jedenfalls spürte ich, daß ich nicht derjenige war, der es ihr zurückgeben konnte. Im Gegenteil, war ich nicht der erste gewesen, der sie an sich selbst hatte zweifeln lassen, wegen meiner Unfähigkeit, sie Thérèse vorzuziehen? Verdiente sie denn nicht, ebenso verrückt geliebt zu werden? Ach, wie ich mich selbst haßte wegen meiner damaligen Feigheit, meiner Ohnmacht, mich von Thérèses Joch zu befreien! Sie war mir so dankbar gewesen für das eine Mal, als ich mich aufgelehnt hatte, um sie vor Thérèses Tyrannei zu beschützen. Doch wenige Tage später hatte ich zweifellos alles verdorben, weil ich mich darauf eingelassen hatte, die letzte Nacht mit Thérèse zu verbringen. Hätte ich abgelehnt, hätte ich vielleicht noch etwas retten können.

Ich sagte ihr nichts von all dem, doch ich merkte sehr wohl, daß sie in meinem Herzen las wie ich in dem ihren. Es war uns nicht gelungen, ein gemeinsames Glück zu finden, und doch waren wir für den Blick des anderen wie ein offenes Buch. Mehr noch, ohne ein Wort zu sagen, wußten wir, daß wir uns adieu sagen würden, endgültig, aber voller Liebe, und ich wußte, was sie wünschte, ebensosehr, wie ich es wünschte. Sie holte eine Tube Vaseline und hielt sie mir hin, dann hockte sie sich auf alle viere, und als ich mich ihr näherte, begann sie ihren Gesang, diesen Gesang, den ich fast ein Jahr lang nicht gehört hatte.

Es klopfte schüchtern an die Tür, und eine Frauenstimme sagte weinerlich:

»Florence! Was ist los? Bist du da?«

»Mach nicht auf, Mama! Es ist nur ein Freund, der mich in den Arsch fickt«, sagte Florence lachend.

»Was ist passiert?«

»Ach, die Bullen, ich erzähle es dir nachher ...«

»Kommt ihr nachher etwas essen, ihr beiden?«

»Ja, Mama, wir kommen ...«

Während wir uns wuschen, sagte Florence mir, daß ihre Mutter eine anständige Frau sei, ihr Vater hingegen, der Werkmeister bei Renault, nur ein »Drecksgewerkschaftler«, und daß jedesmal, wenn er seine Tochter traf, es von beiden Seiten Beleidigungen hagele. Sie dachte ernsthaft daran, von zu Hause fortzugehen, doch ohne Geld war das nicht so einfach.

Florences Mutter servierte uns ein köstliches kleines Mahl, das wir mit großem Appetit herunterschlangen. Sie sah uns kopfschüttelnd an, wagte aber nicht, uns Fragen zu stellen. Als Antwort auf ihre stumme Frage zeigte Florence mit dem Finger auf mich und sagte:

»Das ist der Mann meines Lebens ...«

»Werdet ihr zusammen leben?« fragte die Mutter verblüfft.

Florence war ganz blaß geworden.

Ich habe Florence wirklich nie wieder gesehen und seltsamerweise auch niemand anderen von denen, die ich kennengelernt hatte, seit Thérèse eine so wichtige Rolle in meinem Leben spielte, mit Ausnahme von Berthe und ihrem jungen Schützling, denen ich seitdem ein einziges Mal einen Besuch abstattete. Doch mir ist nie auch nur eines der weißen Schäfchen begegnet noch ein einziger Gast von V...-le-Château. Fast wie in einem Krimi, in dem alle störenden Zeugen einer nach dem anderen von einem geheimnisvollen Mörder systematisch eliminiert werden …

Nach ihrer Ankunft in Kambodscha schrieben Philippe und Thérèse meinen Eltern und mir immer seltener. Dann hörten wir fast gar nichts mehr von ihnen, abgesehen von kurzen Glückwunschkarten zum neuen Jahr. Sie verbrachten ihren Urlaub in Indien oder auf Borneo, manchmal auch in Australien. Rein zufällig wurde mir eines Abends bei Freunden ein Geschäftsmann vorgestellt, der gerade aus Kambodscha zurückkam. Ich erwähnte in seiner Gegenwart Philippes und Thérèses Namen. Er antwortete mir, daß er sie in der Tat kenne, und als ich mich nach ihnen erkundigte, nahm er mich zur Seite. Da war ich sicher, daß er mir etwas mitzuteilen hatte. So erfuhr ich, daß Thérèse mit ganz Phnom-Penh schlief, wo ihre Schönheit ebenso berühmt war wie ihre Freizügigkeit. Was Philippe anging, so hatte er eine unerwartete Neigung für kleine Mädchen der Khmer entdeckt, die noch nicht einmal im Heiratsalter waren! (Dieser Abend fand etwas sechs Monate vor dem amerikanischen Angriff auf Kambodscha statt ...)

Ich fühle mich sehr allein, und dennoch ist meine Einsamkeit derart, daß ich keine Lust habe, ihr zu entfliehen. Außerdem, obwohl ich gerade die Schwelle zu dem überschritten habe, was man von Gesetzes wegen für das Mannesalter hält, scheint mir zuweilen, daß ich meine Vergangenheit hinter mir herschleife wie eine Zuchthäusler seine Eisenkugel.

Und manchmal wache ich in Tränen aufgelöst in meinem Bett auf, weil ich meine, eine Stimme (die meine oder die eines anderen, es ist unwichtig) vernommen zu haben, die »Thérèse!« in die Nacht hinausschrie.